新編

用有聲書

輕鬆聽出

英語力

廖彩杏 —— 著

廖彩杏書單 *168* 本英語啟蒙經典

目錄Contents

PART 1 | 觀念篇

1 奠定英語實力的三個關鍵　02

2 請問，關於有聲書【入門篇】　016

目錄Contents

PART 2 | 行動篇

目錄Contents

讓藏在每一個孩子心靈深處的藝術天賦和哲學活水,被動人的篇章喚醒

首先,感謝華品文創的王承惠總經理與陳秋玲總編輯,鼓勵我推薦更多優質的英文繪本有聲書以回應熱情讀者的需求,於是,彩杏著手彙編168本英語啟蒙經典,完成新編版的《用有聲書輕鬆聽出英語力》。新增加的68本繪本往多元領域延伸、連結和想像,讓孩子自由的遐想不會被埋沒在僵化的教育課程裏。這些精彩的英文繪本,激發了我家雙胞胎的想像力和哲學思考,也誘導他們對嶄新故事的持續探索。我深深相信,這些優秀的故事與插畫,也能幫助所有的父母,來達成培養他們孩子深厚英文實力與陶冶文化涵養的雙重目標。

新編版增加的內容如下:

1. Dr. Rollins推薦序
2. 家長來函:閱讀蘇斯博士(Dr. Seuss)作品的惑與獲
3. 推薦書單增加68本
4. 行動篇增加五個章節,深入分析推薦繪本,分別是:

   三位繪本大師,點燃孩子的閱讀熱情

   最貼近孩子的經典主題與故事主角

　　多元繪本開拓孩子的視野

　　鼓舞生命、啟發想像力的幸福閱讀

　　用對有聲書，輕鬆聽出字彙力

5. 《Dragon song & Talk》歌詞

　　論文指導教授Dr. Rollins是啟發我以獨特角度解讀文學的重量級學者。他治學嚴謹，影響我以高標準來審視閱讀素材。他教學活潑，激發我以靈動的心去感知文學的美。他提問精煉，鼓舞我勇於爬梳真理、不斷探索故事的真諦。雖然離開校園已多年，我們依然維繫著師生間的溫婉情誼。謹以此著作感謝他無私的教學啟迪與對晚輩學子的愛護。

　　觀念解答篇，新增了家長來函詢問孩子閱讀蘇斯博士（Dr. Seuss）作品的瓶頸。我非常謝謝這位媽媽的提問，讓我有機會補充蘇斯博士（Dr. Seuss）作品的特色與閱讀時卡關的調適方法。

　　行動篇增加了五個章節，深入分析推薦繪本，期許能幫助讀者以專業的角度來閱讀英文繪本，進而累積評析英文繪本的閱讀功力。

　　書後收錄了《Dragon song & Talk》歌詞，讓喜歡《The Princess and the Dragon》這本幽默故事的親子可以跟著有聲CD，高聲歡唱。

　　外子是第一位讀我書稿的忠實讀者。當他看完這次特別為新編版增加的故事分析時，開玩笑地說，原來我老婆有精神分裂的特質，一方面以科學的理性精神剖析故事的語言特質，一方面以文學的感性情懷解讀故事的人生意涵。

　　建構語言基礎在先以培養後續閱讀故事多層面意涵的能力，這是我安排

這168本英文啓蒙繪本的藍圖架構。對於英語非母語的孩子，需以慎選的書籍來打底他的英語基礎實力，因此，100本英語有聲繪本旨在以母語式的閱讀素材來幫助孩子建立英語基礎。接著再以扎實的英語基礎力來閱讀68本富想像力、字彙多元、句型豐富、風格獨特、意味深長的故事，進而雙管齊下，一邊厚實英語力一邊培養故事閱讀的思辨力。

　　親子共讀是我身為母親以來，最溫馨燦爛的育兒時光，透過閱讀，我們一起經歷了無數個豐盛靈巧的知識之旅。彩杏要感謝熱情讀者的支持與厚愛，本著對寫作的虔誠初衷，我會繼續挖掘好書、用心研讀，以饗一樣熱愛閱讀的無數親子家庭。

作者原序 |
用故事的萬花筒，累積厚實的英語力

　　為時一年又八個月，這本書終於完成了！

　　如果父親還在，他會用什麼瘋狂的舉動，昭告諸親友他的寶貝女兒出書了呢？還記得小學三年級的作文比賽，題目是相當八股的孝親題材，而我也很八股地寫了一篇近似範本、洋洋灑灑的道德文章，居然得了不錯的名次。沒想到，父親將拙作影印並廣寄親友。若非一次親友聚餐，一位遠親長輩以奇怪的口吻讚美我，我還真不知道父親以子女為榮的驕傲心情呢！

　　父母對子女的愛，一直是最貨真價實的。雖然父親那個年代物質貧瘠、資訊匱乏，父母對子女的教育幾乎使不上力，只能恭敬地信任學校的老師。可是我們卻感受到父母的愛，深深地、靜靜地支持我們成長、成材，包容我們自在地過自己的人生。父母的愛從來不曾在人生中缺席過，父母的愛挺著我們，即使遇到人生的缺口，我們依然能勇敢跨過去。

　　我懷念父親和母親那份默默的愛。當有了自己的心肝寶貝後，如何讓孩子在父母親的呵護下，保有自在、寬裕的成長空間，這一直是我經常提醒自己的。於是，我帶著孩子走進大自然、踏入博物館、聽蟲鳴、抓蝴蝶，盡情享受孩提的童玩時光。聽故事、逛書店、看童書，也是我們的親子活動之一。只是，學齡前偶然開始的聽英語故事有聲書，居然延續了五年以上，不但孩子的口語表達流暢自然，也養成他們熱愛英文閱讀的好習慣，這真是出乎我的意料。

很多人問我：「到底做了些什麼？」尤其當他們知道我婚前的工作是國四班的英文老師後，便認為我一定是要求孩子背單字、記文法、練考題。但我總是開玩笑地說，「媽媽」是用來寵愛孩子，可不是用來壓迫孩子的。

寵愛孩子的第一招，當然是滿足孩子的身心需求。聆聽故事、欣賞美麗的插畫，絕對是使普天下孩子，甚至大人都身心愉悅的活動。一本本由淺入深、題材天馬行空的故事書，就這樣輕易地擄獲孩子的心。於是，發音字正腔圓、對答如流、閱讀順暢、英文字彙量破萬，也就自然而然地發生了！

許多人對於我們在家聽英語有聲書，居然能夠延續五年以上，感到不可思議，難道是我毅力驚人？當然不是。尤其是親自撫育雙胞胎的媽媽，如何從煩雜瑣事裏分身出來，維持生活的悠然與從容步調，實在不容易，而「做記錄」這個小動作無形中幫了我許多忙。

還記得當年與外子從醫院抱著雙胞胎回家的第一個星期，天天都想哭，因找不到適合的幫手，硬著頭皮、咬牙照顧新生兒的手忙腳亂與無力感，真是不堪回首。直到有一天，我到醫院的嬰兒室請教護士照顧嬰兒的祕訣，看著護士忙進忙出卻能井然有序，我觀察到維持規律的祕訣正是「做記錄」。回家之後，我依樣畫葫蘆，記錄孩子的喝奶時間、牛奶量、大便次數以及按時量體重等等。從此，我不再是不停轉動的陀螺，記錄表不但幫我掌握了規律，更讓我成了調配家務的主人，無力感已經被主控權完全取代，新手媽媽開始嘗到育兒的成就感與幸福。

「做記錄」這個小小的動作，從此成了我養育雙胞胎的好幫手。尤其是在家聽英語有聲書，「做記錄」可以避免同一個故事重複播放，可以平均安排不同書籍的聆聽次數，還可以留下孩子能獨自朗讀的輝煌記錄，化成親子互動的甜蜜回憶。

　　但是，要把這段過程化成文字分享出去，是有壓力的。就像煮飯給自己的孩子吃，味道不對，分量不足，下次改進就是了；然而為別的孩子開書單，心情就不知不覺變得戒慎恐懼，步調自然就慢了下來。一直到付印前，書單的挑選與聆聽順序的安排，我仍再三過濾、謹慎調整，希望所有孩子的英語學習旅程都能愉快、圓滿。

　　有趣又有效的英文學習，實在不應在沒有任何想像與創意的「口說會話」跟「文法題庫」間擺盪，也不該在沒有任何熱誠投入的「制式教材」跟「通過測驗」之間厭倦，更不應該在沒有任何興奮好奇的「補習課程」跟「單調作業」之間疲累。讓我們為孩子舉起「英文故事」這個萬花筒，讓孩子在炫麗多彩的情節裏，在溫馨祥和的聆聽氣氛下，累積自己的英語力。

　　論文指導教授Dr. Rollins是我文學研究的啟蒙導師。研究所就讀期間，藉由不斷回答教授提問的過程，養成我獨立思考以及分析、整合的思辨習慣。另一方面，透過Dr. Rollins的引介，劉德炬教授對於書稿的鼓勵與指點，是我繼續完成這本書的一大動力。好慶幸，當年遠赴嘉義縣民雄鄉中正大學進修的決定。雖然學習之路迢迢，但是有人指點迷津、點亮明燈，所累積的學習成果不但豐富且扎實，更是無價的。

　　最後僅以此書獻給我最摯愛的家人，我愛您們！

推薦序一│

親子共賞英語世界的樂趣

劉德煊　中正大學外文系副教授

　　早在本書尚未排版之前，我就讀了三篇彩杏邀請我為本書提供意見的原稿。在文章的字裏行間，我發現許多作者提到的方法與見解，都符合語言學習的理論、觀念與原則。站在幫助台灣學童有效地學習外語，以及推廣親子共讀的立場，我很樂意推薦彩杏的書。

　　外語學習以及語言習得理論，各有強調的觀念。有的重視語言輸入，或情感的重要；有些談及有意義的語文情境、語意協商；或從腦神經網絡的學習連結角度來解釋語言學習現象。還有一些心理語言學家，如俄國的維高斯基（Vygotsky）以著名的「近端發展區」（zone of proximal development）理論，來解釋兒童的學習與認知發展關係，對語言教育更是影響深遠。應用「近端發展區」於教育情境中的「鷹架理論」指出學生的內在能力發展，有賴於更具能力的父母，或老師之協助。學生學習時就像是在蓋房子，大人提供的協助像是搭在房子旁邊的鷹架。隨著學生搭建好房子（能力發展完成），大人也就把鷹架給拆掉。

　　美國語言學者諾姆・喬姆斯基（Noam Chomsky）認為語言習得能力是天賦的（innateness）。嬰兒出生時的小腦袋瓜子並非如一張白紙，甚麼都不會。拿電腦來當比喻，嬰兒出生時的腦袋比較像是已經架構好語言學習線

路的主機板，就看家庭的照顧者以後安裝在這主機板上的，是微軟公司的視窗作業系統，還是蘋果公司的macOS作業系統。換句話說，爸爸媽媽跟嬰兒互動時說的語言，就像是作業系統。安裝的是中文，將來小孩就講中文。安裝的是英文，將來小孩就講英文。然而，作業系統的安裝沒有時限，語言習得卻有個關鍵期（對關鍵期有興趣的讀者可參考TED講壇上的演講Patricia Kuhl：嬰兒的語言天分）。在關鍵期內學習語言，既不費力又迅速。過了關鍵期後才有機會學習母語的話，語言發展會出現障礙。在外語學習上也有類似的語言學習敏感期，對語音、詞彙，和語法上的學習各有不同的影響。這些敏感期就像是一扇扇的「機會之窗」，有些窗戶關得早，有些關得晚。一般而言，在「機會之窗」關上前就接觸外語的話，比較容易學到純正口音與正確語法。

　　彩杏書中主張的英語學習方法，都可以從上述提到的諸多學理中得到印證。譬如，文中不斷闡述：孩子都是天生的語言專家，父母親只要提供孩子豐富有意義的語言、情境、與接觸，不必費力逐字逐句地解釋與教導，孩子自然能學習到語言。想想看，我們與孩子講話時，只會專注於跟他們對話互動，何嘗對他們解說過母語中的字詞意思與語法呢？彩杏透過自己的雙胞胎，見證了孩子天生的語言本能的實例。

　　許多彩杏的讀者很重視孩子的英語學習，而且本身也有一定的英語程度。因此，在孩子初學英語階段，可以借助於繪本書與影音故事或歌曲，和孩子一起進行互動，使得孩子獲益於有意義而且情境足夠的豐富語言輸入，至於複雜的語言規則內化工作，就交給那顆效率驚人的小腦袋自行去進行吧。彩杏的孩子做得到的，您的孩子也同樣能做得到，因為每個小孩子在語言學習上都有十分驚人的能力，別忘了他一個個可是語言天才呢。那些願意

多陪伴孩子閱讀與互動的父母，將更有機會看到自己小孩令人驚喜的語言成長。

　　閱讀的最終目的在於瞭解意思。常見到有些人強調他們能教導年齡很小的孩子大聲朗讀出頗具難度的文句，而引以為傲。他們在乎的是，孩子讀得出書上文字嗎？發音準確流暢嗎？似乎是只要孩子能讀出了書本上的句子就代表讀懂了，因此常看到家長努力地教導孩子認單字讀英語。心理語言學者 Kenneth Goodman 對於閱讀的描述有句名言。他說：「閱讀是一種心理語言的猜測遊戲」。簡單講，閱讀不僅僅是由下往上的辨識過程（bottom-up processing），也是由上而下的猜測過程（top-down processing）。閱讀，千萬不能只強調辨識讀音、單字、句型，而剝奪了讓孩子自己推測文意的機會。在閱讀上，彩杏的家庭正是心理語言學「閱讀乃雙向過程」的實踐者。彩杏選擇英文繪本時，非常重視插畫，因為她相信「看圖畫，可以幫助認字不多的孩子瞭解故事的內容」。這正是從有意義的語意情境中去猜測文意的一種由上到下的閱讀過程。

　　彩杏本身是老師，她毫不諱言地指出當今英語教學的缺失。例如，她直指目前課堂教學往往太過強調片段字詞的解釋過程，把時間和精力用錯了地方。老師講解常太過鉅細靡遺，於是孩子依賴固定的中文翻譯，相信標準答案，堅持背完單字與文法才肯放心閱讀文章。這完全剝奪了孩子發展「猜測、揣摩、推敲」能力的機會，剝奪了孩子自己去注意、判斷、和解釋的機會。也剝奪了孩子經歷「我瞭解了！」「現在我懂了！」那種茅塞頓開的興奮，以及相信自己是有能力去理解，去領悟的成就感。

　　因此，彩杏致力於在家中打造一座英語童書寶庫。她相信，如果孩子經常從書本中學得各種不同的詞彙和片語，他就會有很豐富的字彙儲存庫，

以及更多的語言組合結構可供選擇。父母若希望自己的孩子擁有豐富的英文語彙，就必須透過優質的英文兒童文學作品，向孩子傳遞字斟句酌的語言典範。這是因為豐富的字彙帶來有效率的「心理促發效果」（psychological priming effect），對閱讀與聽力都有很大助益。而優質的英文兒童文學作品，不但提供了豐富的字彙及語言結構，有助孩子建立自己的文字詞庫，更提供了大量深富趣味、巧思與寓意的文學故事，讓孩子們沉浸在有趣的猜測過程中而欲罷不能。

　　有了書，彩杏樂於與孩子共同徜徉書海。誠如她所說，當家裏有隨手可得的好書，充滿讀書的溫馨氣氛，孩子跟父母膩在一起讀，讀得欲罷不能，讀得哈哈大笑，讀了之後又能聊得很開心，親子間有無數本共同喜愛的書本與共築的想像世界。在這樣的環境下，孩子根本不覺得自己是為了學英文而閱讀，但有趣的是，英文能力卻在不知不覺中提高，甚至一鳴驚人。

　　所以，選一本適合孩子聆聽的英文有聲書吧！就以輕鬆自在的態度，讓不受拘束的心靈跟隨孩子去傾聽、捕捉、感知故事的趣味與神秘。就像語言學裏「情感過濾假說」所提出的，心情與態度是影響學習品質的重要因素，就讓故事本身的趣味打破語言學習的高牆，讓父母無盡的愛與包容，悄悄留存在故事書的隻字片語之中。

　　語言學習有太多理論，無法在此一一以文字詳述。對家長而言，最重要的是在不違背這些大原則下能彈性應用。父母們千萬別在親子共讀時，抱持急功近利的想法，急於想知道一本書讀完之後，孩子學會了那些單字？唸錯了那些音？讀懂了什麼句子？三不五時的加以拷問一番，給予孩子過高期待或壓力，反而降低了學習動機。不僅徒勞無功，反而得不償失。挑本孩子喜愛的書一起坐下來輕鬆地「悅讀」，可以保證獲得的是親子共處的樂趣。愉

快的經驗逐漸建立後，孩子會自然地喜歡窩在你身邊，希望再享親子共讀的快樂。藉由一本又一本書的持續閱讀，當這些小小語言天才沉浸在大量的英語與有趣的故事時，英語學習正面的成果自然可以預期。

　　我的孩子現在已經上研究所了。我仍記得在他小時候，自己也曾運用這些原則，引領他進入英文園地。彩杏提到的一些童書，如《*The Very Hungry Caterpillar*》等知名作品，他也曾看過。當時與孩子共讀的樂趣，至今仍歷歷在目。他令我印象深刻的英語能力成長，更印證了我學過的語言學習理論與觀念。想必彩杏也充分享受到親子共讀的喜樂，與孩子英語能力成長的喜悅。

　　知道我的畢業生中，出了一位這麼努力付出的媽媽與老師，如此用心帶領孩子學習，十分令我感動，我更為畢業系友能運用專業與經驗，用心推動英語教育而感到欣慰。期待彩杏能朝這方向持續邁進，也希望這本書的出版，能讓家長瞭解語言學習不是僅有上補習班一途，而是可以用更自然、溫馨，且符合語言學習理論與閱讀理論的有效方式，親子一起品嘗英語世界的樂趣。

Foreword |

Tsai-Hsing Liao's Listen Up!!! is a book to be cherished not only by English-learner children but, and perhaps particularly so, their parents. Tsai-Hsing, whom I know as Ivy, began forming the foundation for her method over twenty years ago as she took courses and wrote her M.A. thesis in the Department of Foreign Languages and Literature at National Chung Cheng University. I was fortunate enough to be her instructor in some of the courses and subsequently her advisor for the highly successful thesis she completed on a feng-shui reading of Edgar Allen Poe's "The Masque of the Red Death." From the beginning I found her exceptionally enthusiastic and dedicated in her studies. Especially during her writing of the thesis I became aware of her love of language acquisition as well as the magic of story itself. She brought Poe's work to life in ways I'd never experienced before, partly because of her unique interpretation based on Chinese culture but also because of her extended efforts to reach an understanding of what made the narrative so powerful despite its having been written by a writer so far removed from her own personal life experience. Looking back at it now, I believe it was this desire to reach a close personal relationship with the story that inspired the literature-based language-learning method that she would employ with her own children, the twins Sabrina and Keith, born just a few years after she completed her degree.

As the children grew, along with the development of Ivy's method, I was able to spend time with them enough to marvel at their obvious love of English learning, something I had not often seen among my university students, most of whom had apparently come to think of their English studies as an obligation and in some cases almost as a punishment. This past academic year (2015-2016), after not seeing them for a number of years, I spent time with the twins again but in this case as the instructor of two university courses I agreed with Ivy to let them audit as an experiment in how they would perform in a more demanding academic environment than they had yet experienced. My first reaction was sincere astonishment at the English conversational facility they had achieved by the age of 15 years. Both spoke to me privately and in class in an English that was not merely correct but also characterized by near-native fluency and ease. My greatest surprise was that they had attained an English speaking ability beyond that of any of my university undergraduates and even most of the graduates. Sabrina's written English was more natural and sophisticated than that of any other student in any of my courses on any level. I was shocked, to tell the truth! Now of course we know that both twins obviously possess exceptional innate language-acquisition aptitude--that goes without saying. What must be said, however, is that their mother's teaching had clearly advantaged that aptitude most effectively and in such a way that both teenagers experienced and expressed genuine delight in reading and discussing literary works. The courses were more fun and games than work for them, fun and games in the most positive, life-enriching sense.

With Ivy's book in hand, parents with children pursuing English as a second language can achieve comparable results by turning language acquisition into recreation rather than a difficult, oppressive duty. They can give their children the opportunity to develop a genuine love of literature and its attendant arts through experiencing the magic of story. At the same time, their young English learners can attain a mastery of English speaking and writing that will impress all who spend time communicating with them in that tongue. Perhaps even more importantly, Ivy's method can serve as a foundation for a life of reflection on and understanding of other cultures and other peoples as well as one's own.

J. B. Rollins

Professor of English

National Chung Cheng University

（註：**J. B. Rollins** 為作者的論文指導教授）

PART 1
觀 念 篇

(此插圖為作者雙胞胎女兒六歲時所繪)

奠定英語實力的三個關鍵

親眼目睹孩子的英語學習過程，再對照自己過去截然不同的學習經歷，讓我相信：重複句＋圖文合一＋規律播放有聲CD，能讓學習英語自然、輕鬆，充滿樂趣，而且成果斐然。

不斷有人問我：「你們雙胞胎上哪所全美語幼稚園？還是曾在哪裏補習英文？」「為什麼他們講的英文那麼字正腔圓？」「為什麼他們認得這麼多自然科學領域的英文字彙，又能津津有味地閱讀自然科學類的英文圖畫故事書呢？」

一連串的疑問之後，接下來免不了就是一陣嘆氣：「我的孩子補習了這麼多年，英文仍然唸得零零落落，認得的字彙少之又少，對英文閱讀完全沒有興趣。」

事實上，我的一對雙胞胎兒女自出生一直到九年級都是在國內求學，讀的是一般公立學校。學齡前念一年快樂無憂的幼稚園，接著中小學則是就讀公立小學中學的音樂班。我自己則打從小孩出生後，就一直是全職媽媽，因此孩子一直沒有上過補習班或安親班。

每次面對親友的「為什麼我的孩子做不到」的疑問，我總是這樣告訴他們：「其實，您的孩子也可以做到！」

我一直相信，撫養孩子是一種「創造性的付出」，我與外子盡力在家裏

為孩子創造愉快的閱讀氛圍，讓閱讀成為孩子的最高享受。從孩子五歲開始，他們平均一年接觸150本英文故事書，這些好書總是能輕鬆擄獲孩子的心，令他們愛不釋手。

　　雙胞胎對英文閱讀的熱情與成果，常感染到我與外子。在回答過太多次親友的疑問、看過太多父母的挫折後，我們很想分享這些年來，自己家裏滿是英文有聲故事書的歡樂時光。

掌握MM法則，孩子天生就是語言家

　　每個人都知道大量閱讀對英文學習很重要，但是讀什麼材料、用什麼方法讀，卻是個專門的學問。**我深信，只要掌握「材料」（Materials）與「方法」（Methods），學習之路可以事半功倍。**

　　為孩子選擇適合的英文繪本與小說，對我來說是一個吸收大量資訊並仔細過濾選項的工程。感謝當年研究所時期的訓練，選書前後我看過的兒童文學研究專書和學術期刊，算算也有數十本。這幾年下來，家裏選購的英文兒童讀物，累計竟多達上千本。

　　令我欣慰的是，這些耕耘，至今回想起來，我依然認為很值得。每月平均購書費用約台幣2,500元，孩子不必趕補習班，不會被過多的句型與文法破壞學習興趣，反而可以慢慢領略英文故事的趣味。我所做的事情其實很簡單，只是買好書放在家裏，根據自己所學，實驗性地安排英文有聲書的順序，每日不間斷地持續播放而已。

　　這樣的花費算高嗎？每個家庭經濟狀況不同，答案或許見仁見智。我也有自己累積多年的「省錢撇步」。覺得有聲書太貴的家長，可以嘗試用比較省荷包的方式，獲得物超所值的聆聽素材。

　　舉例來說，一年一度的ETA英語教學研討會，就是我想盡辦法抽空去「朝聖」、「挖寶」的盛會之一。

　　ETA研討會其實是給英語教師充電的學術盛會，但場外的書商攤位也熱

▲《*Go Away, Mr. Wolf!*》，Mathew Price出版（2003）。

彩杏媽咪傳授小訣竅

省荷包買有聲書的時機：ETA研討會書展

　　每年十一月第二個週末，在台北市劍潭青年活動中心有個為期三天的英語教學學術研討會。想買便宜的有聲書，千萬不能錯過這裏。這是個付費參加的研討會，由中華民國英語文教師學會（ETA）所主辦，會場內有上百場講座，由來自各方好手，進行心得交流與經驗傳承。而在會場外的攤位，則是任何民眾都可以參觀購買。

　　每年都有國內多家英語教學出版社、雜誌社與書商設攤，展售琳琅滿目的英文書籍，堪稱為「英語教學界的國際書展」，一點也不為過。在那兒買書的最大好處是折扣很多，甚至有些庫存書，簡直可用跳樓大拍賣來形容。

　　我曾碰巧買過一本圖片很多的英英圖解字典《Word by Word Basic》，那時因為出版社準備重新改版，所以把舊版庫存書以不到三折的價格出清。抱著「反正這麼便宜，就買下來看看」的心態，回到家後就擺在吃飯的小桌子上。後來發現，孩子吃飯、休息、無聊的時候竟會經常翻閱，覺得自己真的是「賺到了」。

鬧滾滾。目不暇給的兒童英文圖書、教材、故事書及DVD，讓我一時間還真不知該從何處著手。不過，當時家中雙胞胎已五歲，從未接觸過英語，因此我就憑直覺，選了搭配CD的趣味故事和悅耳的英文兒歌給孩子。其中《*Go Away, Mr. Wolf!*》這個平凡簡單的故事，沒想到卻引發日後一連串的「神奇效應」，至今回想起來仍然深感不可思議。

那天，雙胞胎看著我提著大包小包回家，有不少是書商贈送的免費教具，孩子則是一邊玩耍，一邊聽故事CD並翻看故事插畫。《*Go Away, Mr. Wolf!*》這本平凡簡單的故事書，正是其中的一本。

第二天，我正忙著準備午餐時，傳來雙胞胎在遊戲房爭吵的聲音。原來是哥哥想邀請妹妹一起玩剛剛組裝好的玩具屋，哥哥開口問道："Anyone for a game？"。妹妹不願意，對著哥哥說："Go Away, Mr. Wolf!"作為母親，我常調解子女吵架，然而調解兩個小小孩的英文爭吵，這還真是第一次。

更神奇的是，第三天晚餐後的水果時間，兄妹兩人分別扮演野狼與小豬，開心說著《*Go Away, Mr. Wolf!*》英文故事裏的對白給爸爸聽！

這實在跌破我的眼鏡。雙胞胎竟然在短短幾天內，輕輕鬆鬆就複述出一本英文故事書的內容，這給了我極大的震撼與鼓舞。

《*Go Away, Mr. Wolf!*》這本故事書裏，究竟藏著什麼神奇的吸引力？我該如何循著第一本英文故事書及其配套CD帶來的成功經驗，延續孩子英文學習的樂趣與驚人的成果？出於自身的興趣加上孩子的教育所需，如何將英文有聲書自然融入日常生活，成為我在日復一日的全職媽媽生活中，持續好奇與研究的主題。

關鍵一：重複句，讓孩子從陌生到熟悉到完全掌握

《*Go Away, Mr. Wolf!*》對大部分的幼童來說耳熟能詳，它講述了一隻狡猾的大野狼，裝扮成四種不同的身份，企圖誘騙三隻小豬開門的故事。

這個英文故事共有五個段落，每個段落都從相同的敲門聲開始，而小豬也發出了五次一模一樣的詢問：" Knock! Knock! Knock! Who's that knocking at our little front door？"之後大野狼無論是兜售冰淇淋，還是邀請三隻小豬兜風、玩耍或游泳，三隻小豬一概拒絕並馬上關門。光是這句 " 'Go away, Mr. Wolf！' said the three little pigs. And they quickly shut the door."就出現了四次。

這些在故事裏一遍又一遍出現的相同字句，加上CD中的敲門聲、關門聲等「情境輔助」的音效，降低了孩子理解故事內容的難度。透過故事的情節安排，孩子自然而然體會到了這些重複語句的意義。在不斷重複帶來的熟悉感中，雙胞胎不自覺地隨著複誦，唸著唸著，就變成了自己的語言。

重複性（repetition），在英文學習初期扮演著極其重要的角色，沒有什麼比一再重複的話語，更容易讓人取得學習的效果了。幼教專家曾指出，孩子在接觸新事物時，總是希望有機會不斷重複，好讓他們能逐漸熟悉陌生的內容，直到完全掌握才感到安心。

英文初級故事裏的重複句，是作者特別設計的：將重要的訊息用容易吸收的形式加以呈現，就可以讓孩子練習自主閱讀，並增強孩子英語學習的自信心與成就感。因此，某些字句會反覆出現。但在規則的問句之間，優秀的兒童文學作者也會穿插有形式變化的應答，讓故事不致因一再重複而乏味無趣。

例如，孩子在聽《*Go Away, Mr. Wolf!*》的故事CD時，會聽到小豬不斷重複詢問："Who's that knocking at our little front door？"而狡猾的大野狼，則四次提出不同的邀請，來回應三隻小豬的相同詢問：

"Anyone for ice cream？"

"Coming for a drive？"

"Anyone for a game？"

"It's a lovely day for a swim. Anybody coming with me？"

這些日常生活中常用的簡短對話，淺顯易懂，是孩子初學英語的最佳材料。以我家雙胞胎為例，當時他們根本不曾上過英語課，但在反覆聆聽幾次後，竟然就能朗朗上口，輕鬆複誦。

同樣內容，聽七次以上才會有聲音記憶

記得曾看過的一篇研究指出：同樣的內容，通常必須聽七次以上，才會產生聲音記憶。**持續不斷地聽，是為了建立聲音記憶，達到直接聯想的目的。無論句子結構簡單還是複雜，只要有不斷重複的語言輸入，學習者就能慢慢將其內化，就可以在意識中形成「記憶」，最後無意識地脫口而出。**尤其是自由自在、無拘無束的聆聽，更能讓孩子形成輕鬆、愉悅的長久記憶。

曾有朋友好奇地問我：「妳自己就是外文系畢業的，在家一定經常用英語與孩子對話吧！？」實際上，我跟一般父母一樣，都是從中學開始死背英

文上來的聯考世代，對自己的英文發音很沒信心。我雖然很愛看外文童書，但提起英文口語，說來不怕見笑，還真的是「積習難改」，能少開口就儘量避免開口。中文，才是我們家最主要的溝通語言。因此，雙胞胎的英文發音之所以能清晰標準、語調之所以能流暢自然，完全與我的英語口語能力無關。他們今天之所以能口語流利、發音字正腔圓，我認為完全是拜有聲書所賜。

由專業人士錄製的有聲書，是歐美出版界的重要產品。優質的有聲書對說話語氣、速度，還有情緒的拿捏都相當講究。專業的配音者會細心揣摩人物角色，把原本安安靜靜的故事，朗誦得熱鬧有趣。配上韻文、背景音樂及改編歌謠錄製的兒童有聲書，更是娛樂效果十足。

大部分父母都輕忽了「幼兒一開始是通過耳朵來學習的」這一事實。孩子的語言表達能力是否流暢，在於成長階段是否大量獲得了發音清晰且內涵豐富的語言輸入。因此，我深信透過耳朵接受「知識真、故事善、文字美」的英語刺激，才是培養孩子扎實能力的基礎。這也是我很努力地選擇優質有聲書的原因。我相信**專業錄製的CD不但聲音表現力豐富、節奏掌握得宜，而且情緒營造恰當，能夠完整傳達語言的精緻內涵。**

關鍵二：圖文合一，插畫當線索

在耳朵之後，才是透過眼睛來學習。

我身邊有些朋友，知道我的「有聲書英文學習法」後，總會不放心地問：「真的只是播放有聲書而已嗎？真的都不需要中文翻譯，不必解釋嗎？」「孩子究竟聽不聽得懂啊？」我也不厭其煩地說，只要選擇的內容在水準之上，就要相信孩子的能力，他們真的能聽得懂。原因在於，**好的兒童**

繪本幾乎都有一個特色：圖文合一，孩子光看插畫，就能「猜」故事。

一位才華洋溢的兒童繪本插畫家，為了充分傳達故事細節，往往會在不同畫面上採用不同的構圖角度，帶領孩子從四面八方觀察。一頁頁精彩的插畫揭開了故事主題的多層面貌，從中孩子能明白情節的推演，掌握故事的脈絡。

插畫與內文緊緊相扣，每幅插畫就像鏡頭對準一般，用主題集中的圖像，凸顯故事裏的重要訊息，不僅帶來新奇迷人的視覺感受，而且幫助認字不多的孩子了解故事情節的發展。插畫所能達成的「呈現故事」與「藝術欣賞」的雙重功效，是一般英文教科書的內頁無法企及的。

除此之外，孩子透過不斷猜測所獲得的推理能力，更是寶貴。我一直深信，培養推理能力並不是科學探索或偵探故事的專利。培養卓越的閱讀能力，同樣仰賴於合乎邏輯的語言推理能力，也就是從上下文推測出合情合理的語意的能力。

初級英語學習中的「重複語句」、「圖文合一的插畫」與「有聲書朗讀」，其實就已具備了培養語言推理能力的要素，但大人卻經常把時間和精力用錯地方。師長的講解總是鉅細靡遺，於是孩子習慣依賴中文翻譯，相信標準答案，堅持背完單字與文法，才肯放心閱讀文章，如此完全剝奪了孩子發展「猜測、揣摩、推敲」能力的機會，也剝奪了孩子自己去注意、判斷和解釋的機會，更剝奪了孩子經歷「我了解了！」「現在我懂了！」那種茅塞頓開的興奮的機會。

憑藉自己的能力解開謎題，是成就感的最大來源。優質又有趣的英文圖畫書引導孩子，用自己的耳朵、自己的眼睛，雙管齊下，從CD朗讀聲中聽到故事的脈絡，從重複語句裏抓取內容的重點，從圖文合一的插畫中瞧出情節的發展，最後連點成線，觸類旁通地了解整體故事的意思。這樣逐漸摸

索、慢慢琢磨、用心體會的習慣，久而久之會成為終身受用的語言推理能力。

彩杏媽咪傳授小訣竅

當孩子不斷追問故事發展時，怎麼辦？

在親子共讀的過程中，孩子總會不斷追問「這是什麼？」「然後呢？」「為什麼？怎麼會這樣？」這個時候，孩子展現的正是與生俱來的好奇心。

但是，請見多識廣的大人暫且忍住，務必嘗試一下「別急著給答案」這個小技巧。

我的方法是，別等孩子發問，換成自己主動出擊。問問題時，我會避免只使用「對」、「不是」等就能打發的簡答題，而儘量多使用「開放式問題」詢問，讓孩子有機會說出各種不同的答案。

例如，「5W1H（who、what、when、where、why、how）」就是很棒的問句開頭。以「角色、事件、時間、場景、動機、手法」為出發點，誘導孩子動動腦，把散布在CD朗讀聲、重複語句和插畫裏的線索連接起來，進而做出聯想，最後組織出合情合理的表述。

親子一起天馬行空地編造故事情節，就算沒有得到滿意的答案，但這種對疑惑追根究柢的精神，以及費心思考的過程，是很有意義的。這會鼓勵孩子動腦筋去思考，大膽假設，從生活經驗中尋找可能的答案。

相信我，透過這樣的方式，假以時日，孩子會急切地想告訴你，他自己發現的故事情節。

關鍵三：聆聽有聲書，納入規律的家庭生活中

　　有聲書準備好了，只是成功了一半；另外一半的關鍵在於使用有聲書的方式：能否做到「循序漸進、持續播放」。

　　每本書的播放次數有多有少，這是因為每本書的篇幅長短不一，有些書可能聽了三、四天孩子就能輕鬆跟唸，有些書則需要較長時間的消化。孩子不是機器，所以請不要在播放次數上斤斤計較。我深信，**教養孩子要「把握原則」，但更要「保持彈性」。**

　　若您是全職爸爸或全職媽媽，最簡單的方法是按三餐時間播放。當用餐或吃點心和水果時，請記得關掉電視或離開電腦，這樣一天至少有三次，每次最少30分鐘；假日時，不妨增加播放次數。每天接觸一點點，孩子會漸漸習慣這種陌生的語言。若您是家庭、事業兩頭忙的爸爸或媽媽，那麼接孩子回家後的時光正適合播放英文有聲書。剛進家門，大家疲憊的心情都需要調整，不妨讓清亮、有磁性的故事朗讀聲，悄悄地幫自己與孩子定下心來。若您每天會開車接送小孩，路上的塞車時間請您也不要白白浪費。

　　另外兩個我常拿來安排英語故事播放的黃金時刻，一是早晨起床後，二是夜晚上床前。我深信，時間的利用掌握在自己的手裏。

　　從有計畫聆聽英文有聲書開始持續五年，我沒想到雙胞胎在不知不覺中，竟也累積聆聽了約760本有聲書。我把最初我曾使用過，也是我從語言學習角度認為最能奠定英文基礎、培養聽故事興趣的關鍵168本英文有聲故事書，設計成便於執行的「有聲書播放記錄表」，供家長使用。

　　這份播放記錄表來之不易。我不斷搜尋好書，安排播放順序，先讓雙胞胎驗證，中間又數度調整修改，這張表格才最終出爐。原則上每本書播放以一週為限，下週則換不同的有聲書，一段時間後曾聽過的內容會重複再聽。

　　用播放記錄表標記的好處是，當累積一段時間後，記錄表上的播放日

◀ 自己當年使用的「播放記錄表」。每播放一次，我就會在空格裏寫下日期，來追蹤自己的播放進度。當孩子能在不知不覺中複誦出故事中的部分句子時，我就會打個小勾，準備換另一本故事書。

期與小勾勾，往往就能讓人產生成就感與安全感。就算空格太多也是一種提醒，提醒自己別忘了在日常生活中「按下播放鍵，畫個小勾勾」，自然而然為孩子深厚的英文實力打下基礎。

改變，是成功的開始

這幾年來，我不斷來回檢視，對比自己與雙胞胎的英語學習歷程，愈來愈相信：看清自己當年的學習缺漏與遺憾，從中調整與改變，可以讓孩子不必複製父母當年不愉快、沒效率、死背又乏味的英語學習歷程。透過定時、定量地持續聆聽優質的英文有聲書，孩子的確能在不經意、不自覺的情況下學會英語，就像學會跑、跳、遊戲一樣自然。

這些年來，雙胞胎和我總是帶著興趣與樂趣，去探索這個世界的奧妙，發覺日常平凡事物的魅力。我們的鑰匙，就是一本本藏著驚奇和趣味的英文兒童有聲繪本、詩集與小說。就是這些美妙的作品，搭起了孩子與兒童文學家之間的心靈之橋。

(此圖爲作者雙胞胎女兒六歲時所繪)

我一直覺得兒童文學家與孩子之間是這樣的關係：

兒童文學家寫的是**快樂**，孩子讀的是**歡喜**；

兒童文學家寫的是**精緻**，孩子讀的是**細膩**；

兒童文學家寫的是**典雅**，孩子讀的是**雋永**；

兒童文學家寫的是**知識**，孩子讀的是**充實**；

兒童文學家寫的是**俐落**，孩子讀的是**敏捷**；

兒童文學家寫的是**想像**，孩子讀的是**未來**；

兒童文學家寫的是**風格**，孩子讀的是**品味**；

兒童文學家寫的是**伏筆**，孩子讀的是**驚奇**；

兒童文學家寫的是**起承轉合**，孩子讀的是**邏輯推理**；

兒童文學家寫的是**悲歡離合**，孩子讀的是**悲天憫人**。

❷ 請問，關於有聲書【入門篇】

接受了長達六年的國內語言系所的教育之後，我便在台北市一所號稱明星國中附近的補習班任教。老實說，對於如何幫助孩子「提升英文成績」，我並非一無所知；但我更真切地希望，孩子的英文之路是奠基於主動與樂趣之上，學習之路可以不必這麼痛苦乏味。

　　雙胞胎出生後，我把重心移至家庭。十年的全職媽媽、偶爾回到課堂兼課的時光，讓我有機會親自「實驗」在校所習得的各種英語學習理論，也「驗證」了即使在家的主要溝通語言是中文，就算爸媽的發音不夠標準，但只要持續播放「演出生動、錄音精緻」的有聲故事，身邊經常有插圖優美、故事有趣的英文繪本環繞，更重要的是，我在家中所奉行的：「不必先認單字、不必先學音標、不必先學文法、不必中文翻譯，沒有抽問考試」的「四不一沒有」政策，假以時日，孩子的英語之路終會萌芽。尤其讓我驚訝的是，這樣所萌發出來的英語之芽，後續的成果連我這個學英語很久的媽媽，都跌破眼鏡、相形失色。

　　與爸爸相比，許多媽媽的心情很容易傾向「求好心切」，老實說我自己也不例外。我不斷提醒自己，「求好」，不是要求孩子的「表現良好」，而是要求自己準備「品質美好的閱讀素材」。當「輸入」的優質英語刺激足夠豐厚，時機到了，孩子自然就會「脫口而出」。

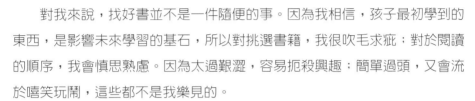

1

Q：請問，要如何替孩子選英文有聲書？
A：好的參考書籍或指南可以省下很多時間和打消很多的困惑。

　　對我來說，找好書並不是一件隨便的事。因為我相信，孩子最初學到的東西，是影響未來學習的基石，所以對挑選書籍，我很吹毛求疵；對於閱讀的順序，我會慎思熟慮。因為太過艱澀，容易扼殺興趣；簡單過頭，又會流於嘻笑玩鬧，這些都不是我樂見的。

　　幸運的是，研究所的訓練，使我學會如何以專業的眼光，為孩子挑選合適的書。除了Jim Trelease所寫的《*The Read-Aloud Handbook*》被我奉為選書聖經之外，其他如《*Valerie & Walter's Best Books for Children：A Lively, Opinionated Guide*》、《*The Children's Literature Lover's Book of Lists*》、Timothy V. Rasinski的《*The Fluent Reader*》，以及Kristo & Bamford所寫的《*Non Fiction in Focus*》等，都是曾引導我為孩子尋找好書的重要指南。

　　書末所附的「168本有聲書播放記錄單」，就是融合了我對語言學、兒童英語學習的相關知識，以及我與雙胞胎的親身聆賞經驗而成。我希望即使非英語系所畢業的家長，都能透過這份循序漸進的聆聽書單，減少摸索過程中所浪費的金錢與精神，一步步帶領孩子邁入英語殿堂。

　　我很欣賞李家同教授「一切從基本做起」的看法。目前孩子聆聽有聲書的數量，算算累計已有760本，至今仍不斷增加。但追溯這一切的源頭，卻都是從很簡單、高重複性、押韻的童謠、韻文開始起步，如鵝媽媽與Dr.Seuss的作品，就是當年幫助雙胞胎口語流暢、字正腔圓的基石。

　　鵝媽媽系列溫馨，入門容易，播放起來大人小孩的接受度都頗高。但Dr.Seuss的作品則不然，我發現許多家長初次接觸這套系列，翻開書的第一個反應往往是「這是什麼怪書啊！」腦中立刻興起一堆問號，連自己都狐疑的作品，究竟要不要買下來放給孩子聽？然而，我自己的親身經驗是，不但要買，而且要定時、確實地放給孩子聽。

　　我建議可從《*Hop On Pop*》、《*The Foot Book*》這兩本入門，接著再來聽《*Green Eggs & Ham*》、《*One Fish Two Fish Red Fish Blue Fish*》和《*Dr. Seuss's ABC*》。其中，《*Dr. Seuss's ABC*》這本字母書中俐落明快的語音刺激，不但可以聽到英語常用的發音組合，更可以清楚意識到英語裏的豐富聲音，希望孩子擁有靈敏英語聽力的父母，絕對不可錯過這本書。

　　我所收藏的近千本英文有聲書中，許多是在麥克兒童外文書店購買的。其他可以找到外文書的書店，例如：誠品書店、Page One書店、敦煌書局、金石堂、博客來網路書店、書林書店及三民書局。拜資訊時代所賜，現在買外文童書，不再是一件難事。

　　除了到書店購置外，我也不時會上國內外的公共圖書館，透過兒童繪本的電子資源區，尋找是否有免費的有聲資料可以下載。如這次在整理資料的過程中，我便發現原先我購買到的有聲版本，原先的CD出版社可能因版權到期之故，不再繼續發行，惋惜之餘，我也試著找尋其他資源，很幸運地，這次讓我挖到美國洛杉磯公共圖書館中，由故事作者親自唱誦的歌謠。像這樣的免費資源，未來我也會多多整理，分享給更多同好。

2

Q：可以讓孩子選擇他自己喜愛的有聲書嗎？

A：挑選書籍時的態度，應該像為孩子的食物營養把關，必須謹慎過濾。

　　在逛兒童書店時，經常會見到如下情景：大人帶著小孩，以大方的口吻告訴孩子：「儘量挑選你喜歡的書，爸爸（媽媽）買給你。」雖然我常被這溫馨幸福的一幕感動，然而，「全然放手」讓孩子自己任憑喜好選書，老實說，我是不鼓勵，也不支持的。

　　我的理由是，孩子的人生經驗不多，容易因為狹隘的偏好，只選某種類型的書。如男孩總是選飛機、火車、恐龍或外太空等等主題的工程或科學類書籍，小女生就很容易挑粉紅色、貼亮片的公主書。所以，對於挑選書籍所持的態度，應該像我們為孩子的食物營養把關一樣，必須謹慎過濾。

　　這也是為什麼在選書時，我會參考學者專家的意見，歸納出幾個需要考慮的項目，包括用字遣詞、語法結構、故事內容與插畫風格。但其中最重要的，在於這個故事能否「貼近孩子的心」，自然而然吸引孩子的目光與興趣。

3

Q：直接聽英文有聲書，沒有中文翻譯，孩子怎麼聽得懂？

A：透過繪本有聲書，孩子對「聲音」和「圖像」的體驗，可以訓練他們抓重點、發揮聯想力，進一步發展出「觸類旁通」的閱讀潛能。

　　老實說，剛開始我沒有在英文故事裏帶入中文翻譯，純粹是偷懶與因

緣際會。身為一對雙胞胎的全職媽媽，家裏也沒有「瑪麗亞」幫忙家務，很多事情我是選擇能省則省。因為孩子從不曾要求我用中文翻譯或解釋故事情節，加上雙語專家主張語言學習要直接、純粹，不需任何翻譯、解釋介入。於是我也「偷懶」得「理直氣壯」，並不會主動提供中文翻譯。

　　為什麼我的孩子當時並不尋求大人的中文解說？我想主要原因在於，我最初播放的英文故事都很簡單，他們自己就可以根據插畫明白個大概。更重要的是，我也從不緊迫盯人地提問，問他們懂不懂，或是要求他們解釋故事內容。他們就自然地聽、自在地吸收，一切順其自然。

　　一直以來，雙胞胎都只是「聽故事」，而不是「讀故事」。而我也是一直播放到約第100本，也就是Mick Inkpen創作的經典童書《*The Blue Balloon*》時，我才驚訝地發現，原來專家的論點是千真萬確的：沒有母語翻譯，孩子也有能力在自己的摸索下，看懂和聽懂英語故事。

　　記得雙胞胎聽《*The Blue Balloon*》這個故事時，仍然是「英語文盲」，也就是說他們認得26個字母，但不認得英文單字。第一次播放時，原本我有些遲疑，雙胞胎能聽懂嗎？故事裏有許多單字，如squeeze、squash、whack、stretch，甚至indestructible等，老實說並不容易，大約是國内高中生

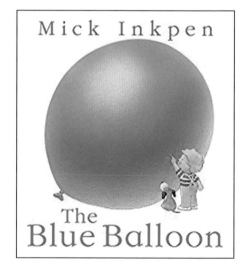

▲　《*The Blue Balloon*》，Hodder出版（2006）。

才會學到。

但令我驚訝的是，雙胞胎不僅聽得津津有味，而且在重複播放幾次後，還能跟著CD唸得抑揚頓挫。他們跟著CD唸，唸得煞有其事。到底理解多少？這次我終於忍不住開口問了。

女兒告訴我：「你看畫面上的氣球，不論小男孩做什麼，氣球都沒破。看著插畫裏小男孩的動作，squeeze應該是擠壓、squash應該是用力壓下去、whack應該是用力打。媽媽你看書頁可以翻開，stretch應該是儘量拉吧！」但我更好奇她對indestructible這個字的理解，「就是不論被怎樣，它還是好好的」，女兒這麼告訴我。這個可愛、貼切的說法，一直在我腦海裏，記憶猶新。

孩子與故事情節產生共鳴而得到的真實感受，遠比字典裏的刻板定義：「indestructible不滅的、不能破壞的」，明顯溫暖、有價值多了。不需外來強加的中文翻譯，更不用死背硬記，孩子以自己的方式理解，這樣的自然領悟、直接體會，才能學得快樂又實在，不是嗎？

傳統的英語教學，總是講解得鉅細靡遺，於是孩子依賴固定的中文翻譯，堅持背完單字與文法才肯放心閱讀文章，但這卻剝奪了孩子自己去注意、判斷和理解的機會。一旦遇到學校沒有教的句型、沒有背過的單字，就無法繼續閱讀，理解力更是大打折扣。**依賴中文翻譯，等於沒有辦法獨立閱讀，而缺乏自我猜測、推理的閱讀習慣，英文能力其實是非常薄弱且受限的。**

反觀最好的兒童文學作品，由於插畫豐富又生動，替平面、靜態、黑白的文字提供了令人難忘的具體形象，使識字有限的孩子得以親近故事內容。因此，透過精緻的繪本有聲書，孩子對「聲音」和「圖像」的體驗，可以訓練他們抓住要點、發揮聯想力，進一步發展出「觸類旁通」的閱讀潛能。

4 **Q**：能否選擇中英對照的故事書？
A：請絕對不要選擇中英對照的書。

　　這是一個看似平常，卻會影響學習品質的關鍵考量。請絕對不要選擇有中英雙語對照的書。

　　請大家回想自己的習慣，只要閱讀的文章是全英文素材，沒有中文對照，為了理解大意，我們只好硬著頭皮查字典、一句句仔細讀。但若搭配中文翻譯，人類本身就有偏好熟悉、傾向容易的習性，因此一定會跳過英語，直接看中文，這樣就剝奪了孩子「直接」接觸英文的寶貴體驗。

　　剛開始接觸英文童書，因為不認識任何英文字，孩子會先看插畫。插畫家精準的描繪，不但是文字的最佳圖解，加上細膩的動作表情、寫實的人物場景，於是圖畫會自己說故事。「圖文合一」的緊密連結，可以幫助認字不多的孩子，就算只看圖畫，也都可以猜出故事內容。另一方面，**CD**朗讀中幾乎都有「翻頁提醒聲」，適時提點該翻頁了，孩子會自己知道哪一句出現在哪一頁。此外，專業人士錄製的有聲書，語調活潑，語氣逼真，加上背景音效帶來的臨場感，一回生二回熟，反覆多聽幾次，孩子會自己聽懂的。

　　孩子逐漸摸索，用心體會，久而久之，能夠隨之「聽」出語言的真義，並「看」出插畫的內涵，這樣的訓練自然會內化到生命裏，成為終身受用的語言推理能力。專家提醒加上自身經驗，我真的相信：孩子彈性很大，適應力強，潛能更是無窮。

5

Q：小孩好奇心強，如果一直要問中文解釋，該怎麼辦？

A：一本好的《圖解字典》，正是幫助孩子理解英文字彙的最佳工具。

　　先恭喜這位媽媽。一個好奇又好問的孩子，表示是喜歡動腦、勤思考的，那麼我們更不該立刻提供答案，剝奪了讓他自己摸索的寶貴機會。

　　這時候，何妨陪著孩子一起找答案？而一本好的《圖解字典》，正是幫助孩子理解英文字彙的最佳工具。

　　最得我家雙胞胎青睞的英文圖解字典，是《*Word By Word Basic Picture Dictionary*》，目前這本字典已出到第二版。與一般傳統字典按照*A*到*Z*的排列方式不同，這本圖解字典是以主題形式編排。左邊是生動的彩色圖解，右邊是圍繞主題的關鍵詞彙，圖文對照的跨頁設計，讓讀者一目了然。

　　例如，介紹家族成員（Family members）時，作者細心分成兩單元，先介紹核心家人，有father、mother、siblings、grandparents、grandchildren等，接著再介紹旁系血親和姻親，有uncle、aunt、nephew、niece、cousin、father-in-law、son-in-law等。同時這本字典在詞彙的下半頁，也列舉了示範對話，並提供延伸學習，可作為孩子模仿的素材。

　　在任何語言的入門階段，最初接觸的字彙以日常生活經驗裏常看到、體會到的事物為主。因此，這類型的基礎單字大多是形象鮮明的具體事物，此時英文圖解字典裏惟妙惟肖的插畫，就是最好的幫手，讓孩子從圖畫中明白單字的意義，而非處處仰賴中文翻譯。

6

Q：聽有聲書的時候，孩子不必一邊看書、一邊聆聽嗎？那孩子的閱讀能力怎麼提高？

A：不必分神去注意文字，反而更能專注聆聽，把精神集中在聲音訊息，對聲音的細膩感受，更能幫助了解故事的大意。

　　首先，我想先釐清：「聽懂故事」與「有能力自己閱讀故事」，其實是兩碼子事。

　　大家不妨回憶自己的成長歷程。在學齡前階段，即使還看不懂中文字，卻已經可以聽懂兒歌、聽懂故事，唱得興高采烈，說得有模有樣。不論是在幼稚園聽老師說故事，或是在樹下聽爺爺講古，不識字並不等於無法聽懂故事，不識字並不等於無法享受故事的樂趣。正因不識字，所以不必分神去注意文字，反而更能專注聆聽，把精神集中在聲音訊息，對聲音的細膩感受，更能幫助了解故事的大意。

　　語言學大師，麻省理工學院教授Noam Chomsky主張，人類大腦裏有個「語言器官」，讓人類不需要系統學習就能學會說話。**啓動開口說話的關鍵，是「聽到語言的真實聲音」，而不是辨識文字符號**。因此，在學習任何語言的初期，聆聽大量標準又正確的語言示範，累積語音辨識能力，引導出潛藏的語言天賦，這才是最好的起步。孩子並不需要接受任何課程或訓練，單純的聽，不必中文翻譯、不必文法解釋，直接感受英語裏的聲音特色、語法結構，大腦就能掌握英語的語言精髓。

　　這也是為什麼我一直堅持：**在學習英語初期，孩子的角色是「聽眾」**，

父母的任務是「提供質量並重的英語輸入」，讓孩子習慣英語的豐富聲音。

最初我在播放有聲書的時候，只是希望讓孩子習慣生活在「有英語故事環繞的氛圍」裏，並不期待他們能認字。因此，每次播放CD時，我不會特別要求雙胞胎要「邊聽、邊看書」，而是當孩子在地板上堆積木、玩玩具、畫畫、做美勞時，任何輕鬆閒暇玩耍的時候就播放，並且「不著痕跡」地把繪本放在茶几上、地板上，任何孩子容易看到的地方。

我的經驗是，當有聲書的穿透力抓住孩子耳朵時，獨特的聲音魅力，往往就能吸引孩子因好奇而翻開書；當書中插畫的感染力能扣住孩子的目光時，孩子就能反覆欣賞。

「但是，如果孩子依舊不看呢？」一位媽媽曾這樣憂心地問我。這裏，我認為就更凸顯出「選書」的重要性。

我初期播放的有聲書，故事內容淺顯，英文字不多，但插畫都很棒，雙胞胎總是會被造型新穎、色彩爛漫的插畫吸引，不自覺地就翻翻看看。

如有一本全書只用32個英文單字寫成的簡單故事《*Rosie's Walk*》，它描述肥胖母雞Rosie怡然自得地散步時，後面跟了一隻不安好心的狐狸，偏偏母雞行進的路線，正巧都陷狐狸於意外，讓前者安步當車，後者出盡洋相。

雖然故事朗讀簡短扼要，但從有聲CD裏，孩子會聽到狐狸被釘耙打中鼻子的巨大聲響、栽進池塘的落水聲、稻草堆散落一地、蜜蜂群起追擊等種種立體音效，讓孩子感受到故事發展的生動逼真，也增添了許多詼諧喜感。即使只看插畫，識字不多的孩子都能在淡淡的幽默裏，愛上這個故事。

輔助情境的音效，使孩子豎起耳朵；幽默逗趣的插畫，使孩子看得開心愉快。而「重複聆聽、主動翻閱」的過程，讓孩子在不知不覺中養成「耳濡目染」、「觸類旁通」的理解能力。隨著孩子年齡漸長，後來我也才漸漸相

信，認字能力就在這些頻繁接觸、持續聆聽的過程中，一點一滴逐漸累積。

7

Q：直接聽有聲書，真的不必先了解文法或認識單字及音標，孩子就能聽得懂、唸得出來？

A：是的。基本上是仿照母語的學習方式，「把英語當母語來學」，強調「整體式的學習」。

大人不妨回想一下，我們是如何學習母語的？

學母語時，即使是聽陌生的故事，也不會因為哪個字聽不懂或遇到不熟的字，就停頓下來而影響自己聽故事的樂趣。因為，我們聽的是「整體」。當年，爸媽也不會指著窗戶告訴我們：「ㄔㄨㄤ一聲窗、ㄏㄨˋ四聲戶，這是名詞」般的拆解字音、分析詞類。

我們在生活中不斷聽到某個字被使用，而且是用在有意義的句子裏。於是，天天聽，聽多了，自然就聽懂了，聽久了，自然就會講了。

這些經驗讓我相信，母語學習是直接、自然的醞釀與積累，並不需要多餘的介入與解說，是完整的語意吸收，也不需要拆解字音、分析詞類。所以，把英語當母語來學，讓孩子每天聆聽悅耳又活潑的英語故事，是最直接的感染與吸收。

我的做法，在許多家長眼中或許很「異類」，但論到初衷，其實也只是回頭省思自己的英文路，希望自己在英文學習中經歷的痛苦與缺憾，避免在

孩子身上重演而已。

　　請問各位爸媽，你以前辛苦背的單字、努力記的音標、拚命練習的文法題，現在能運用自如嗎？可以與外國人侃侃而談、聽懂CNN、流暢閱讀外文報章雜誌嗎？相信許多人和我一樣，過去學生時代付出的心血，暫時解決了考試問題，提升了些許考試分數，其他就什麼都沒有了。那麼，還要讓孩子複製我們過去不愉快、沒效率、死背又乏味的英語學習經歷嗎？

　　讓我們看清自己學習的盲點，從中調整與改變，給孩子的英文學習有一個新的方向，一個靈活、有趣又有效的好方法吧！

　　孩子聆聽大量條理清晰、結構嚴謹的故事，自然會受到影響，而說出同樣合情合理的句子。學者一再呼籲，語法結構、文法句型，是可以經由大量閱讀自然學會的。常聽到標準正確的發音，朗讀有意義、有內涵的句子，當好的文句自然而然烙印在腦海裏，孩子會不經意地模仿發音、模仿句法，最後說出好聽的英語、說出結構正確的語句。

　　如果有機會，你不妨嘗試向外國人請教文法，或請他針對考題解釋文法。你會發現，對習慣母語的人而言，他是不必、也不用學習文法的，即使是大學教授，他也會告訴你就是這樣：「我選個『唸起來比較順口』的答案，但我不知道為什麼，我也不會解釋。」

　　在許多年前，我只是從教科書上讀到這些理論，老實說我也是半信半疑。但是，參考了專家的理論，採納了學者的建議，加上我親眼看到自己孩子的英語學習及得到滿意的成果後，我真的要大聲疾呼：「不必先學文法，孩子真的是可以自己聽懂英語的。」

　　我想再次提醒家長們，**請不要剝奪了孩子與生俱來的自我學習能力。耳濡目染、觸類旁通，才是孩子自然而然學會英文的重要準則。**

雙胞胎英語生活記事

不必先學文法音標，孩子真的可以聽懂故事

▲ 《If the Dinosaurs Came Back》，
Sandpiper 出版（1984）。

　　我家雙胞胎愛上聽故事後，好喜歡與家人分享故事，唸故事給大家聽。有回我小弟來訪，雙胞胎妹妹拿著《If the Dinosaurs Came Back》說要唸給小舅聽。當她興高采烈地唸完後，聽到舅舅以開玩笑的口吻讚美著：「妹妹你好厲害，居然會使用假設語氣，還知道與現在事實相反的假設語氣要用過去式，真了不起！」在那當下，雙胞胎妹妹不禁一臉狐疑，我則是像日本卡通主角小丸子般，額頭頓時冒出三條黑線。

　　《If the Dinosaurs Came Back》是令人耳目一新的恐龍故事書。作者Bernard Most發揮創意，想像恐龍如果還活著，能為現代人類帶來18種新奇的貢獻，如推開雲層使陽光普照、養在家裏嚇跑竊賊等，是很具幽默感的一個故事。

　　雖然許多用字遣詞是孩子第一次聽到，但新鮮的題材卻能吸引孩子一聽再聽。隨著恐龍的出現，相同的句型結構連續重複了18次。孩子在聽到一次又一次的聲音刺激後，主題句 "If the dinosaurs came back, they could ／ would" 的語法結構早就烙印在心裏，哪還需要學假設語氣的文法！

這本書的CD錄製也很用心。它將作者附加在書後的23種恐龍的名稱，如Triceratops、Brachiosaurus、Iguanodon等，以清晰明確的發音唸了一次。若使用傳統背單字、記音標的方式來記憶，這些不算短的名詞，別說孩子，連大人都一定唉聲嘆氣、叫苦連連。但有聲CD悅耳的朗讀聲，使孩子在反覆聽過幾回後，即使不認得這些字，照樣能朗朗上口。

我印象很深刻的是，在某次座談會的現場，我曾分享這個故事，一位媽媽皺著眉頭疑惑地問我：「孩子需要背這些冗長的名稱嗎？背恐龍的名字有用嗎？以後又不當考古學家！」

但我的看法或許不太一樣。我們都曾經年幼過，卻忘了自己小時候那種「大人不會的東西我卻會，那就是cool」的心情。尤其對小男生而言，能用英文叫得出每一種恐龍的名字可炫著呢！更何況這些名稱是孩子自然而然聽熟的，是自己記住的，而不是被硬逼著背熟的。

後來我更發現，孩子主動跟唸多音節英文單字，背後有許多意涵。除了表示孩子開始喜歡聽英文之外，更重要的是，能唸出來表示播放的聲音他有聽進去，而多音節的專有名詞還是訓練舌頭靈活運轉、幫助咬字清楚的妙方呢！

8

Q：既然要把英語當母語來學，那一天至少3次，每次約30分鐘，這樣夠嗎？

A：所謂的「把英語當母語來學」，強調的是「從故事中猜測」，即整體式的學習。

的確，「無法24小時浸泡在英語環境中」是所有英語非母語家庭的現實情況，既然在「量」無法企及，因此我更重視播放的「質」。而這樣經年累月聆聽了五年下來，我的孩子向我證明了：這樣，也足夠。

相反的，我們浸泡在所謂的24小時中文環境裏，但是每個人的寫作或口語能力，也都程度不一，這其中很大的關鍵因素在於接觸的「品質」。以中文為例，若每天聽到的內容，都是口齒不清、用字模稜兩可、內容乏善可陳的對話，閱讀的文字都是空洞的八卦訊息，而非閱讀有內涵、語意複雜的完整句子或文章，那也難怪中文程度普普通通了。

同理，我認為家長不必太在意是否24小時都被美語包圍的學習環境，因為「質」更是關鍵。每週固定聆聽三本英文書，接受咬字清晰、內容精緻的英語輸入，優質的語言模仿，遠勝過每天24小時膚淺乏味的空洞對話。

9

Q：我每天這麼忙，回到家又累得半死，哪有時間每天挪出30分鐘聽故事？

A：聽有聲書的好處，就是不需要家長跟在孩子旁邊陪讀，並不需要「挪」時間、「搶」時間。

　　一位職業婦女媽媽，曾激動說出自己被忙碌壓縮時間的無力感：每天下班趕著接小孩，回家忙著煮飯，想從繁忙的日常作息「挪」出10分鐘發呆都不容易，更何況是「搶」出寶貴的30分鐘？但是，聽有聲書的好處，就是不需要家長跟在孩子旁邊陪唸、陪讀，並不需要「挪」時間、「搶」時間啊！

　　我建議家長可以找一天，用外星人的偷窺角度，偵查全家人的作息。你會發現，電視機聲、電腦遊戲聲、傳不完的簡訊聲、接不完的手機聲，許多能留白的零碎時間，就這樣被填滿了。何不找一天假日，把所有的紛擾留在戶外，還給「家」原來的單純與寧靜？

　　一開始，或許會對突然的安靜與空白感到不自在。但這一天的實驗幫助我明白，許多被「綁架」的安寧，被「剝奪」的零碎時光，我都可以用悅耳的英語故事來「替代」，用有聲書來「取代」吃飯配電視的習慣。

　　我發現，**把這些零碎的時間加起來，就能使一整天的故事聆聽累積到一小時以上**。或許一開始可能會從孩子的眼神中，看到些許感到無聊的眼神。但慢慢的，當孩子感受到靜靜的屋裏，純正清亮的朗讀聲，排斥感會減輕；當接受度增加，孩子會漸漸愛上抑揚頓挫的英語朗讀，開始不自覺哼唱英文歌謠。

　　許多預期的阻礙，往往是自己憑空想像出來的。對於自己重視的事情，**我願心意堅定地跨出第一步**。

10 **Q**：如何讓孩子願意坐下來，專心安靜地聽故事呢？
A：就讓孩子依他最輕鬆舒服的姿勢吧！

　　有誰規定聽故事一定要坐著呢？大人也不一定會正經八百地坐著聽音樂、看小說啊！聽故事是種享受，既然是享受，就讓孩子依他最輕鬆舒服的姿勢吧！在自己家裏，不是在上英文課，爸媽也不是英文老師。孩子在家不是學生，而是心肝寶貝。所以，大家解散！全家放輕鬆！

　　我記得一位媽媽曾提到，當她在家宣布：「今天開始，我要定時定量播放英文故事了，你們要安靜坐下來，專心聽。」小孩立刻大叫：「吼！功課已經很多了，哪有時間聽故事啊？」

　　在孩子的心目中，英文往往等同於記單字＝背課文＝寫題目＝考英檢＝爸媽的要求＝背了又忘、忘了再背＝無止盡的壓力。但母語卻是截然相反的，是每天聽到＝自然就會＝沒有考試＝自由自在。所以，請爸媽放輕鬆！想把英語當母語來學，就讓英語像母語一樣，隨時隨地都在身邊，可是卻感覺不到壓力。

　　請讓這些改變在潛移默化中自然而然產生，不必大張旗鼓宣布，而是**要不露痕跡地執行，讓英文故事慢慢滲透到家裏**。不論是大人、小孩，對於新的學習活動或生活型態，剛開始都會有些不適應，但經過一段時間的磨合，慢慢會從生澀發展到熟悉，從不習慣到不可或缺。

　　父母要有耐心，也請丟棄立竿見影的潛在要求。態度的改變、注意力的養成，都無法速成，而是持續的累積才會逐漸發展起來。剛開始不要奢求改變孩子的生活模式，不必要求孩子靜靜坐下來，不必坐在書桌前、不必

畫重點，沒有作業考試，更不要規定孩子要「專心聽」，或是一邊聽一邊對照著書看。

剛開始或許只是播放一個故事CD，就算只有十分鐘不到，但一天數次的播放，一整天的聆聽時間至少也能累積半小時。孩子的注意力也會隨著三、五分鐘的簡短故事，最後發展為珍貴的專注力。

11

Q：只是聽英文有聲書，如何確定孩子已經吸收並且可以換下一本？

A：孩子開始喃喃自語地唸，或是跟著CD唸、哼、唱時，表示孩子已經吸收了。

定時、定量的播放英文有聲書，是前端的原料輸入（input）；孩子口齒清晰地朗誦英文，是後端的成品輸出（output）。從輸入到輸出的過程中，孩子其實一直在吸收故事裏的養分。這次聽到重複出現的片語，下次聽到嶄新的單字，有時是聽懂故事的大意，有時會聽到先前忽略的細節。**每次播放，都是灑下養分，每次聆聽，都是吸收不同的營養。**

如何確定孩子是否把有聲書聽進去了？我的判斷方法是，當發現孩子開始喃喃自語地唸、碎碎唸，或是跟著CD有一搭沒一搭地唸著、哼著、唱英文歌時，恭喜你，代表他已經聽進去了。這是很好的起步，是脫胎換骨的前兆。此時千萬別心急，絕對要避免用抽問單字、做測驗等這些令人難受的壓力，把好不容易冒出頭的幼苗給嚇回去了。

書末我所設計的「播放記錄單」，是以每個月為大單元、以每週為小單

元，一週選播3～4本英文書，合計每個月播放12～16本書，之後兩週再將上個月的有聲書重複播放一次，孩子可以有更多機會掌握新單字與陌生用詞，加深印象。

經過第一個月的定時、定量聆聽吸收，當來到第二輪的重複階段時，一般而言孩子是有能力朗誦的，這時家長可嘗試引導孩子展現成果。有些孩子大方，喜歡表演，引導過程可能較不費力；有些孩子可能害羞內向，這時可以播放CD讓他們跟唸即可。

以JYbooks系列的有聲書為例，錄製可說相當用心，每個故事至少以三種不同形式呈現：先完整的朗讀一次（story reading），再以歌唱形式唱一次（story song），之後邀請讀者當回音跟唸一次（echo-chant）。

所謂echo-chant，是指故事CD帶頭先唸一次，然後保留旋律，讓孩子不自覺地跟著唸一次，這是誘導孩子開口的妙方之一。但請記得：**無論孩子唸得生澀或流暢，發音標準與否，都要鼓勵他，不要糾正，不要苛求。**改變本身就已經很值得鼓勵，多唸幾次，會愈來愈流暢。

學習本來就是一個不斷「嘗試與犯錯」的過程。所以，請不要在意流利度，不要立刻要求發音完美，孩子願意開口說說唸唸，就是很好的起步。直到有一天，孩子吸取足夠的營養，而養分也消化沉澱了，他就不只是喃喃自語、碎碎唸、有一搭沒一搭地唸。你會聽到有頭有尾、完整的一句英文，而且是一句接著一句。

這時候，就是邀請孩子唸書給你聽的好時機。已經累積一身功力的孩子，會自信地接受邀請，拿起故事書，一板一眼地翻書、唸書給你聽。你會很好奇：孩子識字嗎？

實際上，如果孩子真能識字，那更要恭喜你，你的孩子天資聰穎。還不

識字，有什麼關係，他會唸而且唸得興高采烈，唸得流暢自然，像母語一樣自在，這就夠了。你每天定時、定量播放的英文有聲書，已經在孩子身上醞釀出豐厚的聽力，而這些扎實的聽力已經轉換成無意識、脫口而出的英語口說能力，此時就可以在「播放記錄單」上，幫這本書畫下完美、閃亮的☆號，表示孩子已完全將這個故事內化了。

我還記得雙胞胎小時候，有模有樣地拿著故事書唸英文給我聽的神氣與俏皮。藉由反覆聆聽，他們已記住故事的內容，差不多都會背了，所以一邊唸一邊「假裝自己在看書」，就好像是他們真的在讀書一樣。事實上，我發現他們根本還不會閱讀英文字，但他們憑著聲音記憶，加上故事插畫提醒，卻能夠把書本的內容完整地說出來。

專家說，這是語言發展上非常重要的銜接。對於閱讀，孩子經常會有想炫耀的企圖。炫耀自己是識字的、炫耀自己是有能力閱讀的。因此，對於孩子一邊「假裝自己在看書」一邊脫口說英文，這是很棒的成功經驗，家長一定要善用這些時機，多多引導與鼓勵。

12

Q：只要聽有聲書就好嗎？還有其他配套措施嗎？

A：讓孩子有更多機會接觸外文活動，多多益善。

倘若父母有興趣、有時間，除了在家聽品質精良的有聲書外，讓孩子多接觸更多外文活動，當然是多多益善。即使心有餘力不足，在家輕鬆營造聽英文歌謠、故事的經驗，我相信至少不會打壞孩子的英文胃口。

在聽有聲書打基礎的前兩年，逛兒童書店、參加書店的英文說故事活

動，是我家雙胞胎接觸真人說英語的主要機會。以台北市為例，英文兒童書店包括有麥克外文書店、近台大校園的書林書局，以及有不少分店的誠品書店、敦煌書局等。自從101大樓裏的Page One書店歇業後，有好長一段時間苦於找不到non fiction類的主題書、YA

▲ 2009年觀賞布偶劇《小黑魚，田鼠阿佛與一吋草》，與演出人員的合影。

（Young Adult）小說以及國外最新出版的繪本，直到有一天逛重慶南路書店才發現三民書局四樓的英文區書種豐富，成了我採購外文書的新據點。另外，台北市立圖書館總館地下二樓的小小外文世界，藏書非常豐富，是我當年挖掘許多英文好書的寶庫，也是讓孩子多接觸英文書籍的好場所。

除了有聲書外，欣賞兒童戲劇也是孩子最難忘的回憶。暑假期間的台北兒童藝術節，有各式各樣生龍活虎的藝術表演，是孩子接觸英語故事的另一個機會。記得在2009年，我曾帶著孩子觀賞改編自文學大師 Leo Lionni 的創作，包括《Swimmy》、《Frederick》、《Inch by Inch》等三本經典故事的布偶劇《小黑魚、田鼠阿佛與一吋草》。這齣由加拿大美人魚劇團擔綱演出的布偶劇，當雙胞胎看到製作精美的布偶從繪本裏走出來時，高興地嚷嚷著要跟布偶握手合影。

2012年2月，經典故事《The Composer Is Dead》被搬上國家音樂廳的舞台，邀請東吳大學音樂系范德騰教授擔任說書人，依照故事內容真實演出。身著亮眼的舞台服裝，精湛的說書，與國家交響樂團的完美演出，加

上大螢幕的動畫，讓孩子享受到前所未有的聽故事經驗。錯過的讀者也別遺憾，YouTube上有舊金山交響樂團擔綱演出，作者Lemony Snicket親自主講的影音實況。

　　聽英文故事、逛兒童書店、上圖書館、觀賞戲劇表演、網路上的免費資源，這些活動讓孩子有機會在生活裏接觸英文，讓英文不再只是紙上談兵的考試學科，而是能增加生活情趣的重要工具。

　　用心製作的DVD動畫片，也有同樣的效果。我推薦《The Lorax》和《Horton Hears a Who!》，兩者都是Dr. Seuss的故事改編，是值得全家觀賞的優質動畫。

　　《Horton Hears a Who!》的故事靈感來自小小孩需要被呵護的微妙心情，於是Dr. Seuss創造Horton，一隻善良、忠誠、自我犧牲的大象來保護一群小到不能再小的生物。故事裏的經典對白，簡單卻充滿禪意：A person's a person, no matter how small.（不論多小，人就是人），深深打動小孩的心。保有赤子之心的你、我，也會欣賞這樣簡約、單純的兒童故事。

13 Q：需不需要找外師，讓孩子有實際演練英語的機會呢？
　　　A：先規律持續地聽有聲書，奠定基礎之後，再考慮找外師。

　　以我家雙胞胎為例，他們在持續規律地聽了兩年多的有聲書後，我才開始尋找外師陪讀和為孩子唸故事。即使今天回頭看，我仍認為在學習初期，

孩子英語能力之所以能扎實奠基，有聲書的幫助仍是最大的關鍵。

　　一開始會找外師的動機，在於孩子開始具備自己獨立閱讀的能力，家裏的英文藏書也大幅增加，但這些書卻不見得都有出版CD。為了滿足雙胞胎的好奇心，也為了彌補媽媽英語發音不標準的缺憾，所以我決定找幫手來朗讀這些優質的英文故事書。

　　如何找外師和善用外師？一直是朋友經常詢問的問題。在我心裏，外師職責不在於「教英文」，而是「陪讀故事書」。由於「外師教英文」不是我採取的方針，所以我希望外師把雙胞胎當美國小孩，說話速度、語氣、用詞都不必調整，所以雙胞胎與外師之間，比較像可互相討論的朋友，而非程度懸殊的師徒。幸運的是，透過孩子爸爸認識的美籍工程師朋友圈，我們找到了合適的人選，每週一次陪雙胞胎閱讀兩到三小時的英文故事。在外師的陪伴下，雙胞胎仍然有機會讀到一些沒有CD出版的好書。

　　以我家雙胞胎五年來的學習歷程分析：聽有聲書，以平均一天三次，每次30分鐘的1.5小時計算，一週算6天，扣除旅行、生病、訪友、偷懶，總計一年約聽405小時（1.5小時×6天×45週），累計共聽了120~150本有聲書。而外師帶讀的英文故事書，一年約100小時（一週2.5小時×40次），加上外師曾經返美一段時間，課程只得暫停，延續性較難掌控。

　　我將「自己播放有聲書」與「外師陪讀」做了下頁的對照表，由於雙胞胎不曾上過英語補習班，因此保留第三欄空格給讀者自行比較。綜合來看，我認為聆聽有聲書所奠定的英語基礎，可說是「物美價廉又營養豐富」；而外師則扮演「文化大使」的角色，幫助雙胞胎認識美式文化，同樣功不可沒。

播放有聲書VS.外師陪讀

比較項目	腔調	互動對象	閱讀數量	聆聽時間	地點
撥放有聲書	南腔北調	聲音演員 （音質完美）	750本 有聲書	一年約405小時 持續5年	任何時間 任何地點 隨播隨聽
外師陪讀	固定腔調	真人互動 （實際經驗）	65本 故事書	一年約100小時 間歇持續約3年	固定地點 固定時間
補習課程	請自填	請自填	請自填	請自填	請自填

　　在比較過不同的英文學習方式後，有聲書仍是我心中的首選。有聲書，等於是文字敘述的立體表演，專業的聲音演員，懂得如何用語調、語氣、語勢、連音、抖音、頓挫、南腔北調等技巧，盡情展現語言的精髓。不必四處遊學，英國腔、美國調、甚至澳洲英語都能盡收耳底，在不同國家出版的有聲書裏，真切體驗一輪。

　　在有聲書幫助孩子奠定扎實的基礎之後，外師陪讀較深奧的故事，則可擴大閱讀範疇，讓英語學習更上一層樓。然而，若回歸**一切深厚實力的源頭，仍在於穩健踏實的日積月累，每天三次、一次三十分鐘，一天一天持續聆聽有聲書，才是所有豐碩成果的基石。**

14

Q：現在電子書很流行，用電子設備播放有聲書不是更方便嗎？還有必要買紙本童書嗎？

A：我屬意的經典兒童繪本，並非每本都有製成電子有聲書。

首先現實的阻礙是，我屬意的經典兒童繪本，並非每本都有製成電子有聲書。加上目前國內看到的兒童電子書，不是全中文就是中英雙語版本，這與我「儘量多接觸全英文故事書」的理念相違背。

更重要的是，我相信用不同形式的書本與孩子互動，會造成迥然不同的結果。在電子書興起的時代，我依然珍惜紙本書那種無可取代的觸摸手感。

跟孩子緊緊窩在一起，欣賞形形色色的故事插畫，不論是棉紙撕畫、木版刻畫、黑白對比，或是浮雕、拼貼、蠟筆、油彩等等，豐富的視覺刺激，讓我們彷彿置身博物館般享受被藝術薰陶。除完整保留插畫家的藝術風格，紙本書可以有加寬、拉長的摺頁變化，有挖洞、透視的特殊設計，或是超越平面層次的立體效果，這些都能帶來嶄新的視覺體驗，讓孩子在閱讀中有驚奇，達成在遊戲中學習的雙重效果。這些，就不是故事DVD不斷跳動的畫面，或是亮晃晃的電子書所能做到的了。

紙本書可隨處攜帶，翻到自己喜愛的一頁停下來，發呆、塗鴉、遊戲、寫心得、記感想都好。這樣完全屬於自己的情感表現，會轉化成美好的閱讀經驗。所以，我從不要求孩子保持書本乾淨如新，因為與書本聲息相通的情感，才會伴隨孩子快樂成長。

15

Q：您的孩子仍在持續聽有聲書嗎？
A：當然還在持續聽。好聽的故事，有誰會不愛呢？

　　我家雙胞胎從五歲起開始聽有聲書，一年平均150本，按一年52週換算，就是一週平均三本。

　　一週聆聽三本英文故事，而且一開始都是短短的故事，其實並不算多啊！我相信如果持之以恆，你也可以做到。尤其當孩子在持續聆聽下一天天進步，發音字正腔圓，口語流暢自然，知識吸收快速，最重要的是愛上英文與閱讀，這時候，播放有聲書就不再是負擔。

　　持之以恆，未必是堅苦卓絕。當看到熱情、快樂、感動、驚喜等等正面的情緒，在孩子與英文故事間逐漸串聯蔓延，持之以恆會變得自然而然，更會化成一輩子有價值的習慣。

（此插圖為作者雙胞胎女兒六歲時所繪）

③ 請問，關於有聲書【進階篇】

針對正在使用或曾使用有聲書的家長，面對播放過程中遇到的困難阻礙，或是已學英文多年仍難以突破瓶頸的孩子，我依據語言學理論以及親身陪伴與觀察的經驗，提出自己的想法與建議。

16

Q：我曾使用過〔An I Can Read〕系列的有聲書，但孩子不愛聽，該怎麼辦？

A：有可能是使用的時機不恰當，可以暫時先收起來，等時機成熟了再拿出來。

我想，有可能使用的時機不恰當。

首先，〔An I Can Read〕系列套書的編輯用意，在於訓練、培養孩子自己獨立閱讀英文的能力。美國孩子即使只有三、四歲，也天天聽英語聽了三、四年，所以這套書對音感已建立的孩子是不錯的選擇。反觀我們的小孩，並沒有長時間累積的英語聆聽基礎，貿然使用這套書，並不適合。

語言學家曾分析指出，任何孩子的語言基礎是建立在童謠、韻文上的。童謠、韻文不但輕、薄、短、小，而且有「口耳相傳」的特質，入耳難忘，又容易唸誦，這些才是為孩子語言打底的必備材料。Jim Trelease 在《The Read-Aloud Handbook》的第三章也明確指出童謠、韻文的重要性，更強力

推薦Mother Goose 與 Dr. Seuss是必要的首選。（請參考Part2的書單。）

那已經買的書怎麼辦？我的建議是暫時先收起來，等時機成熟了再拿出來。我也使用〔An I Can Read〕系列的有聲書，不過，只買其中兩套系列：Arnold Lobel 的〔Frog and Toad〕（青蛙與蟾蜍）系列，以及以幽默取勝的〔Amelia Bedelia〕系列。

〔Frog and Toad〕系列可以說是英文兒童故事的經典，用字精簡卻趣味十足，插畫尤其可愛，是製造歡樂的好書。而〔Amelia Bedelia〕系列比較適合已經有英文基礎的孩子。因為〔Amelia Bedelia〕的故事雖然精彩，卻使用相當份量的「雙關語」，若未具備基本字彙的理解能力，硬要孩子學習雙關語是一種折磨。若孩子早已在不同的故事裏，分別接觸到同一字詞的不同用法，當讀到〔Amelia Bedelia〕故事裏的巧妙聯想，才會有豁然開朗的幽默領悟。

閱讀的樂趣，來自讀者與故事彼此的碰觸而產生火花。我相信，孩子才是他自己生命的驅動者，父母師長只是順水推舟而已。因此，所有尋找好書的辛勞，認真拜讀專家意見，或是仔細研究書單順序等等，只要孩子讀得開心、有收穫，我都甘之如飴，且樂此不疲地往知識寶庫繼續探尋。

17

Q： 有聲書的價格好像都不便宜。可以使用坊間附有CD的英文雜誌，或是學校附有CD的教科書嗎？

A： 最好選擇優秀的英文故事來培養孩子的閱讀習慣。

我所選擇的英文有聲書，基本上都是英美兒童文學家所創作、適合孩子

閱讀的故事書，包括童詩、繪本、短篇小說及知識性的故事書。這些書籍的最大特色，在於插圖生動、故事精彩，不但角色塑造活靈活現，而且情節想像高潮迭起，很容易引起孩子的共鳴。

再者，我相信雅緻的詞彙、豐富的語言結構，才是孩子學習模仿的對象，而這些有價值的文學要素，是坊間的英文教材裏找不到的。因此，我會選擇優秀的英文故事來培養孩子的閱讀習慣。

好的英文有聲書，在不同階段的反覆閱讀，可以產生不同的效果。以我自己的經驗發現，**「培養聽力、辨識單字、獨立閱讀」是有聲書所能發揮的三階段功效，而且這個過程是循序漸進聆聽後，自然而然產生的。**

一開始，有聲書幫助孩子習慣英語裏的豐富聲音，並引發孩子的好奇與興趣；第二階段再次聆聽閱讀，可幫助孩子從「熟悉字音」自然銜接到「辨識字形」。像我的孩子從小並未背單字，後來卻能自動認識像是paleontologist（古生物學者）、claustrophobia（幽閉恐懼症）、acrophobia（懼高症）等這些字彙，就是從聆聽有聲書逐漸累積而來的。百讀不厭的好書，吸引孩子重複欣賞、多次翻閱，練習「自己獨立閱讀」，這是有聲書第三階段所做出的貢獻。

很少人會在學期結束、考完試後，再次翻閱教科書；但一本好的故事書，卻可以讓成長中的孩子喜歡，因為許多細節都是反覆欣賞才漸漸發現，找到其中的樂趣，因此，好書對孩子所產生的影響是無價的。

至於我經常為孩子選購的英文雜誌，反而不是「學習」類的英文雜誌，而是以美國出版的《*Time For Kids*》、《*Ranger Rick*》為主。由於主題有趣，所以能吸引孩子看得津津有味。

《*Time For Kids*》是美國時代雜誌集團專門為青少年編寫的時事雜誌，可以說是《*Time*》時代雜誌的青春版，內容包羅萬象，主題廣泛深入，最難

能可貴的是與世界脈動同步。

譬如2006年國際天文學聯合會決議，將冥王星劃為矮行星（dwarf planet），從九大行星排名中除名的訊息，就出現在當年九月發行的《*Time For Kids*》，篇名為〈Eight is Enough〉。這項科學新知，適時調整了孩子在童書裏所獲得的太空知識，從此認定在太陽系裏只有八大行星，而不再是九大行星，也讓孩子認知到一個事實：知識，尤其是科學領域中的知識，並不是絕對的。

《*Ranger Rick*》則是美國國家野生動物基金會（National Wildlife Federation，簡稱NWF）所出版的兒童雜誌，內容以介紹大自然生態為主，有動物、植物、地理等令人驚喜的科學知識，圖文並茂，用字洗鍊，解析詳盡。如2006年九月發行的《*Ranger Rick*》，這一期專文介紹動物頭上的角（horn／antler），這些「頭角崢嶸」的逗趣動物，總是能牢牢地吸引我和孩子的目光。

18

Q：語言學習有關鍵期嗎？您的孩子五歲開始聽有聲書，但我的孩子早已經超過五歲了，該怎麼辦？

A：重點不在於幾歲開始，而在於讓孩子重回到簡單的環境，心思回歸到樸素與單純。

摘錄一段我從語言學教科書中看到的關於「關鍵期假說」（Critical Period Hypothesis）的解釋，提供家長參考：「根據人類遺傳基因研究，孩童各項學習發展有一定的時間或時期，某些學習必須在某特定時期進行，否則將無法學習或學習較費力且緩慢。語言發展方面，孩子學習第一或第二語

言的最佳時機是從出生到十三歲以前，但此假說常被質疑。」

大家注意到最後「此假說常被質疑」這句話了嗎？

我們生活在學理氾濫、資訊爆炸的時代。層出不窮的假說、瞬息萬變的研究成果，常常使得民眾一頭霧水，抓不著頭緒。這個時候，我會關掉電腦，閉上雙眼，靜下心來告訴自己：不要盲從連自己都沒好好確認過的事，也別受一時的風潮、人云亦云左右你的目標。有理想、有夢、有堅持，就要努力保護它，認真實踐它。

當媽媽前，我並沒有這麼勇敢，但養育雙胞胎的苦澀與甜蜜一再提醒我，為孩子建立「勇於突破」的人生信念是刻不容緩的。媽媽可以帶頭，不讓懷疑與束縛框住了探索，也別讓教條與口號限制了對體驗的追求與好奇。

一般人常說，學習語言要趁早，否則隨著年齡增長，學起來特別吃力。仔細想想，這樣的說法或許有些參考價值。還記得三、四歲小娃娃背唐詩、背九九乘法，一眨眼的功夫便倒背如流；第一次騎腳踏車，摔幾次後就一溜煙騎得讓人追不上；學游泳、學直排輪、學樂器……很快就上手的例子比比皆是。為什麼？我認為，關鍵在於年幼的孩子心思單純，沒有外來的包袱與限制。不只語言學習，任何形式的學習，年幼孩子都學得快、學得好；大孩子的生活開始變得複雜，手機、電腦、電視，不時傳來一個簡訊，一通留言，心緒早就被這些雜訊瓜分得片片段段。所以，**希望孩子有完整、完善的學習品質，重點不在於幾歲開始，重點在於讓孩子重回簡單的環境，心思回歸到樸素與單純。**

我認為「時間點」不是主宰孩子學習的關鍵，M&M才是影響孩子學習的兩大因素。M&M不是巧克力，而是Materials（學習材料）與Methods

（學習方法）。有了引起孩子興趣的內容，加上激發孩子熱情的方法，自然能夠提高孩子的學習動機，建立孩子正面積極的學習態度。我相信掌握這兩個M，最後成果也會像巧克力的滋味一般甜美。

在英語學習上，我採用「在家自然聆聽有聲書」做為Methods（學習方法），並選定令人感動回味的兒童故事做為Materials（學習材料）。掌握這兩個原則，成果令我大開眼界，在此誠摯地推薦給各位家長參考。

19　**Q**：孩子學了好幾年英文，卻不願意開口，怎麼辦？
　　　A：找些有趣的英文故事吧！跟著孩子一起玩書！

為什麼孩子不願開口說英文？我認為至少有三種原因：

第一是傳統的英語教學，總是納入記音標、背單字及文法規則，不斷的考試與訂正，養成孩子「怕犯錯」的心態。一會兒擔心發音是否標準，一會兒害怕用詞是否正確，愈怕就愈不敢講，愈不敢講就愈講不好。當英語與功課、處罰等畫上等號，「怕犯錯」的潛在壓力，造成孩子遲遲開不了口說英文。

其次，「中文翻譯的干擾」也是重要原因。當習慣「用中文學英文」，大腦思維就依然是繞著中文轉。因此碰到英文對話時，我們會習慣先用中文想一下該如何回答，然後再翻譯成英文。轉譯的過程不但干擾思考、拖延回答，且萬一找不到恰當的英文，就說得結結巴巴、零零落落，在所難免。

第三，耽誤孩子開口說英文的原因，在於孩子接收的英語輸入不夠多、

不夠有趣，自然就無話可說。家長不妨回想自己在什麼情況下會津津樂道？當然是內心有話可說，而且是有趣、藏不住、想要分享的情況下，自然會說得流暢快意、意猶未盡。

那麼，什麼可以讓孩子感到有趣，願意侃侃而談呢？準備有趣的故事，就是一個最好的觸媒。好的故事不只是一本書，更可以是一場遊戲。

像《*When Dinosaurs Came with Everything*》這本恐龍故事書，就有這股神奇的魔力，讓我的兒子願意一讀再讀，捧腹大笑且欲罷不能。兒子喜歡抱著這本書來找我，我也就順勢扮演那個尖叫、被恐龍打敗的媽媽。看他演得開心、得意洋洋，我也就假裝「窩囊」，卻是窩囊得心滿意足。

我發覺，許多人抱持著一種觀念：母語可以在家輕鬆隨便學，但第二語言就該正襟危坐，在課堂裏好好學。這樣的想法，老實說我認為有待商榷。

學習語言就像學游泳，如果每週只到泳池一、兩次，就想短期學會蛙式、自由式、仰式和蝶式，根本是緣木求魚。希望泳技進步、泳速躍升，希望享受游泳樂趣，最佳的方法就是天天浸泡在池裏。

雖然大部分父母無法在家裏為孩子建造一座室內泳池，但為孩子建立一個家庭書池卻是可以辦到的。選擇趣味感十足的英文故事書，營造一個孩子可以隨時悠游的書海，孩子不但可以在無意間學會英文，更會愛上閱讀。

孩子的天賦，一部分來自遺傳，一部分來自環境，是持續發展起來的。我們無法改變遺傳，但是創造一個具有吸引力的圖書區，即使經濟狀況不允許購置太多的書籍，但若能善用公共圖書館，或網路上的免費資源，有心的父母也可以辦到。

在家聆聽有幾個好處。一是可以不必再奔波趕場，二是不需要一定有好友相伴，三是不需要額外的預習和複習。只要在家的任何時間，都可以盡情翻閱書本、自在聆聽，創造持續閱讀的多重機會。

找些有趣的英文故事，跟著孩子一起玩書吧！若過去的英文學習方式，讓孩子一直無法突破「開口說」的瓶頸，為什麼不嘗試轉換新的學習方法與素材？我在書中一再推薦的鵝媽媽童謠、Dr. Seuss的押韻作品，都是最好的起步。

20

Q：為什麼推薦書單裏的圖書都沒標示適讀年齡？

A：光憑藉生理年齡作為書籍選擇的指標，是有待商榷的，這也是我沒有標示適讀年齡的主因。

首先，我想釐清一個觀念：「用中文來理解」和「以英文來思考」，是兩個截然不同的語言思考體系。

「雙語」，曾是坊間補習班很流行的口號，父母都希望自己的孩子擁有雙語的優勢。然而，我從語言學教科書所學到的是，雙語不僅是「能說兩種語言」而已，真正的雙語，是有能力使用兩種語言來思考。

根據語言學家的描述，雙語者可以在兩種語言之間進行「思考切換」，也就是針對同一事件，有能力任意使用兩種語言來聽說讀寫、思考，並毫不費力進行「交替詮釋」。倘若大腦只仰賴一種語言思考，然後靠著翻譯過程來顯露第二種語言，這是「母語」和「外語」的關係，而不是雙語。

雙語等於是擁有兩種母語，不但具備「流暢閱讀」兩種語言的能力，而且是「不假思索」、「脫口而出」說兩種語言的能力。因此，把英語當母語學，才是發展雙語能力的最佳途徑。

我相信，若我將雙胞胎聆聽的前200本英文故事，說出中文大意，大部

分孩子對這些書的反應是太簡單、太幼稚。但若拿掉中文翻譯，保留精彩的插畫，「以英文說或寫」描述這些故事，不僅對小孩有困難，甚至對不常接觸英文的大人來說，可能都回答得差強人意。

孩子的年齡或許五歲、十歲，但當無法用流利的英文去掌握一本適合三歲幼兒的英文童書時，我會認為他們的「英文年齡」都是零歲。**既然英文年齡是零歲，那就按部就班、循序漸進，從最基本的開始，把自己當成嗷嗷待哺的英文嬰兒，把英語當母語來學。**

「生理年齡」與「英文年齡」是不一樣的。同樣是八歲孩子，一個沒有接觸英文的經驗，另一個聽英文故事已聽了三年，那他們的英文年齡就是不同，適合他們選讀的英文故事也完全不同。

我一直認為，僅憑生理年齡作為書籍選擇的指標，是有待商榷的，這也是我沒有標示適讀年齡的主因。美國出版社所標示的推薦年齡，是針對他們境內以英語為母語的孩子。然而，我們的孩子不是在那樣的環境下成長，所以採用美國出版社標示的推薦年齡，幫助實在是有限。

21

Q：開始播放有聲書大約半年了，孩子還是被動地學習，很少主動拿起繪本隨著有聲CD跟唸，該怎麼辦？

A：我經常提醒自己，要有執行的毅力，更要具備等待的智慧。

很喜歡兒童繪本的我，總是從許多故事作品中，找到觀察別人和用不同角度看待問題的方法。有本英文故事《*Leo the Late Bloomer*》，我經常用此提醒自己，要有執行的毅力，更要具備等待的智慧。

這本書是以一隻成長速度緩慢的老虎當主角。作者以顛覆傳統的手法，

塑造了一隻「晚開竅」的老虎Leo。簡單卻精心安排的情節，讓缺乏自信的小孩，不但能隨著故事發展而對自己的處境釋懷，也跟者主角Leo一起悠哉開心地過生活。

插畫家用一隻停在身旁的蝴蝶，來襯托一臉無奈又無辜的Leo。當插畫裏的四隻動物分別能寫出自己的英文名字時，Leo卻只會畫線。不僅如此，Leo還是個sloppy eater，吃東西實在很邋遢呢！

當其他動物分別發出屬於自己的獨特語言時，Leo卻不發一語，Leo的父親著急了，問Leo的母親：「怎麼回事呢？」母親回答說：「Leo只是開竅得晚。」不放心的父親，躲著偷看，日夜盯著，等待Leo開竅。疑惑的父親，再次對另一半發出疑問：「你確定Leo會開竅？」母親回答得頗富哲理：「耐心點。盯得愈久，愈不開竅。」

即使Leo什麼都不會，在母親的愛與支持下，大家看到插圖裏，Leo從開始的無奈，漸漸轉為自在安心。然而，不再時時偷看Leo而改看電視的父親，仍然會忍不住偷看Leo，只是即使父親不再偷看，Leo還是沒開竅。終於有一天，時機對了，Leo突然開竅了。而且更令人驚訝的是，Leo一開口，就不只是一個字，而是一個完整的句子，那就是 "I made it！"（我做到了！）

我很讚賞作者的這句「時機對了」（in his own good time），也非常喜歡作者善用「bloom」這個字代表植物盛開的意涵，不但比喻兒童的成長與開竅，更暗示了「時間的等待」是許多事情完成的必要條件。**四季更迭、物換星移，一路的默默等待，總算讓憂心的父親和慈愛的母親，看到孩子的轉變。**

在人生的漫漫旅程中，孩子最需要的，是知道有人一直在背後默默地陪

他。這份靜靜等待的全心擁護，幫助孩子在無限包容與寬廣深愛之下，感覺自己的重要與獨特。適時的「放手」對「父母」而言，實在是非常必要的教養準則；充分的「獨處」對「孩子」而言，也實在是一種非常必要的海闊天空。父母對孩子的愛都一樣深刻，但如何恰如其分地表現出來，則需要智慧與勇氣。

我相信我所奉行的「四不一沒有」（不必先認單字、不必先學音標、不必先學文法、不必中文翻譯，沒有抽問考試。）政策，在家庭中透過不斷聆聽英文故事，營造英文環境的方法，或許無法在考試成績中立竿見影，但我用兩年的等待與觀察，發現這樣類似母語的學習方式所打下來的語感基礎與熱愛閱讀的習慣，卻比我自己的學習過程來得快樂、自然且穩固。

或許每個孩子開花的季節不同，但我深信，對的方法所創造的永恆價值，值得花時間去等待。

（此圖爲作者雙胞胎女兒六歲時所繪）

4 家長來函：
閱讀蘇斯博士(Dr. Seuss)作品的惑與獲

蘇斯博士（Dr. Seuss）的初階故事以誇張的英語詞句來刺激孩子敏銳的聽覺，所包含的英語發音非常豐富而且完整。孩子遇上蘇斯博士的作品，會馬上受到中文和英文語言文化差異的衝擊，初期都會有水土不服的現象。只要聽熟蘇斯博士的作品，孩子就可以很快掌握英語裏所有的語音組合。

廖老師：

您好！

使用您的方式及您推薦的書目，讓我們家兩個小孩聽英語有聲書，至今已有兩個月，他們已能喃喃自語或跟著CD哼哼唱唱，也十分喜愛聽、看這些有聲書，真是謝謝您出書和大家分享您寶貴的經驗。

前天開始播放時發現兩個小孩對這本書不怎麼有興趣（哥哥快五歲，妹妹快三歲半），不會好奇地自己去翻看。我若陪他們看，他們一下子就跑掉或打哈欠（我通常會陪他們看新書看個一兩次）。後來我便只放CD，不再在

意他們看不看書。

　　請問我是要將這本書先收起來，過一段時間再拿出這本書和CD，還是延續目前的做法，只放CD就好了呢？

　　想請您給我一些建議。

一個困惑的媽咪

認真的媽咪，您好：

　　很高興知道您的孩子喜歡聽我推薦的英文有聲書。

　　更高興知道他們會開心地哼哼唱唱！

　　首先為您拍拍手，一個努力、認真又有執行力的媽咪凡事都能成功的。

　　蘇斯博士的初階故事以誇張的英語詞句來刺激孩子敏銳的聽覺，因此沒有一般故事嚴謹的情節發展。既然重點不在敘述故事情節。闡明主旨內涵，硬要解釋內容，是沒有意義的，不但徒增困擾，也忽略了蘇斯博士故事的優點。

　　另外，蘇斯博士系列所呈現的英語發音非常豐富而且完整，因

此，本地孩子遇上蘇斯博士的作品，會馬上受到中文和英文語言文化差異的衝擊，初期都會有水土不服的現象，「聽來不順耳，唸來不順口，讀來不順心」，似乎蘇斯博士不得孩子緣。不過，很幸運，您的孩子似乎能接受《*Hop on Pop*》與《*Green Eggs and Ham*》。只是目前閱讀蘇斯博士的第三本書《*Fox in Socks*》時才開始有些抵觸。

其實，《*Fox in Socks*》對美國孩子而言，本身就是一本挑戰性較高的作品。因為，蘇斯博士在《*Fox in Socks*》裏安排了各種有趣的繞口令（tongue-twister）。繞口令是一種語言遊戲，它將聲調容易混淆的文字編成句子，唸起來有些拗口，說快了容易發生錯誤，表面上有娛樂效果，事實上卻有助於完成「訓練咬字、矯正口音、練習各種聲調」的重要任務。

有趣的是，一翻開《*Fox in Socks*》，就能看到蘇斯博士提醒讀者，這本書要慢慢來讀，急不得。

繞口令的特點就是音韻的安排一定要讓別人的舌頭打結。於是在《*Fox in Socks*》這個故事的最後，蘇斯博士還俏皮地揶揄讀者：舌頭麻掉了嗎？

　　既然《*Fox in Socks*》中的繞口令不是很容易唸，我刻意安排自然有我的用心。

　　按照我的播放書單，孩子的耳朵經過兩個月的英語薰陶，已經逐漸適應了英語的基礎發音。這時候，第九週《*Fox in Socks*》的刺耳，一來喚醒了孩子大腦裏尚未被開發的英語區域，二來刺激了孩子的英語語音辨識系統。如此，孩子的聽力才能更上一層樓。

　　既然蘇斯博士所呈現的英語發音是如此豐富而且完整，不習慣英語的孩子，一旦聆聽蘇斯博士系列，一般都無法像聆聽其他故事那樣立即朗朗上口，這是正常現象，媽咪不要擔心。因為孩子不熟悉、不適應、不習慣，所以反應不像先前那般積極。可是，有挑戰才有進步，有難關才會更堅毅。只要聽熟蘇斯博士的作品，孩子就可以很快掌握英語裏所有的語音組合。

　　英語非母語的我們，要熟悉蘇斯博士豐富的語言節奏，需要一些時間，媽咪要有耐心，持續播放，進度繼續往下走，讓這些英語精華慢慢滲透給孩子。

　　翻閱故事習慣的養成並非一日之功，我們希望孩子養成主動閱讀的好習慣，「主動」是發自內心的願意，而不是外來的逼迫。媽咪可以邀請孩子「翻書聊故事」，問孩子一些簡單的問題，例如：畫面上

出現了什麼？故事裏有幾個角色？分別是誰？他們的長相、衣著、個性、行為如何？你喜歡誰呢？這些問題不一定要有標準答案。借由發問，鼓勵孩子翻書找答案。與孩子邊聊邊翻書，可以幫助孩子建立與圖書的連結，圖書自然會成為孩子生活的一部分。

　　引發孩子的興趣，培養孩子的閱讀習慣是水到渠成的事情，而英語實力更可以在潛移默化中逐步累積。

　　孩子是幼苗，需要愛、真心與關懷來呵護。
　　有問題請儘管來信。

　　祝您健康快樂！

　　　　　　　　　　　　　　　　　　廖彩杏敬上

PART 2
行動篇

（此插圖為作者雙胞胎女兒六歲時所繪）

① 歡迎光臨「鵝媽媽」的世界！

　　你認識「傳統鵝媽媽」與「現代鵝媽媽」嗎？「鵝媽媽」究竟有何魅力，流傳英語世界數百年而不墜？想誘發孩子的英語本能，請由此進入。

　　還記得我們小時候，曾經朗朗上口的「搖啊搖，搖啊搖，搖到外婆橋……」或「娃娃國，娃娃兵，金髮藍眼睛」嗎？每個國家都不乏類似易於上口的韻文或童謠，英美國家當然也不例外。

　　鵝媽媽童謠（Mother Goose）是英美兒童朗朗上口、耳熟能詳的童謠。它獨特的聲音趣味，入耳難忘，又容易唸誦，因此，靠著口耳相傳，傳誦下來。一直到十八世紀初才開始以文字記錄，並且出版成書，成了最早的英文童書。

歷久彌新的鵝媽媽

　　鵝媽媽童謠歷久彌新，流傳至今的主要原因，在於童謠的語言結構比較工整、規律，吻合幼兒渴望安定的心理需求；其次，童謠的篇幅大都輕、薄、短、小，表達的內容傾向簡單直接，於是在聆聽幾次之後，不知不覺中也能跟著大聲唸，很容易帶給孩子滿足與成就感。

青少年也愛鵝媽媽

若以為鵝媽媽童謠只能吸引學齡前的孩童，那可就錯了。我曾經嘗試帶領十二、三歲的孩子，在進入國中前的暑假，一起體驗鵝媽媽童謠的聲音律動感。令我驚訝的是，學生根本不在乎一個個無厘頭的情節，我也不解釋中文意思，我只負責播放好聽的CD，一群大孩子卻跟學齡前的幼兒一樣，沉浸在聲音的趣味裏而跟著大聲唱和。這群青少年感受語言的聲音魅力，即使有冗長的字詞，例如：Wibbleton、Wobbleton這首聲音類似英國溫布敦（Wimbledon，知名網球公開賽地點）的韻文繞口令，最得他們的青睞，絲毫不減他們的朗誦熱情。這個難得的經驗，讓我深信專家學者強調鵝媽媽童謠對孩子的影響力，不是沒有理由的。

童謠裏不斷出現的押韻是吸引孩子的主要關鍵。押韻的聲音結合了各式的音節、韻腳和尾音，混合而成一種帶有秩序感的節奏，這種節奏吻合人類愛好秩序、統一、協調、和諧、平衡的心理。

這就好像人類潛意識裏，喜歡看對稱的圖案、喜愛聽音樂合聲一樣，不論是視覺或聽覺的刺激，協調、和諧、平衡的材料總是帶給人一種安定、祥和的自在舒適感。於是，童謠裏規則的押韻和整齊的結構，彷彿下錨的點，攫住孩子的耳朵，不但開啓孩子對英語聲音的敏感度，入耳難忘的優點，使這些小巧玲瓏的韻文迴盪在孩子的心中。

節奏鮮明的聲音魅力之外，鵝媽媽童謠繽紛、多元的主題，容易與孩子的日常經驗連結，尤其是溫暖簡單的內容中有孩子喜歡的情趣，這是它流傳久遠的另一主因。

不讓中文翻譯介入的鵝媽媽，值得喝采！

鵝媽媽童謠傳唱百年，每個時期都有才華洋溢的童書插畫家，以個人獨

特的藝術風格出發，為童謠重新賦予無窮的想像趣味，也為經典題材增添不同世代的韻味。其中，Rosemary Wells女士為鵝媽媽童謠所繪製的版本，是由Iona Opie女士所編選的《*My Very First Mother Goose*》，我認為這本鵝媽媽童謠，堪稱是經典中的經典。

國內信誼出版社曾以《*My Very First Mother Goose*》為藍本，精選53首童謠編成《鵝媽媽經典童謠》一書，並精心錄製一張有聲CD供幼兒聆賞。這本《鵝媽媽經典童謠》是國內發行中英雙語的圖書中最值得收藏的，其精緻度可媲美國外專業童書錄音的有聲書。

這張有聲CD的音質、音色都非常完美，每一首童謠有情境配樂而且朗讀三次，其中第二次是俏皮的童音朗讀，忠實呈現童謠的天真無邪。每一首童謠與下一首童謠之間穿插一段固定、明確的音樂作分隔，讓53首童謠的朗讀，層次分明、清晰可辨。信誼出版社保留《*My Very First Mother Goose*》的原汁原味，每一頁的插圖與英文文字都完整保留，並未作任何更動，更沒有讓中文翻譯介入英文閱讀，是非常值得掌聲喝采的。

繪者Rosemary Wells女士用色鮮豔，線條柔和細膩，筆下的動物角色個個穿著童裝，可愛又逗趣，很容易深得孩子喜愛。一邊翻看生動活潑的插畫，一邊聆聽有聲CD自然流露的朗讀聲，孩子在耳濡目染的輕鬆氣氛下，自在地欣賞英語世界中珍貴的語言資產。不需要逐字翻譯、不需要多餘的解釋，童謠的純真、直接、動感和生活化，一句句打動孩子的心。

信誼出版社細心地將中文翻譯安排在全書最後，避免求好心切的父母熱心過了頭，認真看翻譯並努力向孩子解釋。請不要忘記，孩子最初的英語經驗，不在懂不懂、會不會。**孩子熱情的生活體驗才是他們關注的焦點，而童謠正是勾勒兒童活力喧鬧、歡樂嬉戲的最佳剪影。**

彩杏媽咪來說書

　　由信誼出版社出版的《鵝媽媽經典童謠》有聲CD，全長約46分鐘。我自己剛開始播放時，並非一次播放整張CD，而是依照書本的編輯方式：〈Chapter One：Jack and Jill〉、〈Chapter Two：As I Was Going to St Ives〉、〈Chapter Three：The Moon Sees Me〉分三次放給孩子聽。每一個段落大約15分鐘，不到20首的童謠，很容易凝聚孩子的注意力，聆聽效果更好。

▲ 《鵝媽媽經典童謠》，信誼出版社，文Iona Opie，圖Rosemary Wells（2004）。

Jerry Hall,
He is so small,
A rat could eat him
Hat and all.

這首鵝媽媽童謠，文字簡短，讓孩子聽得輕鬆無負擔。活潑的押韻，節奏輕快，無形中吸引孩子一句接著一句踴躍跟唸。

◀ 《鵝媽媽經典童謠》內頁。

這首類似繞口令的韻文，最得青少年的青睞，引發孩子們的朗誦熱情。

From Wibbleton to Wobbleton is fifteen miles,
From Wobbleton to Wibbleton is fifteen miles.
From Wibbleton to Wobbleton,
From Wobbleton to Wibbleton,
From Wibbleton to Wobbleton is fifteen miles.

Rain on the green grass,
And rain on the tree;
Rain on the house top,
But not on me.

這首童謠主要描寫孩童對於雨天的心情，淺白的用詞將幼兒單純、率直的真性情表露無遺。

▲ 《鵝媽媽經典童謠》內頁。

Shoo fly, don't bother me.
Shoo fly, don't bother me.
Shoo fly, don't bother me.
I belong to somebody.

這首童謠敘述孩子驅趕蒼蠅的有趣情景，簡短的重複句凸顯孩子對蒼蠅揮之不去的無奈，莫可奈何裏有童稚的幽默。

《鵝媽媽經典童謠》內頁。

Wash the dishes,
Wipe the dishes,
Ring the bell for tea;
Three good wishes,
Three good kisses,
I will give to thee.

這首童謠描寫家庭的溫馨歡樂，以孩子熟悉的洗碗盤、擦餐具、喝茶、許願等親子互動來傳遞彼此的愛，搭配插畫名家Rosemary Wells巧手繪製的圖畫，更是令老少讀者都愛不釋手。

相同主題的童謠，多樣意境的呈現

　　《鵝媽媽經典童謠》所選錄的53首童謠，有不少主題是互為關聯的，孩童可以在相同題材卻各有特色的想像裏得到靈感與迴響。以下這三首描寫星空的童謠，各自以不同意境的觀星、賞月，激盪出孩童自己的心情與感想。

【第一首】

> I see the moon,
> And the moon sees me;
> God bless the moon,
> And God bless me!

【第二首】

> Star light, star bright,
> First star I see tonight,
> I wish I may, I wish I might,
> Have the wish I wish tonight.

【第三首】

> Twinkle, twinkle, little star,
> How I wonder what you are!
> Up above the world so high,
> Like a diamond in the sky.
> Twinkle, twinkle, little star,
> How I wonder what you are!

1、2、3、4來數數，自然體會韻腳

　　另外有三首，讀起來似乎有些傻里傻氣的童謠，不僅是學習數數的絕佳材料，也是自然而然體會音韻、韻腳的好素材。

【第一首】

　　One, two, buckle my shoe;

　　Three, four, knock at the door;

　　Five, six, pick up sticks;

　　Seven, eight, lay them straight;

　　Nine, ten, a big fat hen.

　　從這五行的朗讀，在學習數數的同時，會聽到同一行的前後押韻，節奏緊湊：two／shoe、four／door、six／sticks、eight／straight、ten／hen。

【第二首】

　　One, two, three, four,

　　Mary's at the cottage door,

　　Five, six, seven, eight,

　　Eating cherries off a plate.

　　從這一段的朗讀，孩子聽到的卻是每兩行押相同的韻，節奏趨向和緩：four／door、eight／plate。

【第三首】

> One for sorrow,
>
> Two for joy,
>
> Three for a girl,
>
> Four for a boy,
>
> Five for silver,
>
> Six for gold,
>
> Seven for a secret
>
> Never to be told.

這首童謠則有更精彩的變化。除了認識對比鮮明的三組語詞，sorrow／joy、girl／boy、silver／gold。第二行與第四行押韻joy／boy，第六行與第八行押韻gold／told，隔行押韻的手法，使朗讀的步調更顯悠然溫和。放慢的押韻結構很貼切地帶出令人回味的結尾 "a secret never to be told"（一個從未說出口的祕密），親切自然的童言童語，原來也可以是浪漫、深邃的。

就結構上，這三首韻文分別採用不同的對稱排比，充分展現出鵝媽媽童謠「語言形式」的豐富靈巧。

再簡單不過的情節，瑪麗坐在屋門邊，吃著盤子上的櫻桃；或是一連串的動作──扣好鞋子、敲敲門、撿起棍子、擺平棍子；或是反差對比的名詞──憂愁／快樂、女孩／男孩、白銀／黃金，所有的平鋪直敘卻能輕易地吸引孩子，因為這一首首平易近人的童謠有一個共同的特點，就是語言粹鍊後的精髓──「行雲流水」。

行雲流水的語言，跟美好悅耳的音樂一樣，大多具備流暢、靈動的特質。而孩童之所以在反覆唸誦時意猶未盡，往往是因為童謠的押韻排比有音

樂性，節奏分明，語調輕快，彷彿行雲流水般生動自然。

穿透力十足的鵝媽媽童謠，就這樣悄悄地開啓了孩子的心門。

第一遍，孩子用自己的耳朵，側耳傾聽；第二遍，他們用自己的嘴巴，反覆跟唸。緊密連接「傾聽」、「跟唸」這兩個步驟的，便是那聯繫起耳朵與嘴巴的和諧聲音。先是聽到，然後說出，不需要任何的加強練習與嚴格督促，孩童依他們自己被聲音趣味打動的速度與感受強度，隨心所欲地哼哼唸唸。即使英語童書不斷地推陳出新，鵝媽媽童謠仍然是誘引孩童「開口說英語」的最佳啓蒙經典。

耳聆聽、手翻閱，自然認字

學者發現，經常接觸童謠的幼兒，對於語言的聲音敏感度比較高，口語表達能力也普遍更優秀。**不論學習任何語言，在開口說話的初期，「童謠」都是最適合用來發展「聽覺優勢」與「口語流利」的材料。**

然而，如果鵝媽媽童謠只是孩童用來練習「開口說英語」的範本，那可只是發揮了這套啓蒙經典的一半功效而已。

我們可透過童謠，進一步了解童謠韻文在幫助孩子「認字」所達成的偉大成就：

Star light, star bright,

First star I see tonight.

I wish I may, I wish I might,

Have the wish I wish tonight.

　　當CD播放這首童謠時，我們會對light、bright、tonight、might這些字印象深刻。仔細聆聽，會發現整首童謠的朗讀對這些字有語氣加重的效果，而且呼吸換氣時會停在這些字作語句的切換。原來這些令我們「豎起耳朵」的關鍵字是整首童謠的押韻，而「押韻」是每一段節奏的轉折。

　　初學英語的孩子，不需要接受任何語言學的專業訓練，只要用自己的耳朵傾聽，他們會被「押韻」所帶來的強烈節奏感所吸引，而聽出light、bright、tonight、might這些字有相同的韻母，加上用自己的眼睛觀察，他們會發現這些產生強烈節奏感的單字有巧妙的字母重複在裏面 “ight”。

　　light、bright、tonight、might這些字不但母音及其尾音發音相同，拼字也相同，同音又同形，屬於同一個 “word family”：“ight”。認識了 “ight” 這個字母組合，知道了它的發音，下一次在不同的單字裏重複聽到時，例如：fight、night、sight、tight、right，不但能夠立刻意識到而唸出正確的發音，而且可以在不需背單字的前提下，正確拼讀／拼寫整個單字。這是掌握英語音素的開始，更是邁向「自動認字」、「獨立閱讀」的關鍵步驟。

　　一邊聆聽鵝媽媽童謠，一邊翻閱書籍的過程中，很容易會發現許多「固定的字母組合」，語言學上的用語稱為 “word family”。孩子很容易察覺到：單字不僅僅是一個個字母的連結，更是一組組字母的結合。“word family” 幫助我們了解：「固定的字母組合，通常會有固定的相同發音」。熟悉這樣一組組的「字母／字音」對應慣例，就可以輕鬆掌握「字形／字

音」轉換規則。當下一次看到相同的字母組合出現時，便可以立即自動唸字，而且唸得流暢自然，毫無障礙。

　　這樣的發現，幫助孩子跳脫既有的刻板印象，擺脫單字是一連串冗長字母的束縛，不必再忍受一個字母、一個字母強記單字的枯燥無聊。藉由"word family"來「辨識」單字，既輕鬆又快速。

　　例如"own"，孩子便可以很快熟悉down、brown、gown、clown、town、crown、drown。又例如"et"，孩子可以輕易學會get、wet、bet、let、set、vet、jet、met等。更重要的是，"word family"幫助孩子意識到一般慣用的拼字規則，為孩子將來能夠輕鬆拼字打下深厚的基礎。

（此圖為作者雙胞胎女兒六歲時所繪）

彩杏老師引路，大人偷學步

認識 "word family"，熟悉單字好容易

　　認識單字、熟悉語法以及培養閱讀能力，可以不必是一個枯燥、漫長的過程。只要用對學習材料，用對學習方法，語言不必教，也是可以學得起來的，使聆聽英語的快樂經驗，自然而然地銜接到更高層次的英文閱讀。

　　英語是「字音」與「字形」間緊密連結的語言。英文是表音字系統，英文的拼寫方式與英語的個別聲音有非常密切的關係。當習慣了英語裏的豐富聲音，當熟悉了「字母／字音」的對應規則，當掌握了「字形／字音」的轉換要領，從聽懂故事的聲音、認得故事的文字，到自己獨立閱讀，這個過程就會自動產生。

　　近年許多兒童英語相關研究均指出，將單字有意義的拆開並且再組合，這樣的過程是開始學習閱讀的關鍵點。針對啟蒙階段而言，鵝媽媽童謠是認識大量押韻字彙，累積拆字要領的最佳起點；而這個歷程，對於曾學習英語多年、卻仍聞英文色變的大人來說，同樣適用。

　　「反覆聆聽」不但可以培養對「字母／字音」之間的轉換有信心，更重要的是，豐富的語音經驗，使學習者願意去揣摩陌生單字的發音，主動去歸納拆解單字的心得。語言專家研究發現，提供「字形／字音」對應慣例的最佳典範，就是富含 "word family" 的童謠韻文；而讓注意力由語音轉移到文字的最佳途徑，就是「循序漸進地聆聽押韻故事」。

耳朵帶領眼睛，讓 "word family" 自然留下記憶

透過一首首動感活潑、節奏分明的簡短童謠，孩子的耳朵接二連三地捕捉到和諧順耳的「押韻」。「押韻」匯集了英語裏各式各樣的字母組合，豐富的語音讓孩子豎起耳朵，側耳傾聽；旋律輕快的「押韻」牽動孩子的嘴巴，哼哼唸唸、說說唱唱。不需要刻意的安排，孩子一旦反覆聆聽童謠韻文，無意識地脫口而出說英語，這就是自然學習的過程。更令人驚訝的是，孩子們說的不只是一個單字，而是一個完整的句子，甚至一首完整的童謠。

「豎起耳朵」之後，睜大眼睛，聽、停、看，這是人類對於奇妙聲音的自然反應。鵝媽媽童謠就有這股魔力，先是一而再、再而三的押韻，刺激了孩子的耳朵，緊接著，孩子好奇的眼睛被耳朵牽引，對「押韻字」的重複字母特別有印象，於是在不知不覺中對同一組 "word family" 留下鮮明的記憶。

例如，當孩子在鵝媽媽童謠〈Jerry Hall, He is so small……〉中，第一次認識字母群 "all" 之後，將來在其他故事裏聽到all的相關字彙處如tall、ball、wall、call、mall、fall時，不但能夠立刻聽出韻母all的發音，而且可以在書頁裏將單字「辨識」出來，直接認得。

我相信，從「聆聽字音」銜接到「辨認字形」這個過程，不需要額外的練習，不需要辛苦的背誦，可以不費力、不勉強，自然而然成形。

迅速累積字彙的科學方法

我的孩子從小並沒有背過單字，卻能自動認字，有時他們脫口而出的字彙深度，連我都詫異不已。也正因為有這樣的陪聽與大量播放有聲書的經驗，與自己當年花硬功夫「死背硬記」卻仍記憶不深刻的情況相對照，我深信「定量聆聽童謠韻文，透過 "word family" 認識字母組合，熟悉拼字規則，是大量累積字彙的科學方法。」

記得有一次他們在談到自然界的動物時，突然說出oviparous、viviparous這些當年我得費好大力氣才能記得的字彙，他們卻能從聆聽有聲書、閱讀精緻繪本，認識各式各樣的 "word family" 而逐漸累積起來。根據統計，美國孩子在小學二年級之前，熟悉的 "word family" 至少有64個，而這64個 "word family" 所涵蓋的字彙，佔了英文基礎3000字的絕大部分。

令我印象很深刻的是，有一次在座談會分享這個經驗，與會的一位家長希望我能提供美國孩子所熟悉的64個 "word family" 的資料，好讓他督促孩子短時間之內背熟這64個 "word family" 的全部單字。老實說，我的確有完整的資料，不過那是我自己做語言分析時的參考，並不適合拿來作為孩子學習英文的材料。更重要的是，我也不喜歡讓教材的呆板內容破壞了孩子的閱讀品味，也不允許一味的填鴨窒息了孩子的好奇與熱誠，更不願意讓囫圇吞棗的死背硬記，剝奪了孩子與生俱來的自我學習能力。

所以，我衷心的建議是，請不要要求孩子背誦「基本單字2000」、「重要字彙2500」之類的制式教材。有效率、孩子又喜歡的方式就是，定時、定量聆聽童謠韻文，**透過 "word family" 認識字母組合，熟悉拼字規則，這才是大量、迅速累積字彙的科學方法。**

彩杏媽咪來說書

　　藉由押韻繪本培養出具有敏銳聽力的英文耳朵和能夠自然識字的英文眼睛一直是有聲書學習法成功的核心精神，這核心精神的最大貢獻者之一是鵝媽媽童謠和詩歌韻文。在孩子歡唱《*My Very First Mother Goose*》所選錄的53首鵝媽媽童謠後，推薦給大家一本更完整收錄兒歌韻文的選集《*A Child's Treasury of Nursery Rhymes*》。

　　《*A Child's Treasury of Nursery Rhymes*》選錄超過150首童謠韻文，搭配有聲CD，是豐富孩子語言能力的聆聽饗宴。任何語言的童謠韻文幾乎都是孩子最初接觸的文化洗禮，它隱藏於孩子心中，陪伴孩子成長而形成文化底蘊。在1995年李安執導的《理性與感性》的電影裏有一幕引用了童謠韻文的幽默橋段。在一次餐會上，由艾瑪湯普森所飾演的Elinor Dashwood受到Mrs. Jennings的玩笑揶揄：「你的心上人是誰啊？是屠夫、麵包師傅、還是蠟燭師傅？」

Mrs. Jennings:

What sort of man is he, Miss Dashwood？ Butcher, baker, candlestick-maker？

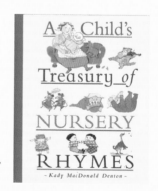

《*A Child's Treasury of Nursery Rhymes*》，Kingfisher出版（1998）。

聽讀過這首童謠韻文的人都被《理性與感性》電影裏的這個創意橋段給逗笑了。

Rub-a-dub-dub,

Three men in a tub,

And who do you think they be？

The butcher, the baker,

The candlestick-maker,

Turn'em out, knaves all three.

《*A Child's Treasury of Nursery Rhymes*》將童謠韻文依照主題的年齡層分成四個章節段落：Welcome, Little Baby、Toddler Time、In the Schoolyard、All Join In。還記得雙胞胎小時候很喜歡跟唱的兒歌有 "Sing a song of sixpence"、"I will build you a house"、"Hush, little baby, don't say a word"、"O, my luve's like a red, red rose" 和 "Lavender's blue, dilly, dilly"。這五首經典兒歌都出現在第一個章節段落 "Welcome, Little Baby" 裏。還記得女兒小時候曾說她好想住在 "I will build you a house" 這棟漂亮的房子裏呢！

"O, my luve's like a red, red rose" 和 "Lavender's blue, dilly, dilly" 這兩首以紅色玫瑰和藍色薰衣草來表達深情愛意的詩歌，直到今日仍受到大眾的熱烈喜愛。在2015年由迪士尼公司所拍攝的《仙履奇緣》電影裏重新唱紅了 "Lavender's blue, dilly, dilly" 這首薰衣草詩歌。戲中灰姑娘被由凱特布蘭琪所飾演的後母鎖在房間裏，灰姑娘憶起童年時母親曾唱過的這首

薰衣草詩歌而輕輕哼唱，美麗的嗓音加上動人的旋律成了情節發展的重要橋段。

　　共鳴是情感回響的愉悅感受，而童年閱讀經驗裏不經意累積的吉光片羽在未來的人生片段裏被重新編織剪裁，那樣的創新中有回憶的共鳴是最甜美的。

　　溫馨的詩歌之外，機伶的孩子可以在《*A Child's Treasury of Nursery Rhymes*》這本童謠裏找到調皮嬉戲的繞口令，有 "Peter Piper picked a peck of pickled pepper"、"She sells sea shells by the sea shore"、"Swan swam over the sea"、"Three grey geese in a green field grazing" 和 "A flea and a fly in a flue"。這幾首繞口令同時都有押頭韻。在英文詩歌裏，一行韻文或一首詩裏的幾個字詞的第一個字母相同而形成不斷重複的韻律，稱為押頭韻（alliteration）。日常生活裏常見到許多押頭韻形式的用語，例如：Coca Cola、Mickey Mouse、Donald Duck、busy as a bee等容易朗朗上口的用詞。還記得《*Madeline*》、《*Madeline's Christmas*》、《*Madeline's Rescue*》這些故事裏可愛又勇敢的小女孩Madeline對老虎放話的經典用詞Pooh-pooh嗎？Pooh-pooh也是一個押頭韻。

（註：繞口令的說明請參考第54頁〈家長來函：閱讀蘇斯博士作品的惑與獲〉）

　　感受繞口令的語言趣味之外，我的孩子曾經在《*My Very First Mother Goose*》裏讀到的短詩，這裏有完整版本讓孩子感受不同文本的閱讀樂趣，例如：

One, two, buckle my shoe;
Three, four, knock at the door;
Five, six, pick up sticks;
Seven, eight, lay them straight;
Nine, ten, a big fat hen;
Eleven, twelve,
Dig and delve;

…

Nineteen, twenty,
My plate's empty.

在《*A Child's Treasury of Nursery Rhymes*》這本童謠裏出現的完整版詩歌，還有 "Three little kittens"、"This is the house that Jack built"、"Old Mother Hubbard" 和邀請舞伴跳舞的 "Choose your partner, skip to my Lou"。

　　編輯兼繪者Kady MacDonald Denton在〈Introduction〉裏提到她被邀請編選這本詩集並且為選文插畫時的雀躍心情，彷彿自己就像置身於糖果店裏的小孩。將這些令人愉悅的詩歌化成視覺饗宴是Kady MacDonald Denton的自我期許，而幸運的我們在翻書的同時，一頁接著一頁欣賞到童心裏帶有的原創性，童趣裏帶有故事性的圖像設計，例如Kady將 "One, two, buckle my shoe" 這首詩配上10幅小圖串成一個結局完美的圖像藝術。又例如圍繞在〈Introduction〉的10幅小圖描繪鵝媽媽的誕生，從鵝蛋開始，破殼而出，賞花追蝶，小小鵝一路成長到孵育下一代，最後成為一個分享詩歌童謠的鵝媽媽，這些插畫多令人賞心悅目！

這本編選集內容相當豐富，編輯兼繪者Kady MacDonald Denton特別選錄了一首有趣的押頭韻字母詩：

　　這首源自十八世紀的字母詩，最初的目的在幫助幼兒記住26個字母，而搭配字母序的動詞則是靈活地敘述不同情況下的孩童對蘋果派的不同反應，有：用咬的、先切的、分成四等分的、先檢查的、搗亂的、在旁偷看的等等。令人驚喜的是繪者Kady發揮想像力為字母B到W共22段，各繪製了一隻代表性動物，可讓讀者腦筋急轉彎，看繪圖玩動物猜謎遊戲。例如，B bit it，插畫裏看到熊在咬蘋果派，原來B bit it可以是Bear bit it。又例如，C cut it，插畫裏看到貓在切蘋果派，原來C cut it可以是Cat cut it。再一看插畫發現袋鼠低頭，原來是袋鼠將蘋果派放在育兒袋裏，K kept it這次是Kangaroo kept it。

　　閱讀英文繪本不只是單向的文字訊息的吸收，有才華的繪者利用插畫提供暗示而賦與了古詩新的樣貌，不但讓插畫從配角躍升為主角，而圖像創意更能點燃孩子豐富的想像力。

A was an Apple pie
B bit it
C cut it
D dealt it
E eat it
F fought for it
G got it
H had it
I inspected it
J joined it
K kept it
L longed for it
M mourned for it
N nodded at it
O opened it
P peeped in it
Q quartered it
R ran for it
S stole it
T took it
U upset it
V viewed it
W wanted it
X, Y, Z, and ampersand
All wished for
A piece in hand.

現代鵝媽媽：創意十足、內容奔放的**Dr. Seuss**

聲音是語言學習的起點，而趣味押韻更是學習成功的保證。繼鵝媽媽童謠之後，二十世紀擅長用押韻、"word family" 來創作童書的大師，Dr. Seuss堪稱是第一把交椅。

Dr. Seuss的本名為Theodor Seuss Geisel，是位多才多藝的創作者，曾經獲得奧斯卡金像獎的紀錄片獎，並且因為對教育的卓越貢獻，獲得普立茲特別獎。雖然他已離開人世二十年，仍是全美最受歡迎的青少年作家。畢生創作超過40本兒童文學作品，作品裏獨特的童心幽默與想像力，總是能輕易擄獲孩子的心而廣受喜愛。他的作品用字簡單，情節親切、淺顯易懂卻又帶著出人意料的詼諧感，是世界各國兒童初學英文時必讀的經典書籍。

《紐約時報》曾讚揚Dr. Seuss對兒童閱讀革命所做的貢獻，稱他為 "Modern Mother Goose"。Dr. Seuss的遣詞用字看似亂無章法，尤其他擅長把表面上毫不相關的詞彙混搭使用，讓人有摸不著頭緒的矛盾感。若進一步了解，會發現Dr. Seuss不但是故事創意的高手，更是揮灑英語精華的巨擘。

誇張又類似卡通的插畫人物，滿不在乎的語調，加上超現實的內容，整體故事所達成的荒誕效果，使Dr. Seuss的作品備受孩子喜愛。表面上無所事事的主角，以誇大的動作、滑稽的神情與逗趣的姿態盡情表演，不知不覺中拉近了孩子與英文的距離。

然而，不少父母或師長總是疑惑：這樣的書籍能帶給孩子什麼呢？Dr. Seuss的書值得孩子閱讀嗎？聆聽Dr. Seuss的書，能夠幫助我的孩子建立英語語感嗎？這些疑問的背後顯示，大家的確被Dr. Seuss獨特的表現手法

所吸引，卻容易忽略了隱藏在這些創新、瘋狂背後那些有價值的訊息。Dr. Seuss 對兒童閱讀所產生的偉大貢獻，除了持續使用押韻來豐富孩子的聽覺敏銳度之外，他也擅用啟發性的故事架構來呈現單字的內涵，藉此擴大孩子對詞彙的深刻認知。

　　Dr. Seuss總是能夠使用輕輕巧巧的語言，來反映孩子繽紛、喧鬧的生命力。一頁翻過一頁，看似無厘頭的描述，妙趣橫生，卻是不折不扣的用心安排。上下對稱的押韻，左右延續的主題，讓孩子在大膽、創新的語言裏輕鬆學到無數的 "word family"：如play／day、fight／night、sat／cat／bat、sad／bad／had／dad、wet／get等。

　　以《Hop on Pop》為例，它沒有一般故事從頭到尾、一氣呵成的情節，沒有傳統故事起承轉合的高潮迭起，但每兩頁或數頁的迷你架構與獨立單元，正適合開始練習「自行閱讀」的孩童。一方面，不斷出現的押韻節奏，打開孩子敏銳的耳朵；另一方面，放大、醒目的押韻字，配合詼諧逗趣的圖像，烙印在孩子的腦海。透過這本書裏24個豐富的押韻示範，孩子不但知道如何把字拆解，以唸出那個字的正確發音，而巧妙重覆的例句更提升了孩子「辨識單字」的能力。

《*Hop on Pop*》是我極力推薦為認識Dr. Seuss
作品的最佳入門書。接下來我將介紹三段我覺得精彩
有趣的内文。

▲ 《*Hop on Pop*》，Random House
出版（1963）。

ALL   ALL
TALL   SMALL
We all are tall.   We all are small.

ALL   BALL   ALL
BALL   WALL   FALL
We all play ball. up on a wall. Fall off the wall.

　　一樣是介紹word family中的 "all"，相對於鵝媽媽童謠的純真、溫馨、
可愛，Dr. Seuss以獨特的卡通風格，將tall、small、ball、wall、fall等單字，
串聯成一齣滑稽短劇。連續幾頁的幽默圖文，像是小孩興之所至的塗鴉創
作，仔細端倪，卻有邏輯上的接合延展，彷彿一則有開頭有結尾的小品文。
簡單平實的單字，在Dr. Seuss的巧手安排下，總是力道強勁，原創性十足。

MOUSE　　　　　　　HOUSE
HOUSE　　　　　　　MOUSE
Mouse on house.　　House on Mouse.

這一段摘錄書中醒目的文字，簡單的圖像，左右對稱，一目了然。

- -

DAY
PLAY
We play all day.

NIGHT
FIGHT
We fight all night.

　　翻到這兩頁的大人和小孩，都忍不住會心一笑，這不就是我們日常生活的剪影嗎？一會兒融洽、一會兒爭執。Dr. Seuss以無覊的想像、濃厚的自由風，適時地反映出孩子頑皮、有個性的一面。

異想天開、突破框架的奔放精神

▲ 一系列由Random House出版的Dr. Seuss系列書：《*One Fish Two Fish Red Fish Blue Fish*》、《*Hop on Pop*》、《*The Foot Book*》、《*Fox in Socks*》、《*Green Eggs & Ham*》、《*Dr. Seuss's ABC*》。

　　Dr. Seuss擅長在字裏行間，帶著孩子一起體會異想天開的語言遊戲，在大膽、冒險的想像中，完成一部部才華耀眼的創作。除了《*Hop on Pop*》外，適合英語初學階段的好書還有《*The Foot Book*》、《*Green Eggs & Ham*》、《*One Fish Two Fish Red Fish Blue Fish*》、《*Fox in Socks*》和《*Dr. Seuss's ABC*》。

　　例如《*One Fish Two Fish Red Fish Blue Fish*》裏簡單的幾個字sad、glad、bad、dad，在趣味插畫的襯托下，組合成一幕有表情、有動作的單元劇。鮮活的圖像演繹，不但可以刺激原始的思考，而且可以鼓勵「勇於

突破」的精神，讓孩子從習以為常的制式邏輯中，看到如何讓嶄新的詮釋賦予文字新生命。**不再拘泥於原點的狹義規範，跳脫文字的實用框架，奔放的筆法，實驗的精神，這些皆是Dr. Seuss對兒童文學界的大貢獻。**

【第一段】

Yes. Some are red. And some are blue.

Some are old. And some are new.

Some are sad.

And some are glad.

And some are very, very bad.

Why are they

sad and glad and bad?

I do not know.

Go ask your dad.

《One Fish Two Fish Red Fish Blue Fish》，Random House 出版（1960）。

即使是以拼貼的誇示手法創造出語言的新意境，這本書所使用的詞彙、句法仍然是相當平易近人的。起初安靜內向的文字old、gold、hold、cold、told，經過一番剪接重組，居然能夠躍然紙上、生龍活虎，再度呈現Dr. Seuss驚人的原創性。

【第二段】

My hat is old.
My teeth are gold.

I have a bird
I like to hold.

My shoe is off.
My foot is cold.

My shoe is off.
My foot is cold.

I have a bird
I like to hold.

My hat is old.
My teeth are gold.

And now
my story
is all told.

在這些精彩的段落裏，不斷地替單純的文字注入活力的大功臣，正是 Dr. Seuss所繪製的速寫角色。每每令人瞠目結舌的插畫總是既前衛又卡通，角色的設計不但表情豐富，且舉手投足之間，有著毫不做作的赤子之心。

以上由old、gold、hold、cold、told等字詞所隨意揮灑的短句，搭配似乎隨興的插畫，像是一齣小丑的嬉遊之作。然而，不受侷限的創意發想裏，存在著不難發現的規律性：書中右邊倒立的主角搭配從腳到頭的反向描述，圖文緊密一致；另一方面，右邊與左邊互相對稱，文字敘述前後呼應，形成有開始有結束的完整段落。即使內容跳接、曲折，在自由中仍有文章的禮數，在開放中仍有理想的堅持。

堅持以接二連三的押韻吸引孩子注意，這樣的創作初衷從來沒有在 Dr. Seuss的作品裏缺席。一頁接一頁的押韻、敏捷的筆法、風格狂放不羈

的插畫，總是讓孩子無法抗拒。

展現出更多的押韻形式與變化

除了 "word family" 之外，提供更多變化的押韻形式，讓孩子體驗豐富的語音刺激，這是Dr. Seuss對於兒童閱讀所做出的第一個貢獻。

【第三段】

Brush! Brush!
Brush! Brush!

Comb! Comb!
Comb! Comb!

Blue hair
is fun
to brush and comb.

All girls who like
to brush and comb
should have a pet
like this at home.

Did you ever
fly a kite
in bed?

Did you ever walk
with ten cats
on your head?

Did you ever milk
this kind of cow?
Well, we can do it.
We know how.

If you never did,
you should.
These things are fun
and fun is good.

　　親愛的讀者，你能「看」出前一頁這三段摘錄的押韻在哪兒嗎？如果關閉了耳朵，純粹使用眼睛默讀文字，那是完全無法感受到語言的聲音效果，自然就無法敏銳地察覺到押韻音。但是，如果聆聽有聲書的朗讀，立刻便可意識到潛藏在語句裏的押韻。

　　「豎起耳朵」之後，這回孩子的眼睛睜得可大了。因為這次押韻的文字跟先前有固定字母組合的 "word family" 有明顯的不同。comb／home、bed／head、should／good、cow／how，以上這四組押韻，除了cow／how有相同的字音／字形外，其餘三組都是押相同的韻卻由不同的字母組合而成。

　　Dr. Seuss帶領著孩子探索更多形式的押韻組合，嘗試更多元的語意表達，那麼他筆下那不斷跨出界線的自由精神，要帶領孩子往何處去呢？《*One Fish Two Fish Red Fish Blue Fish*》這本書，提供了一個最能讓孩子產生共鳴的註腳：

> Today is gone. Today was fun.
> Tomorrow is another one.
> Every day,
> From here to there,
> Funny things are everywhere.

　　這段簡單卻雋永的摘錄，最能夠詮釋Dr. Seuss作品的精神：人生的樂趣，無所不在。

　　在平淡中創造驚奇一直是Dr. Seuss的強項，即使是日常題材，加入了幽默的元素，它所散發的感染力無形中幫助孩子將英文閱讀與歡樂之間建立了深刻的連結。

不按牌理出牌，與孩子同一陣線

《*The Foot Book*》這本單純介紹幼兒認識
雙腳的小書，卻是孩子認識大量相反詞的最佳
素材，如wet／dry、low／high、front／back、in
the morning／at night、slow／quick、trick／sick、
his／her、small／big。

　　其中，描述wet／dry的肢體動作，凸顯low
／high的背景道具，呈現slow／quick的表情神
韻，以及最令人激賞的、反映trick／sick的戲劇

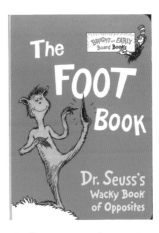

《*The Foot Book*》，Random
House 出版（1968）。

性畫面。一個個形容詞活生生地在讀者面前展示，搭配活潑悅耳的CD朗讀
聲，孩子不再只是僵化地記住這些用語，他們體會到的是詞語所延伸的細膩
表現。

　　外在的喧嘩與熱鬧不是Dr. Seuss作品的真貌。如何讓日常、平凡、
普通、老舊的文字，在《*Hop on Pop*》、《*The Foot Book*》、《*Green
Eggs & Ham*》、《*One Fish Two Fish Red Fish Blue Fish*》、《*Fox in
Socks*》、《*Dr. Seuss's ABC*》等等作品裏脫胎換骨，使固定的語言符號充
滿活力，讓平面的文字有了立體感，讓一部部作品成為孩子傳誦的話題，我
認為這才是Dr. Seuss作品的真諦。

　　《*Green Eggs and Ham*》是另一本吸引我的孩子反覆聆聽的故事書。

　　主角Sam熱情地邀請貓咪來品嚐「綠色雞蛋和火腿」（green eggs and
ham）。這隻戴著高帽子、表情看來有些嚴肅、脾氣似乎不太好的貓咪，總

是斷然拒絕Sam的邀請。然而，生性樂觀的Sam不斷變換花樣、創造情境，試圖打動固執的貓咪。即使貓咪使用I could not、I would not、I will not、I do not等等一連串的語氣助詞，堅定地表明不喜歡green eggs and ham，Sam還是端著食物對貓咪窮追不捨。

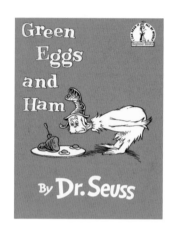

　　Sam，可以說是Dr. Seuss筆下經典角色的雛型。即使面對彆扭的貓咪，Sam仍然帶著陽光般的心情、不輕易低頭、愈挫愈勇，充分展現孩子造反有理的秉性。每個人的內心深處都有反抗他人宰制的潛在心理，只是未經世故的孩子，衝撞得坦率又可愛。

▲ 《*Green Eggs and Ham*》，
Random House 出版（1960）。

　　當初陪著孩子聆聽這本書時，一直不明白，為什麼這樣一個主角雙方為了一盤食物，持續拉鋸的普通故事，卻能令孩子笑呵呵。仔細聆聽時更發現，幾乎不間斷的循環對話，還使用大量的重複句呢！為什麼這樣一個情節平淡，而用語經常重複的故事，能獲得孩子的青睞呢？後來慢慢思索，逐步放低自己的身段，去除繁複的大人思維，回到單純的赤子之心，慢慢就能理解孩子的感受，答案也就悄悄地浮現了。

　　與鵝媽媽童謠的溫馨、守禮相比，Dr. Seuss作品裏的調皮、不按牌理出牌，更吻合孩子精靈般活潑跳躍的本性。

　　Dr. Seuss作品裏獨特的天馬行空，看似小孩隨心所欲的表現，很容易

讓孩子產生認同感。不論是用字遣詞、情節發展，都一再地打破慣性、挑戰傳統、發揮狂想。除了文筆的灑脫風格，Dr. Seuss所塑造的角色，使使性子、耍耍小脾氣、毫不做作的純真，以及那經常令人摸不著頭緒的率性和直接，更明顯地散發出孩童專有的鬼靈精怪。

　　孩子天生就不是乖乖就範的，總帶著一絲堅持，與成人你來我往的拉鋸。他們不時挑戰，企圖動搖當權者的那份理想主義特質，正是你我曾經誓死捍衛，但是終究不得不妥協，甚至早已遺忘的浪漫，如今卻在Dr. Seuss的作品裏以淘氣、無傷大雅的面貌復活了。做所有大人不願意、不答應的事，就是酷！

▲ 《I am Not Going To Get up Today》，Random House出版（1987）。

　　另一本Dr. Seuss的作品《I am Not Going To Get up Today》的主角，那位不想起床的男孩，可以說是Sam的分身。一反Sam義無反顧的纏人、黏人，今天突然決定想停止一切，任由自己繼續安穩地窩在暖和的床鋪裏，以全然的不在乎、無所謂，從從容容地放空自己。哪怕全球各地的小孩都起床了，哪怕街坊鄰居說三道四，哪怕連美國海軍都來了，哪怕上電視新聞了，都無動於衷，這位男孩堅持徹底地賴皮、賴在床上。有趣的是，原來東西方父母「馴服」小孩的最後一招竟然如出一轍：「叫警察來！」

　　不達目的絕不罷休是《*Green Eggs and Ham*》、《*I am Not Going To Get up Today*》兩個故事主人翁的共同特質，也是普天下孩子生命韌度的展現。雖然《*I am Not Going To Get up Today*》裏的男孩繼續待在床上，表面上顯得消極、退縮、逃避，然而，細心聆聽會發現，故事內容以第一人稱自述，所有使盡的方法都是男孩自己「先發制人」的設想。以退為進，企圖以柔克剛，孩子天生身段柔軟，即使賴皮都可以賴得驚天動地又有主導性。一個積極有所為，另一個積極有所不為，兩個故事的主角都是想盡方法讓對方低頭，活脫脫就是孩子「堅持自我」的化身。

　　Dr. Seuss選擇跟孩子站在同一邊，以藝術家的靈活手腕，將孩子不想受大人擺佈、不想被規範的心情，用卡通化的筆調與畫面，展現出孩子選擇改變、決心扭轉的企圖。Dr. Seuss讓孩子在他的作品裏，看到自己那些不願意對父母訴說的瘋狂、不希望公開的顛覆、以及不想被剝奪的堅持，可說是凝聚孩子的向心力，忠實為孩子發聲的最佳代言人。

彩杏媽咪傳授小訣竅

CD合輯，經濟超值的好選擇

相較於一本書籍與一片CD搭售的有聲書形式，某些以「CD合輯」型態的有聲出版品，會選擇某位作家或某一特定主題的重要作品，一次收錄在同一張CD中。若在逛書店時碰到這樣的「好康特惠」，我一定不會錯過。因為這比單獨購買一書一CD，價格往往更為經濟划算。

如在2004年，為了慶祝Dr. Seuss百歲冥誕，美國出版業與各地圖書館發起一項名為 "Seussentennial：A Century of Imagination!" 的慶祝活動。當時，美國Random House公司發行了兩套紀念Dr. Seuss的有聲CD合輯：【Green Eggs and Ham & Other Servings of Dr. Seuss】和【The Cat in the Hat and Other Dr. Seuss Favorites】。

其中，適合孩子入門的作品：《Hop on Pop》、《Green Eggs and Ham》、《One Fish Two Fish Red Fish Blue Fish》、《Fox in Socks》、《Dr. Seuss's ABC》和《I am Not Going To Get up Today》，都完整收錄在【Green Eggs and Ham & Other Servings of Dr. Seuss】這套CD合輯裏。

另外一套CD合輯【The Cat in the Hat and Other Dr. Seuss Favorites】，則共收錄九個經典故事，是Dr. Seuss才華洋溢的巔峰代表作：有百讀不厭的《The Cat in the Hat》、《Horton Hears a Who!》、《How the Grinch Stole Christmas》、《Horton Hatches the Egg》等。其中《Horton Hatches the Egg》、《Horton Hears a Who!》兩本故事共同的主角Horton，一隻善良、忠誠、自我犧牲的大象深得孩子喜愛。詼諧中有正義、缺憾中有同情、挫折中有鼓勵，是Dr. Seuss留給孩子最親暱的感動。

彩杏媽咪來說書

◀ 《*Oh , the Thinks You Can Think!*》，Random House 出版（2003）。

　　藉由押韻繪本培養出具有敏銳聽力的英文耳朵和能夠自然識字的英文眼睛一直是有聲書學習法成功的核心精神，這核心精神的最大貢獻者之二是Dr. Seuss。

　　透過押韻學習認字是Dr. Seuss留給孩子最珍貴的禮物之一：pink/think/drink、try/by/high、stop/top、light/bright/night、ship/trip，而隱身在奔放的圖文之後那淡淡的提醒與哲思是Dr. Seuss留給孩子最珍貴的禮物之二。他以《*Oh,the Thinks You Can Think!*》來鼓勵孩子天馬行空地幻想與探索：

> Think ! Think and wonder.
> Wonder and think.
> How much water
> Can fifty-five elephants drink ?

　　我可以閉著眼睛看書。（真的嗎？）Dr. Seuss以《*I Can Read with My Eyes Shut !*》這本詼諧的故事來鼓勵孩子閱讀，書裏以幽默的圖文重申閱讀與學習的好處：

▶　《*I Can Read with My Eyes Shut !*》，Random House 出版（1978）。

The more that you read,
the more things you will know.
The more that you learn,
the more places you'll go.

　　全書充滿無厘頭的押韻，搭配荒誕卻好笑的插畫，來示範各式各樣的閱讀。tree/bee/knee/three、ants/pants、hose/rose、Jake/snake、ice/mice/price/nice、sale/pail、sad/glad/mad、dollar/collar、find/behind、wide/side，這些都是在Dr. Seuss的作品裏常見到的word family，反覆在不同的書裏出現，增加孩子對這些基礎字彙的熟悉感。

　　這次在《*I Can Read with My Eyes Shut!*》這本書裏有三組嶄新的押韻充滿創意，一組是 fishbone/wishbone/trombone。wishbone許願骨位於禽鳥類的前胸部，正式名稱是furcula。依照西方傳統大部分是在感恩節吃烤火雞時，才會取出這塊骨頭來許願。許願時，兩個人分別抓著骨頭下方兩端（即Y字型的兩端），同時輕拉就會折斷骨頭成兩半，而拿到比較大的一方可以許個願，並且會在「許願骨」的祝福下願望成真。

　　知名的童詩桂冠詩人Jack Prelutsky曾寫過一首可愛的感恩節應景童詩〈The Wishbone〉將這個溫馨的許願骨傳統化成童稚的純真。

　　另外兩組有趣的押韻是learn/earn和押頭韻anchor/ankle。learn/earn加上yearn曾出現在一句值得參考的名言裏：

"A happy life is one spent in learning, earning, and yearning."
（快樂的人生就是花時間在學習、賺錢和期盼。）

主題書單 ❶
歡迎光臨「鵝媽媽」的世界！

【播放書單】

❶ 鵝媽媽經典童謠 My Very First Mother Goose
作者／繪者：Iona Opie／圖Rosemary Wells　書籍／CD出版社：信誼出版社

❷ Hop on Pop
作者／繪者：Dr. Seuss　書籍／CD出版社：Random House

❸ The Foot Book
作者／繪者：Dr. Seuss　書籍／CD出版社：Random House／JYbooks

❹ Green Eggs and Ham
作者／繪者：Dr. Seuss　書籍／CD出版社：Random House

❺ One Fish Two Fish Red Fish Blue Fish
作者／繪者：Dr. Seuss　書籍／CD出版社：Random House

❻ Fox in Socks
作者／繪者：Dr. Seuss　書籍／CD出版社：Random House

【進階播放書單】

⑩ A Child's Treasury of Nursery Rhymes
作者／繪者：Kady MacDonald Denton　書籍／CD出版社：Kingfisher

⑩ I Can Read with My Eyes Shut
作者／繪者：Dr. Seuss　書籍／CD出版社：Random House

⑩ I am Not Going To Get up Today
作者／繪者：Dr. Seuss　書籍／CD出版社：Random House

⑩ Oh Say Can You Say
作者／繪者：Dr. Seuss　書籍／CD出版社：Random House

主題書單 ❶
歡迎光臨「鵝媽媽」的世界！

⑩⑤ Oh , the Thinks You Can Think!

作者／繪者：Dr. Seuss　　書籍／CD出版社：Random House

【*Green Eggs and Ham & Other Servings of Dr. Seuss*】CD合輯，完整收錄Dr. Seuss的作品：《*Hop on Pop*》、《*Green Eggs and Ham*》、《*One Fish Two Fish Red Fish Blue Fish*》、《*Fox in Socks*》、《*Dr. Seuss's ABC*》、《*I am Not Going To Get up Today*》、《*Oh , the Thinks You Can Think!*》、《*Oh Say Can You Say*》、《*I Can Read with My Eyes Shut*》等9本。

【延伸閱讀】

- **Sylvia Long's Mother Goose**

  作者／繪者：Sylvia Long　書籍／CD出版社：Chronicle Books／JYbooks

- **Mary Engelbreit's Mother Goose**

  作者／繪者：Mary Engelbreit　書籍／CD出版社：HarperCollins

- **James Marshall's Mother Goose**

  作者／繪者：James Marshall　書籍／CD出版社：Square Fish／無CD

- **Tomie dePaola's Mother Goose Favorites**

  作者／繪者：Tomie dePaola　書籍／CD出版社：Grosset & Dunlap／無CD

【兩本押韻字典：供有興趣的讀者參考】

- **Rhyming Dictionary**

  作者／繪者：Sue Young　書籍／CD出版社：Scholastic　／無CD

- **Collins Rhyming Dictionary**

  作者／繪者：Sue Graves and Brian Moses　書籍／CD出版社：HarperCollins／無CD

② 跟著重複句，大聲朗讀吧！

可預測的重複性故事，是幫助孩子累積美好閱讀經驗的敲門磚。簡單固定的結構，讓孩子能很快掌握故事的脈絡；透過CD的專業聲音演員，大聲朗讀由重複句與重疊句所組成的生動故事，自然而然養成「口耳相連」的「唸故事」習慣。

　　很多朋友都問我，到底是如何替孩子選書的？其實，找好書一直都是我的興趣，幸運的是，研究所的訓練，讓我學會如何以專業的眼光選書。其中，美國作家兼插畫家Jim Trelease所寫的《*The Read-Aloud Handbook*》，是我替孩子選書的主要依據，開啟為孩子選擇優質英文讀物的第一扇窗。Jim Trelease在決心把電視機關掉後，他的兩個孩子為此吵鬧了四個月。但他並未因此讓步。取而代之的是，他開始唸書給孩子們聽。

　　這本書不但闡明朗讀的重要性，更提供了為孩子朗讀的恰當時機與做法，鉅細靡遺條列出朗讀的祕訣與禁忌。更棒的是，它還提供超過三百本值得親子共讀的好書，有詩集、無字書、繪本及小說。作者除了簡明扼要的介紹推薦書籍外，還標示出程度分級供家長選擇參考，更難能可貴的是，由於他對這些書籍十分熟悉，總能為讀者提供既廣且深的延伸閱讀資訊。

　　作者在第一章便引用心理學理論指出，若以二分法將所有人類行為化約成兩種簡單的反應，人們總傾向迎接快樂的事，也自然會迴避不愉快的情

境。因此他強調：如果一本好書能帶來歡笑，拉近親子距離，引發好奇心，那麼在孩子的腦海中，閱讀和愉悅就會連結在一起，孩子會自動靠近好書。讀得愈多，就愈能掌握故事大意，自然就讀得愈好。讀得愈好，使孩子邁向深度閱讀，於是讀得更多也懂得更多，自然而然能激發出閱讀的熱情。

那麼，該如何開啟這樣的正向循環？許多與閱讀相關的研究都發現，「可預測的重複性故事」（predictable／repetitive books），是幫助孩子累積閱讀美好經驗的第一道敲門磚，也是培養閱讀熱情的第一把利器。

重複句＋重疊句，誘發朗讀熱情

重複性故事的最大特色是：重複主要事件，加上巧妙設計的變化，將整個故事流暢地說出來。它所呈現的情節，在極大的重複性，加上極小的變化下，一步步逐漸進展，最後將故事的戲劇性高潮停在結局，一個令人意想不到的幽默場景，使孩子開懷大笑。

穿插在主要重複事件裏的微妙變化，通常都有一個固定、可依循的形式，是一種可預測的變化。孩子通常在聆聽頭幾次重複後，便能依循「重複句」當線索，很快掌握故事脈絡，逐步加入朗讀行列。說出重複內容所得到的成就感，激發孩子對故事產生濃厚的認同與參與感。

除了重複句外，有些作者還會將新的內容一次次增加，形成前後連貫的「重疊句」。固定的「重複句」，搭配可預測的「重疊句」，既能在重複中刺激語言發展，又能在可預測的變化裏啓發想像與好奇，使孩子自己接觸書籍時，不再只是被動的接受者，而是能透過交互產生的熟悉感與新鮮感，高

興地參與到故事的情節裏，使孩子永遠有話可說，跟著故事說，而且說得欲罷不能。

同樣都有母雞與狐狸角色的《*Hattie and the Fox*》、《*Henny Penny*》，以及描述一家人獵熊情景的《*We're Going on a Bear Hunt*》，就是這類「重複句」加上「重疊句」的兒童經典代表。

閱讀是熱情的邀請：《*Hattie and the Fox*》

《*Hattie and the Fox*》這本用心撰寫的故事，就有這股神奇的感染力，即使角色只是平凡的母雞和牠的農場夥伴，卻讓孩子聽得哈哈大笑，而且不著痕跡地誘引著孩子一句接著一句地跟著唸，一遍又一遍。

故事一開始，Hattie這隻母雞看到樹叢裏鑽出一個鼻子，牠就被驚嚇地開始喊叫：

> Hattie was a big black hen.
> One morning she looked up and said,
> "Goodness gracious me!
> I can see a nose in the bushes!"

但是牠的夥伴們，鵝、豬、羊、馬、牛，卻完全不為所動，各自發出漠不關心的冷淡回應：

> "Good grief!" said the goose.
> "Well, well!" said the pig.

"Who cares?" said the sheep.

"So what?" said the horse.

"What next?" said the cow.

作者Mem Fox用不同的句型反映主角心境的高明手法，使一連串的普通事件，發展成一個雋永的兒童經典。這本書非常適合於初級的英文學習，字句不但簡單，劇情也不斷重複。

一方面，作者安排這些短語 "Good grief!"、"Well, well!"、"Who cares?"、"So what?"、"What next?" 一字末改地反覆出現五次，用固定不變的「重複句」來凸顯一群動物事不關己的冷漠態度。另一方面，作者以持續增加的「重疊句」，呈現母雞愈來愈激動的慌張心情：

"Goodness gracious me! I can see a nose in the bushes!"

"Goodness gracious me!

I can see a nose and two eyes in the bushes!"

…

"Goodness gracious me! I can see a nose,

two eyes, two ears, a body, four legs and a tail in the bushes!"

一次「重複句」搭配一次「重疊句」的交叉對比，營造出一邊無動於衷，一邊緊張激昂的戲劇張力，讓簡單的故事有衝突、有曲折，讓孩子聽得咯咯大笑。

「重複性」（repetition）在初級的英文學習裏，扮演非常重要的角色。一

再出現的「重複句」幫助孩子建立熟悉感和自信心；漸漸加長的「重疊句」在基礎句型上作變化卻產生謎底揭曉的驚喜，使孩子在不知不覺中，慢慢接納更複雜的語句。

例如：從 "I can see a nose in the bushes!" 開始，作者持續增加身體部位的關鍵名詞，一直到最後形成 "I can see a nose, two eyes, two ears, a body, four legs and a tail in the bushes!" 利用這些「遞增」的變化，一方面累積故事的懸疑感，並增加故事的可讀性；另一方面更重要的是，這些容易被辨識的變化可以被輕易預見，讓孩子在熟悉的順序裏，正確無誤地猜中下一個會發生的事件，於是在孩子的心中，自然很快產生出「我就知道」的成就感。

閱讀，因此變成一種熱情的邀約，邀請他們投入那些作者刻意安排、卻不難揭曉的故事伏筆。所有隱藏在重複性故事裏的可預測變化，帶領孩子跟著情節一起前進，不但和孩子建立有趣的互動，而且讓孩子體驗到參與故事發展的閱讀滿足感。

閱讀是愉快的參與：《Henny Penny》

《Henny Penny》是另一本有創意、幽默感十足的重複性故事。有一天當母雞Henny Penny正在農家庭院享用玉蜀黍，一粒橡樹果實掉到牠頭上，牠以為天要塌下來了，這麼一樁大事，牠當然得趕快去報告國王這個消息。一路上，牠先後遇到了公雞、鴨子、鵝和火雞，大家都跟著母雞，準備一起去告訴國王，直到最後遇到狐狸。這會是一隻好心的狐狸嗎？國王會接到天要塌下來的訊息嗎？

就算識字不多的孩子，光是欣賞圖畫也能感受到故事的精彩有趣。《Henny Penny》故事中的各種動物角色，是繪者 H. Werner Zimmermann旅居德國，在小鎮裏追逐小雞、公雞、鴨子、鵝和火雞時得到的靈感。豐富的水彩畫，生動描繪出動物的表情與誇張的肢體動作，光欣賞插畫也能了解故事的來龍去脈。

《Henny Penny》故事裏重複的句子，在大人眼中幾乎是隻字未改、不斷重複的寥寥數語，卻能讓孩子聽得入迷而跟著大聲複誦。原因之一，在於作者替Hen, Cock, Duck, Goose, Turkey, Fox這些動物，分別設計了唸起來抑揚頓挫的名字。

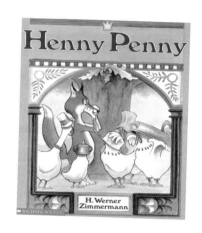

《Henny Penny》，Scholastic 出版（1989）。

Henny Penny、Cocky Locky、Ducky Lucky、Goosey Loosey、Turkey Lurkey、Foxy Loxy，這些戲謔的押韻命名，增添了故事朗讀的滑稽感，帶動平凡的重複句，使整體朗讀化為扣人心弦的聲音記憶，並且不動聲色地引誘著孩子一句接著一句地跟唸。

在戲劇性高潮到來前，故事情節圍繞在母雞Henny Penny和公雞、鴨子、鵝和火雞會面的情景。作者以日常對話一問一答的型態，稍加潤飾，使文章淺顯易讀：

"Hello, Henny Penny," said Cocky Locky.

"Where are you going?"
"The sky is falling and I must go
and tell the King," said Henny Penny.
"Oh! May I go with you?" asked Cocky Locky.
"Certainly!" said Henny Penny.
So they went along and they went along
and they went along until they met Ducky Lucky.

遇見Ducky Lucky後，相同對話一再出現，故事情節就在母雞Henny Penny先後遇見公雞、鴨子、鵝和火雞的過程中發展。四次相遇，不僅同行的陣仗不斷擴大，相同對話也一共重複四次。就在此時，令人緊張興奮的一幕出現了，那是狐狸Foxy Loxy的問候，以及動物毫不設防的坦率回答：

"Greetings, Henny Penny, Cocky Locky, Ducky Lucky,
Goosey Loosey and Turkey Lurkey," said Foxy Loxy.
"Where are you going?"
"The sky is falling and we must go and tell the king,"
said Henny Penny, Cocky Locky, Ducky Lucky,
Goosey Loosey and Turkey Lurkey.

大量重複的內容，卻依然能凝聚孩子的注意力，如何將一連串不起眼的重複事件巧妙地安排，最後卻創造意想不到的戲劇效果，正是傑出文學家挑

戰孩子思考力的偉大貢獻。

> "You'll never get there in time," said Foxy Loxy.
> "Come with me and I'll show you the shortcut."

　「你們沒有辦法及時趕到的，跟我來，我帶你們走捷徑。」《*Henny Penny*》把狐狸的狡詰說辭，適時穿插在不斷重複的語句裏，打破慣性結構，把故事推向高潮轉折，令人耳目一新，想忘也忘不了！

（此圖爲作者雙胞胎女兒六歲時所繪）

雙胞胎英語生活記事

從單純聆聽，到「口耳相連」大聲唸

　　許多父母會把孩子成長過程中的點點滴滴記錄下來，尤其是把孩子的活潑身影留存在相本裏，形成美好溫馨的回憶，我也不例外。只不過除了相機外，錄音機或錄影機也是不錯的選擇。

　　只要情緒感覺恰當時，我會把錄音機開著，盡可能把孩子天真無邪的話語，原汁原味地保留下來。透過錄音設備捕捉孩子的童言童語，日後可隨時原音重現，我還會標示日期，讓這些聲音記錄也變成絕無僅有的紀念品。

　　有一次整理自己的錄音檔案，發現雙胞胎在五歲時曾跟著朗讀《Henny Penny》時的精彩珍貴記錄。當時他們正值學齡前，正是活潑好動的淘氣階段，喜歡跟著CD快樂地大聲唸故事。持續聆聽故事CD，讓他們在無形中養成「口耳相連」的「唸故事」習慣，而且還會模仿CD朗讀，變化語調和口氣來順應故事的發展，時而戲謔，時而驚慌，增添不少逗趣效果。

　　令我訝異的是，當隨著大聲唸成為一種熟練的習慣後，雙胞胎居然能逐字記誦故事裏的每一個字，不但隻字片語無一遺漏，還會模仿故事CD的抑揚頓挫，那語調的高低、快慢，語氣的輕重、長短都恰如其分，彷彿正式朗讀般煞有其事！

閱讀是一起去探險：《*We're Going on a Bear Hunt*》

　　在培養英語能力的過程中，最容易被忽略的因素，是孩子與成人的互動關係。如果父母師長以關愛的心情為孩子選擇學習素材，站在孩子的立場，考量適當的學習方式與環境，孩子自然能感受到那份被呵護、被了解的疼惜，也就更能投入成人為他們所安排的學習模式。

　　從我自己陪伴孩子成長的經驗裏，我發現活潑有趣的故事，搭配美麗的插畫，加上情景逼真的朗讀音效，是幫助親子營造溫馨共讀的最佳工具。《*We're Going on a Bear Hunt*》這本描寫全家一起去獵熊的經典童書，正好可以拉近小孩與父母的距離，為親子共讀留下甜美幸福的回憶。

　　一本流傳不墜的經典兒童讀物，往往在故事情節、主題表現、角色刻畫、語言風格、插畫質感都非常講究，而其中挑戰創作者的，是如何巧妙地將每個有創意的元素緊密組合成一個完美的作品。《*We're Going on a Bear Hunt*》正是一本錯過可惜的好書，它不但呈現大膽冒險的主題價值，還側寫溫馨可人的家庭氛圍。

　　這是描述英勇的爸爸帶著幾個孩子，穿山涉水去獵熊的故事。在小狗的伴隨下，一群人歡欣雀躍地出發，還高聲歡呼「獵熊宣言」，大夥語調激昂、口氣堅定，齊聲表達要逮住大熊的決心。在聲勢宏偉的語氣下，也沒有忘記歌頌大地的幸福容貌，並且強調絲毫不膽怯的勇敢精神：

> We're going on a bear hunt.
> We're going to catch a big one.
> What a beautiful day!
> We're not scared.

　　可是路途並非一路平順，首先，雜草橫生擋住去路，如波浪般起伏的大片草地橫在眼前，既然無法從蔓長的草葉上面跨過，又不能往底下鑽過，只好硬著頭皮穿越：

> Uh-uh! Grass!
> Long wavy grass.
> We can't go over it.
> We can't go under it.
> Oh no!
> We've got to go through it!

　　上面這段強調一家人必須硬著頭皮跨越阻礙的重複句，最能引起孩子的認同感。故事裏的三段式重複句「大聲宣佈獵熊→遭遇挑戰→勇敢面對」，不但帶領著主角一家人穿越重重關卡，讀者視野也跟著重複句一起越過草原、河流、沼澤、森林、風雪，搭配生氣勃勃的擬聲詞，穿插在不斷重複的句型裏，使想像力無限延伸。

　　細膩柔美的插畫藝術，也更精確地捕捉到粗獷卻戲劇化的探險情節。細心的孩子會注意到《*We're Going on a Bear Hunt*》裏黑白、彩色互相交錯的插畫形式。不同於一般繪本故事的統一色調，插畫家Helen Oxenbury用全開黑白畫面，處理主角一家人獵熊途中陷入困境的情景，再以全開豐富的色彩來呈現大夥勇闖難關、突破阻撓的精彩畫面。故事開始的前24頁，以炭筆速寫的簡練線條來描繪大自然的挑戰，時而黑白、時而彩色的交錯風格形成一股視覺張力，不但反映主角在遭遇難題與勇敢面對之間的心情轉換，柔和的水彩畫也強化了解決困境後的輕鬆感。

　　然而，同樣是重複性故事，《*We're Going on a Bear Hunt*》這本書卻

有出人意料的情節發展。在作者的巧思安排下，千辛萬苦找到大熊是戲劇性高潮，卻不是故事的結局。作者Michael Rosen設計了第二組重複句，延長故事的懸疑性，在擴大讀者好奇心的同時，營造再一次的戲劇張力。

在終於看到大熊的瞬間，主角一家人居然立刻放棄獵熊的目標，臨陣脫逃，轉身拔腿就跑！作者精心安排另一組重複句，以「場景倒退」的方式，逃出山洞、逃出暴風雪、逃出森林、逃出…、逃出…、逃出…，循著先前的路線加速撤退。緊湊的重複句，層次分明。作者將落荒而逃的急迫，搭配音效逼真的狀聲字，充分表現出一行人努力擺脫大熊追趕的緊張：

> Quick! Back through the cave! Tiptoe! Tiptoe! Tiptoe!
> Back through the snowstorm! Hoooo wooooo! Hoooo wooooo!
> …
> Back through the grass! Swishy swashy! Swishy swashy!

獨特的切割畫面，橫軸式將一頁分成三幅拉長的圖案，不但造成讀者視野壓縮窄化後的視覺擠壓，全開兩頁的六幅拉長畫面，更打散了讀者的目光焦點，讓欣賞插畫的同時，也感受到被大熊追趕的急促與慌亂。

有創意的作家不會只是複製以往的故事架構，他會以嶄新的劇情安排，衝擊讀者的慣性思考，推翻讀者的既定成見，以耳目一新的故事營造閱讀的樂趣，作者Michael Rosen在這方面實在是了不起的高手。

嘿！go over、go under、go through有什麼不同？

家長與孩子共同聆聽《*We're Going on a Bear Hunt*》，在不斷出現的重複句中，也能學到over、under、through等介系詞的最佳示範。

"go over it"，表示從上面跨過，"go under it"是從底下鑽過去，兩者都是採取略過或迴避的策略；而"go through it"則是穿越過去，表示一家人勇敢面對大自然的決心。

原本硬梆梆的介系詞文法，如今透過生動的故事與插畫來展現，是不是頓時豁然開朗了呢？

朗讀，才能聽到文字背後的餘音！

讓安靜無聲的文字，變得生氣勃勃，躍然紙上，是聆聽CD朗讀的一大特色。比起讓孩子單純閱讀故事書，陪伴孩子聆聽故事CD，尤其是句子重複性很高的故事，透過一群聲音演員的詮釋，更能體會聲音表情所發揮的故事感染力。

在安靜的文字下，一系列的重複句與重疊句是無聲無息的；然而，**專業的朗讀，語調總是起伏有致，語氣深具說服力，讓孩子不僅聽到正確的發音、流暢的故事，更聽到語氣、語調背後的餘音。**

譬如在故事《*Hattie and the Fox*》中，母雞Hattie拉高音調的慌亂，一群無動於衷配角動物漫不經心的回應，以及最後乳牛發出「MOO」聲音時，刻意有延長的停頓，達到嚇阻狐狸的效果等，這些富含聲音表情的朗讀，不僅讓故事張力十足，更讓孩子聽得樂不可支。

專業朗讀者是故事的聲音演員，傳達故事內容簡潔有力，完全不會有一般人說故事時常出現的「呃」、「嗯」等等不順耳的語詞。此外，專業朗讀擅長安排語氣的停頓和轉折、疑惑與驚嘆，尤其在說出關鍵句後停頓一下，讓聆聽者有時間消化故事所帶來的懸疑或高潮。故事《*Henny Penny*》中，也同樣是充滿戲劇效果的精彩朗讀。

專業的聲音演員，在表現動物急忙趕路的語氣和聲調，完全反映出天將要塌下來的急迫性，把動物們心中的不安與畏懼，拿捏得恰到好處，也將狐狸Foxy Loxy偽善的問候，表現得絲絲入扣。專業的朗讀者會調整語調變化，善用抑揚頓挫、控制音量大小，使內容深具真實感。

而在《*We're Going on a Bear Hunt*》的CD故事中，醒目的圖案搭配

生氣勃勃的「狀聲字」，這些可能連大人平常都不太熟悉的字彙，但孩子卻會被振耳的擬聲詞深深吸引。「窸窸窣窣」的踩草聲（Swishy swashy!）、「嘩啦嘩啦」的涉水聲（Splash Splosh!）、「格喳格喳」踩踏爛泥的聲音（Squelch squerch!）、「搖搖晃晃」步履蹣跚的聲音（Stumble trip!）、「嚇嚇呼呼」呼嘯的風聲（Hoooo woooo!）以及「躡手躡腳」的腳尖觸地聲（Tiptoe! Tiptoe!）等，作者用生動的聲音氣勢，突顯一家人所面對的各種困境，讓孩子產生「聲」歷其境的真實感，更添增了聆聽的趣味。

　　以聲音引導孩子，是語言學習成功的祕訣。深刻鮮活的聲音詮釋，讓文字展現出不凡的氣息與迷人的風貌。出色的朗讀，孩子聽到的不僅是滔滔不絕的詞句，彷彿還看到栩栩如生的角色互動，在腦海中交織成生動的畫面。

　　所以，請別小看重複性故事CD的力量。簡單故事裏的不平凡趣味，在精緻的朗讀聲中，更能散發出光芒。

主題書單 ❷

跟著「重複句」，大聲朗讀吧！

【播放書單】

❼ Go Away, Mr. Wolf!
作者／繪者：Mathew Price　書籍／CD出版社：Mathew Price／JYbooks

❽ Go Away, Big Green Monster!
作者／繪者：Ed Emberley　書籍／CD出版社：Little, Brown and Company／JYbooks

❾ Color Zoo
作者／繪者：Lois Ehlert　書籍／CD出版社：HarperCollins／JYbooks

❿ Hattie and the Fox
作者／繪者：Mem Fox／圖Patricia Mullins　書籍／CD出版社：Aladdin／JYbooks

⓫ Henny Penny
作者／繪者：H. Werner Zimmermann　書籍／CD出版社：Scholastic／JYbooks

⓬ We're Going on a Bear Hunt
作者／繪者：Michael Rosen／圖Helen Oxenbury　書籍／CD出版社：Walker

⓭ Where's My Teddy?
作者／繪者：Jez Alborough　書籍／CD出版社：Walker／Walker＋Moonjin Media

⓮ Guess How Much I Love You
作者／繪者：Sam McBratney／圖Anita Jeram　書籍／CD出版社：Walker／Walker＋Moonjin Media

⓯ Handa's Surprise
作者／繪者：Eileen Browne　書籍／CD出版社：Walker／Walker＋Moonjin Media

⓰ Owl Babies
作者／繪者：Martin Waddell／圖Patrick Benson　書籍／CD出版社：Candlewick／Candlewick＋Moonjin Media

主題書單 ❷
跟著「重複句」，大聲朗讀吧！

❶ The Runaway Bunny
作者／繪者：Margaret Wise Brown／圖Clement Hurd　　書籍／CD出版社：HarperCollins

❷ Goodnight Moon
作者／繪者：Margaret Wise Brown／圖Clement Hurd　　書籍／CD出版社：HarperCollins

❸ See You Later, Alligator!
作者／繪者：Annie Kubler　　書籍／CD出版社：Child's Play／JYbooks

❹ What's the Time, Mr.Wolf?
作者／繪者：Annie Kubler　　書籍／CD出版社：Child's Play／JYbooks

❺ If the Dinosaurs Came Back
作者／繪者：Bernard Most　　書籍／CD出版社：Sandpiper／JYbooks

❻ Dinosaur Encore
作者／繪者：Patricia Mullins　　書籍／CD出版社：JYbooks

【趣味延伸】

❼ Maisy Goes Camping
作者／繪者：Lucy Cousins　　書籍／CD出版社：Walker

❽ Maisy's Christmas Eve
作者／繪者：Lucy Cousins　　書籍／CD出版社：Walker

【重複句大師：Eric Carle 、Laura Numeroff】

❾ Brown Bear, Brown Bear, What Do You See?
作者／繪者：Eric Carle　　書籍／CD出版社：Henry Holt／JYbooks

❿ Does a Kangaroo Have a Mother, Too?
作者／繪者：Eric Carle　　書籍／CD出版社：HarperCollins／JYbooks

HarperCollins出版社發行的CD合輯《The Very Hungry Caterpillar and Other Stories》一共收錄五個Eric Carle的經典故事：《The Very Hungry Caterpillar》、《Papa, Please Get the Moon for Me》、《The Very Quiet Cricket》、《The Mixed—Up Chameleon》和《I See a Song》。

HarperCollins出版社發行的精裝書+CD合輯《Mouse Cookies & More: A Treasury》一共收錄四個故事：《If You Give a Mouse a Cookie》、《If You Take a Mouse to School》、《If You Give a Pig a Pancake》和《If You Give a Moose a Muffin》。

❸ 韻文與歌謠，建立快樂記憶

韻律化的內容，吸引孩子大聲朗讀；美妙的旋律，讓害怕說英語的孩子，也能不自覺地哼哼唱唱，並且是邀請孩子進入英語世界最容易、也最有趣的起點。

陪伴孩子閱讀，除了享受親子共讀的溫馨幸福外，領略兒童文學的繽紛多彩，一直是我念念不忘的優點，也是我急於和許多家長與老師分享的。我深信，英文學習應建立在閱讀樂趣上。當孩子從故事裏感受到創意、想像與驚喜，自然會一本接著一本讀得欲罷不能；缺乏意願、被動消極的背誦，無法走遠路，往往也得不到驚人的成果。

經驗告訴我，易於朗朗上口的韻文與歌謠，是最容易入手的起點。韻文結合了各式音節、語調和韻腳，混合形成一種抑揚頓挫的節奏，像是音樂合聲的秩序感，輕而易舉就能吸引孩子跟著大聲朗讀，韻律化的內容很容易就烙印在腦海裏。

快樂的歌謠，同樣居功厥偉。在我陪伴孩子接觸英文的過程中，我深刻體會到，「音樂」實在是輕鬆打開孩子心房的好朋友。美妙的旋律，輕快的節奏，孩子隨著歌曲盡情地手舞足蹈，熱情地跟著大聲哼哼唱唱，那一幕幕陶醉的歡愉情景，總讓我忘記操持家務的疲憊。

押韻讓孩子朗朗上口

這裏一口氣介紹5本書：將許多童話主角匯聚一堂的《*Each Peach Pear Plum*》、以綿羊當主角的《*Sheep in a Jeep*》、《*Sheep in a Shop*》、各種動物描述自己母親的《*Is Your Mama a Llama?*》，以及由經典童書《*Where the Wild Things Are*》（野獸國）的作者Maurice Sendak所創作的《*Chicken Soup with Rice*》，都是曾讓雙胞胎朗朗上口的作品。

▲ 由左到右為《*Each Peach Pear Plum*》、《*Sheep in a Jeep*》、《*Sheep in a Shop*》。

捉迷藏，一向是孩子愛玩的遊戲，而「我找到了！」的興奮，更是讓孩子樂此不疲。猜猜看，孩子在《*Each Peach Pear Plum*》故事裏發現誰了？插畫裏，有打掃中的灰姑娘Cinderella，提著水桶卻在山丘摔跤的Jack and Jill，射箭高手羅賓漢Robin Hood，還有許多孩子耳熟能詳的童話主角，都在這個經典故事裏集合野餐、歡聚一堂。充滿童話色彩的插畫不但賞心悅目，諸如Plum／Thumb、stairs／bears、hunting／Bunting、hill／Jill、wood／Hood、dry／pie等活潑多樣的押韻，更帶出韻文的趣味感。

　　動物角色，一直是童書作家鍾情的最佳演員。《*Sheep in a Jeep*》、《*Sheep in a Shop*》這兩本書，透過一群綿羊乘坐吉普車出遊、上街採買生日賀禮的簡單情節，竟也能產生逗趣的閱讀效果。這兩個故事，同樣有節奏鮮明、押韻靈活的特色。如sheep／jeep／steep、sheep／leap／jeep、out／shout、cheer／dear／steer、heap／weep／sweep／cheap等簡潔工整的押韻，使故事朗讀產生一氣呵成的戲劇張力。尤其是吉普車最後撞成一堆（heap），羊群哭成一團（weep），接著打掃凌亂的現場（sweep the heap），到最後將吉普車低價（cheap）出售，不但情節有趣，而且押韻前後緊扣，真是精緻英文書寫的典範。

　　《*Is Your Mama a Llama*？》的情節，是描寫小駱馬不斷找媽媽，於是"Is Your Mama a Llama？"這句主題句反覆出現。英語裏經常聽到的母音，例如，Dave／gave／cave／behave、Fred／said、wings／things、day／way等押韻，在有聲CD溫婉的女性聲音朗讀下，增添了不少平和、寧靜的氣息。

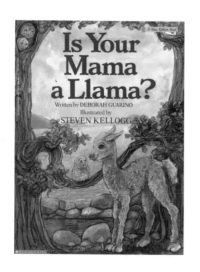

▲ 《*Is Your Mama a Llama*？》，Scholastic 出版（2006）。

　　而受到詢問的動物，都分別用自己母親的特色，來回應小駱馬的疑問。

　　蝙蝠說："She hangs by her feet, and she lives in a cave."

　　天鵝說："She has a long neck and white feathers and wings."

　　這些動物的回應，不僅讓孩子認識許

多常見的動物，也是描述特徵的最佳示範。

最後一本《*Chicken Soup with Rice*》，則勾起我許多用餐的歡樂回憶。

不論季節如何更迭，府上是否總會有幾道令孩子拍手叫好的家常菜？在我們家，每當餐桌上一出現熱騰騰的雞湯，兒子總會興奮地喊著："Chicken Soup with Rice！"

這是一本介紹月份的可愛童書。作者為每個月設計了一個有趣的場景來品嚐雞湯拌飯。搭配時令天候的簡潔描述，實在趣味橫生，例如：九月來到尼羅河乘騎鱷魚，或是元月寒冬，一邊滑冰，一邊小口小口喝湯。nice／ice／rice／twice、while／crocodile／Nile……這些一句接著一句、貫穿全文的工整押韻，使故事朗讀百聽不厭。

> In September
>
> for a while
>
> I will ride
>
> a crocodile
>
> down the
>
> chicken soupy Nile.
>
> Paddle once
>
> paddle twice
>
> paddle chicken soup
>
> with rice.

歌謠齊歡唱

父母與師長希望英語在孩子心中不斷滋長，就必須激發起孩子主動參與英語活動的熱誠。一般的英語教學，忽視聆聽，注重記憶，加上不斷測驗、訂正，養成孩子「怕犯錯」的心理：擔心發音是否標準，害怕用詞是否正確，愈怕就愈不敢講，愈不敢講就愈講不好，「怕犯錯」的潛在壓力，造成孩子遲遲開不了口。

然而，利用活潑、輕快的英語兒歌，誘導孩子在不知不覺中開口大聲唱，是打破心防的利器，也是培養孩子連音與流利的好方法。

編曲優良的歌謠，會將詞曲間的語氣變化、語調輕重、實字重音、虛字輕音等掌握得恰到好處。**利用歌謠，不僅可培養孩子自然連音的習慣，避免剛開始逐字唸英文的生澀斷音；另一方面，與說話相較，臉部肌肉在歌唱時有最多連續、快速的變化。因此多唱英文歌，有助於孩子習慣使用英語肌肉，有助於說出道地又流利的英文。**

像《*Five Little Monkeys Jumping on the Bed*》這首輕快的兒歌，描寫一群猴子在床上蹦跳的嬉鬧韻文，與孩子喜歡賴在床上一跳再跳的模樣如出一轍。歌曲中一再出現的短母音押韻bed／head／said，很容易讓孩子一聽就能朗朗上口，進而產生信心與成就感。

Child's Play入門系列

談到啟蒙兒歌，我認為一定要認識Child's Play與Barefoot這兩家出版社，雙胞胎早期所聽的各種簡單易懂的兒歌，絕大多數都是出自這兩家出版

社之手。

Child's Play所出版的《*The Wheels on the Bus*》、《*Ten Fat Sausages*》、《*Down by the Station*》、《*Five Little Men in a Flying Saucer*》、《*Here We Go Round the Mulberry Bush*》、《*I Am the Music Man*》、《*Five Little Ducks*》、《*Down in the Jungle*》、《*Dry Bones*》是我推薦給各位家長的兒歌首選。

▲ 由左而右，由Child's Play所出版的《*The Wheels on the Bus*》、《*Ten Fat Sausages*》、《*Down by the Station*》、《*Five Little Men in a Flying Saucer*》。

像《*The Wheels on the Bus*》、《*Ten Fat Sausages*》、《*Down by the Station*》、《*Five Little Men in a Flying Saucer*》等書籍，開本比一般故事書更大，插畫非常鮮豔，每頁重點還用「挖洞設計」來突顯，這些都是吸引孩子翻閱的設計元素。

可別小看兒歌對於英語學習的貢獻。除了活潑的聲音能建立英語語感，亮麗的插畫讓孩子慢慢習慣「看」書之外，兒歌裏的用詞，往往也是學習字彙的起點。

例如：《*The Wheels on the Bus*》，孩子可聽到公車輪子（wheel）、喇叭（horn）、雨刷（wipers）、司機（driver）、車票（ticket）等常用語。學音樂的孩子，可從《*I Am the Music Man*》聽到music、play piano、saxophone（薩克斯風）、big bass drum（大鼓）、xylophone（木琴）、violin（小提琴）、trombone（伸縮喇叭）等樂器的名稱。

這些兒歌中，不乏意義完整的片語，如《*Five Little Men in a Flying Saucer*》裏，有flew away（飛走）、in a flying saucer（在飛碟裏）、looked left and right（左看看、右看看）等。在《*Down by the Station*》中的all in a row（全排成一排）、call to the passengers（呼叫乘客）、off we go（出發囉）等等，大人也可溫故知新。

夜市常見的香腸攤，出現在《*Ten Fat Sausages*》這本書裏，與日常生活經驗貼近的主題，很容易產生共鳴。例如，有油鍋裏的嘶嘶作響（sizzling in the pan）、發出響聲go pop或go bang這些傳神描繪。也有簡單的數字遞增或遞減，是孩子學數學的好方法。

隨著鍋裏的香腸一一被客人買走，招牌的內容也在不斷改變。從還剩許多

▲ 《*Ten Fat Sausages*》，Child's Play 出版（2006）。

(Lots of Hot Dogs here!)到只剩
一些(Some Hot Dogs still left!)，
最後全部賣光(All Gone!)。不知
不覺中學到許多豐富的數量形容
詞。

　　唱兒歌也能認識自己的身體，
學習醫學名詞！《Dry Bones》這
本帶有搖滾味道的兒歌，可以用
來帶動唱。孩子一邊唱一邊比手
畫腳玩遊戲，潛移默化中學到身
體部位的標準英文用法。此外，
這本書前後還附錄身體部位的詳
圖與骨骼解剖圖，其中的專有名

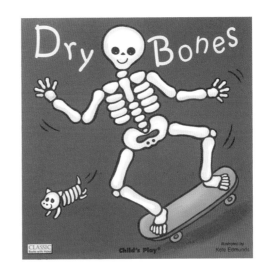

▲ 《Dry Bones》，Child's Play 出版（2009）。

詞都可以從有聲CD裏聽到標準的發音。這些看似艱深的醫學用字，反覆聆
聽後，孩子也能唸得流利自然。

雙胞胎英語生活記事

　　孩子口裏突然蹦出一兩句或一串英文，是聆聽有聲書期間經常出現的情形。其中，最常脫口而出的是童謠、短韻文和英文兒歌。

　　曾在一次好友聚會上，兒子不知怎地自顧自將身體骨骼名稱，用英文從頭到腳唱名一遍。當下好友的醫師老公眼睛瞪得好大，直呼不可思議：「這是怎麼教的？」因爲當年他在醫學院時背得可辛苦了，發音還不好呢！我隨手寫了《Dry Bones》、《Dem Bones》這兩本書，告訴他這完全是兩本童書兒歌加CD的功勞。

　　《Dem Bones》可以說是《Dry Bones》的精緻版。除了有相同的兒歌，作者還在每一項骨骼附註解釋，例如在介紹knee bone膝蓋骨時，說明又稱爲kneecap or patella（醫學專業稱呼），作用在保護膝蓋關節knee joint，膝蓋關節就像門扇上的轉軸。有了膝關節，我們才能又踢又跳，蹲下來或跳舞，活動自如。最後的完整解剖圖上，還來上一段解釋「出生時每個人有450根骨頭，隨著年紀增長，骨頭慢慢接合，到成年時是206根。」

　　這系列書籍的作者Bob Barner，擅長將扎實的內容做系統化整理，搭配色彩鮮豔的插畫，讓孩子學到重要的基礎知識，是一位能夠吸引兒童注意力的傑出作家。

Barefoot進階系列

　　Nancy Traversy & Tessa Strickland所創辦的Barefoot出版社，曾出版過《*We All Go Traveling By*》、《*Walking through the Jungle*》、《*The Journey Home from Grandpa's*》、《*The Animal Boogie*》、《*A Dragon on the Doorstep*》、《*Port Side Pirates !*》和《*Creepy Crawly Calypso*》等，裏面的文字比Child's Play系列來得更有變化，是我推薦的第二套英語兒歌。

　　《We All Go Traveling By》、《Walking through the Jungle》、《The Journey Home from Grandpa's》、《The Animal Boogie》、《A Dragonon the Doorstep》、《Port Side Pirates !》和《Creepy Crawly Calypso》

　　拼布加上車縫線的別致風格，搭配布料的獨特色彩，使《*We All Go Traveling By*》搭車上學的情節，柔美又愜意。一路上目睹a yellow school bus、a bright red truck、a little green boat等多達七種交通工具，當然少不了最原始的、穿著鞋子步行的雙腳。

　　另一本與交通工具有關的《*The Journey Home from Grandpa's*》，則描述從爺爺家回到自己家的旅途風光。同樣描述旅途經歷，go traveling by

是用動詞寫法，journey home則以名詞來強調，不同詞類的活潑用法，在童書中就能學習到。

比起《*We All Go Traveling By*》單純介紹交通工具，《*The Journey Home from Grandpa's*》還多了幾種有專門用途的工程車。如首先遇見的白色直昇機（the white helicopter）盤旋頭上，接著有粉紅色的拖曳機（the pink tractor）、綠色挖土機（the green digger）、黑色起重機（the black crane）、紅色消防車（the red fire engine）等一一登場。

搭配不同車子的功能、路況、前進方式，鮮明的動詞與介系詞也在這本書有很棒的示範。包括：顛簸不平的道路（the bouncy, bumpy road）、越過棕黃色的泥土田地（across the brown and muddy field）；開車常用的

彩杏媽咪傳授小訣竅

精緻繪本，也能用來引導寫作

不少孩子為寫日記或是作文深感困惑，我的孩子也是，我曾經利用《*The Journey Home from Grandpa's*》這本書後面所附錄的一張全彩地圖來導引，教孩子不論是任何簡單的題材，選擇一個焦點作集中描述。像這本選中交通工具後，用色彩、車種、動作、路線、功能等等作細膩的形容，故事情節自然豐富了起來。閱讀開啟孩子的心靈之窗，使他們覺察事物的能力更敏捷，而用心創作的兒歌也有相同的效果喔！

動詞除了drive（駕駛）之外，也變換不同用字如speed（加速前進）、bump（顛簸前進）、hurry（趕往）、rush（急忙奔赴）等，這樣的文字訓練，可以慢慢培養孩子細膩的語彙能力。

海盜故事的奇幻、浪漫，總是給孩子無限想像空間，一直是暢銷不墜的主題。《*Port Side Pirates!*》這首兒歌，有著類似民謠的曲風，深得孩子的心。歌詞中如偏離航道（off course）、從甲板上看到殘骸（a wreck），都是常用的航海術語。哇！發現一大堆閃閃發亮的黃金（We found a hoard of gold on board），真是海盜故事的美好結局。

值得一提的是，《*Port Side Pirates!*》繪本後面還附一幅海盜船圖，有各種船型的註解，讓孩子對海盜船有進一步的認識；連分佈世界各地的主要海盜有哪些，以及歷史上聞名的大海盜是誰，都有清楚的介紹。

記得女兒曾拿著這本書，興奮地跑來告訴我，知名的英勇海盜有女生耶！書中稱霸加勒比海的Anne Bonny，身穿男裝，以勇氣與老練懾服男性船員，頓時成了她心目中的英雄，而《*Port Side Pirates!*》更成為她研究海盜的入門書。

還有一本遺漏實在可惜的繪本，是結合大自然昆蟲與藝文樂器的《*Creepy Crawly Calypso*》。它是雙胞胎百聽不厭，最愛聞故事起舞的一本有聲書。

這張英文有聲CD，以專門編曲的旋律「演唱」故事。活潑輕快的旋律，熱鬧動感的節奏，加上低沉富磁性的嗓音，典型的外國樂風，讓孩子感受異國文化的熱情奔放。帶著小朋友一同欣賞的同時，不僅學會十種昆蟲、十項樂器及十個演奏動詞的純正發音，還可從詼諧逗趣的昆蟲表演裏，了解到音樂家如何演奏不同的樂器，而不斷重複的句型，無形中也與英文學習有了密切的結合。

從表演順序，孩子可學到從first到tenth的序數；透過昆蟲與樂器的數量，也能輕易看到「複數」的示範，例如：Spanish guitars，從dragonfly到dragonflies。最精彩的是描述樂器演奏的專用動詞，除了最常用的play saxophones（演奏）、blow their trombones（吹奏）、beat congas（擊鼓）外，也能學到專業演奏術語，如with brass trumpets to toot（吹奏喇叭）、strum their guitars（用手指撥弦）等。豐富的語彙，讓孩子充分掌握語言的完整和細膩，而生動的文學閱讀，就是最好的模仿對象。

彩杏老師引路，大人偷學步

深入淺出的附錄，為深度學習引路

《Creepy Crawly Calypso》的作者Tony Langham，在書後還製作三份專業的附錄，不僅吸引好奇、積極的孩子，對大人來說也是很棒的延伸學習資源。

第一份附錄Calypso Bands解說各種樂器的機械結構、發音原理及演奏技巧。原來，薩克斯風（saxophone）是一位比利時人（a Belgian man called Adolphe Sax）發明的。西班牙吉他有6根弦（Spanish guitars have six nylon strings）。非洲鼓（conga drum）的鼓身是挖空的木頭（hollowed-out logs），而鼓面是獸皮或塑膠製成的（animal hide or plastic）。接受傳統填鴨式教育，只讀英文教科書的讀者，一定想不到animal hide是指被剝下挪作他用的獸皮。對孩子而言，了解樂器是怎麼「製造」出來的，可以藉此探索隱藏在表面事物下的原因。

第二份附錄The Creepy Crawlies則介紹10種毛茸茸的蠕動昆蟲。流

暢清楚的解說，搭配色彩鮮明的昆蟲圖案，是認識昆蟲長相、了解習性的優質入門材料。如一種有8個眼睛，8條腿的毒蜘蛛Tarantula，馬上就可從插畫中一目了然。

這兩份附錄，都可以從有聲CD聽到字正腔圓的發音，是學習昆蟲與藝文知識的重要來源。

第三份附錄則有一份樂譜，對正在學習樂器的孩子來說，是一份不可多得的禮物。

藝術風經典兒歌繪本

許多兒歌流傳已久，不少童書出版社都曾與知名的童書插畫者合作，重新詮釋這些傳唱百年的歌謠。因此，除了許多「一書一CD」的固定組合外，購買經驗累積久了，我漸漸也發現，某些經典歌謠，可購買藝術性較高的兒童繪本，CD則可透過購買高品質的「兒歌合輯」或上網免費下載。兩相搭配，讓視覺與聽覺都有高品質的饗宴。

譬如由Iza Trapani重新插畫改編的《*The Itsy Bitsy Spider*》、《*Row Row Row Your Boat*》算是經典兒歌，幾乎所有歐美老爺爺、老奶奶都能哼唱。

《*The Itsy Bitsy Spider*》描寫一隻努力往上爬的蜘蛛，即使被沖下水管（washed the spider out）、被老鼠尾巴彈開（flicked her with his tail），最後終能順利爬上樹、織好網，安心休息。歌曲中洋洋盈耳的押韻，如

waterspout／out、door／more、stop／top，done／sun等許多押韻字母群的組合，增加了許多辨識單字的機會。

　　輕柔的水彩色調和誇張的姿態表情，讓兒歌改編的故事繪本賞心悅目。《*Row Row Row Your Boat*》描寫熊爸爸帶著全家，沿著溪流往下划船的歡樂之旅。聽過一、兩回，經典歌詞 "Row row row your boat gently down the stream" 會不時迴盪在心裏。雖然溪流並不總是平靜無波，划船技術也不夠純熟（what a clumsy crew），加上偶有大雨搗亂、雷聲隆隆（Raining, hailing, wind is wailing／Hear the thunder roar），但天氣終會放晴，終能平安回家去（Skies are clearing, sunset nearing／Homeward bound you row）。

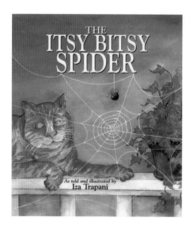

▲　《*The Itsy Bitsy Spider*》，
Charlesbridge出版（1993）。

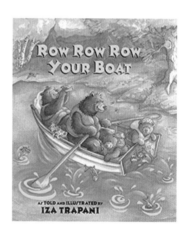

▲　《*Row Row Row Your Boat*》，
Charlesbridge出版（1999）。

彩杏媽咪傳授小訣竅

善用公共圖書館的有聲資源

在撰寫、整理本書的過程中，我發現許多當年曾經購買過的有聲版本，或許因為版權合約到期，如今都只能買到書籍，CD卻付之闕如，不免感到非常遺憾。

然而也因為如此，促使我四處搜尋是否有其他的替代方案。很幸運地，美國許多公立圖書館的免費有聲資源，是我最近發現的一大寶庫。

譬如我就在美國洛杉磯公共圖書館中，找到了一份吉他伴奏、作者Iza Trapani本人親自唸唱8本繪本的檔案，其中剛好包括《The Itsy Bitsy Spider》、《Row Row Row Your Boat》這兩首經典兒歌，可供讀者免費下載。

這份全長超過半小時的錄音，還包括其他兒歌如：小星星〈Twinkle, Twinkle, Little Star〉、瑪麗有隻小綿羊〈Mary Had a Little Lamb〉、我們繞著桑樹叢〈Here We Go Round the Mulberry Bush〉等。手邊只有童書卻沒有CD的家長，不妨善用這個檔案，替家中的童書繪本加值。網址如下https://www.lapl.org/audiobooks

插畫的藝術性，選書的重要考量

如果只能推薦一本兒歌繪本，由知名童書大師Ezra Jack Keats所繪製的《Over in the Meadow》會是我的唯一選擇。雖然這首經典兒歌有許多不同的插畫版本，但不論是色調、造型、構圖、光影和筆觸，Ezra Jack Keats的畫已不只是插畫，幾乎算得上是藝術作品。

▲《Over in the Meadow》，Puffin出版（1995）。

故事插畫一向是我選書的重要考量。**除了吸引目光外，插畫是最好的註解、最傳神的翻譯，讓孩子很容易從中找到線索，理解故事內容。**實際上，Ezra Jack Keats所繪製的一整本插畫都很精彩，例如描繪岸邊蘆葦叢裏的麝香鼠（muskrat），因潛水造成的水波光影，寫實中有印象派的影子。另一幅美麗的插畫，是描繪母蜥蜴在門扉上取暖曬太陽的那一幕，把文字裏the old mossy gate（老舊又長了青苔的門扉），如實呈現在讀者眼前。

這首兒歌的歌詞，從烏龜到螢火蟲，從一隻到十隻，從日出到星辰高掛，分別描述生活在河邊草地的十種動物，在自己獨特的環境裏，跟著媽媽一起活動。

例如歌曲一開始，在太陽下，一隻小烏龜在沙堆裏挖挖挖，接著溪流裏兩條小魚不停地悠游跳躍：

　　　　Over in the meadow, in the sand, in the sun,

Lived an old mother turtle and her little turtle one.

"Dig!" said the mother.

"I dig," said the one.

So he dug all day,

In the sand, in the sun.

Over in the meadow, where the stream runs blue,

Lived an old mother fish and her little fishes two.

"Swim!" said the mother.

"We swim," said the two.

So they swam and they leaped,

Where the stream runs blue.

動物數量與生態環境的完美押韻，是這首《Over in the Meadow》第一個值得喝采的地方，如sun／one、blue／two、tree／three；第二個值得學習的是動物與動詞的搭配，如turtle／dig／dug、fish／swim／swam、bluebird／sing／sang等；第三則是小動物的暱稱，如bird／birdies、muskrat／ratties、frog／froggies等。這些語言上的特色與優點，透過清亮的歌唱，更顯迷人。

搜尋坊間的歌謠本，事實上演唱《Over in the Meadow》的CD版本非常多，但我認為最好聽的版本是收錄在音樂合輯《WeeSing：Nursery Rhymes and Lullabies》中。

《WeeSing》系列並不是故事書，而是兒歌歌本。其中《WeeSing：

Nursery Rhymes and Lullabies》與《*WeeSing：Children's Songs and Fingerplays*》這兩本歌本與錄音，是我最推薦的。

在《*WeeSing：Nursery Rhymes and Lullabies*》裏，共收錄78首兒歌、韻文和晚安曲，有許多第一章中介紹的鵝媽媽童謠，是孩子聆聽大量歌謠韻文的好素材，非常適合假日親子共遊時在車上播放。

這張CD的錄製非常用心，有歌曲演唱和韻文朗讀，這兩項主要由兒童擔綱，加上一位成人的低沉嗓音作旁白串場，使英語的聲音表演豐富多元，讓孩子感受到英語的聲音魅力。《*Over in the Meadow*》收錄在其中的第18首，十足的節奏感加上活潑悅耳的鈴鼓，使孩童純真的歌聲顯得更動聽。

我深信，唯有讓孩子覺得看英文和聽英文是件享受且快樂的事，這條路才能走得長遠。在自己家裏，被最熟悉的環境圍繞，不必顧慮外來的干擾，毋須擔心犯錯，也不必斤斤計較什麼才是發音標準、用詞恰當。只要孩子覺得播放的英文故事很好聽，故事插畫很好看，聽著、聽著就會開始跟唸、複誦，慢慢在翻閱中學會認字，學著自己閱讀。這個過程，真的可以自然而然、水到渠成。

主題書單 ❸
韻文與歌謠，建立快樂記憶

【播放書單】

㊱ Each Peach Pear Plum
作者／繪者：Janet and Allan Ahlberg　　書籍／CD出版社：Puffin／Scholastic＋JYbooks

㊲ Chicken Soup with Rice: A Book of Months
作者／繪者：Maurice Sendak　　書籍／CD出版社：HarperCollins

【Where the Wild Things Are and Other Stories by Maurice Sendak】CD合輯，完整收錄《Chicken Soup with Rice: A Book of Months》、《Alligators All Around: An Alphabet》、《Where the Wild Things Are》、《In the Night Kitchen》等9個 Maurice Sendak的經典作品。

㊳ Sheep in a Jeep
作者／繪者：Nancy E. Shaw／圖Margot Apple　　書籍／CD出版社：Sandpiper／Houghton Mifflin

㊴ Sheep in a Shop
作者／繪者：Nancy E. Shaw／圖Margot Apple　　書籍／CD出版社：Sandpiper／Houghton Mifflin

㊵ Is Your Mama a Llama?
作者／繪者：Deborah Guarino／圖Steve Kellogg　　書籍／CD出版社：Scholastic

㊶ Five Little Monkeys Jumping on the Bed
作者／繪者：Eileen Christelow　　書籍／CD出版社：Sandpiper

㊷ Five Little Monkeys Sitting in a Tree
作者／繪者：Eileen Christelow　　書籍／CD出版社：Sandpiper

㊸ Rosie's Walk
作者／繪者：Pat Hutchins　　書籍／CD出版社：Aladdin／JYbooks

㊹ Mouse Paint
作者／繪者：Ellen Stoll Walsh　　書籍／CD出版社：Sandpiper／JYbooks

主題書單 ❸
韻文與歌謠，建立快樂記憶

❹❺ Noisy Nora
作者／繪者：Rosemary Wells　　書籍／CD出版社：Puffin＋Scholastic／Scholastic

韻文大師：Audrey Wood

❹❻ The Napping House
作者／繪者：Audrey Wood／圖Don Wood　　書籍／CD出版社：Harcourt／JYbooks

❹❼ King Bidgood's in the Bathtub
作者／繪者：Audrey Wood／圖Don Wood　　書籍／CD出版社：Sandpiper／JYbooks

❹❽ The Princess and the Dragon
作者／繪者：Audrey Wood　　書籍／CD出版社：Child's Play／JYbooks

❹❾ Silly Sally
作者／繪者：Audrey Wood　　書籍／CD出版社：Sandpiper／JYbooks

❺⓿ Quick as a Cricket
作者／繪者：Audrey Wood／圖Don Wood　　書籍／CD出版社：Child's Play／JYbooks

❺❶ The Little Mouse, the Red Ripe Strawberry, and the Big Hungry Bear
作者／繪者：Audrey Wood　　書籍／CD出版社：Child's Play

經典韻文

❺❷ Madeline
作者／繪者：Ludwig Bemelmans　　書籍／CD出版社：Puffin

主題書單③
韻文與歌謠，建立快樂記憶

(53) Miss Nelson Is Missing
作者／繪者：Harry Allard／圖James Marshall　書籍／CD出版社：Sandpiper／Houghton Mifflin

(54) Click, Clack, Moo Cows that Type
作者／繪者：Doreen Cronin／圖Betsy Lewin　書籍／CD出版社：Simon & Schuster

歌謠

(55) The Wheels on the Bus
作者／繪者：Annie Kubler　書籍／CD出版社：Child's Play

(56) Five Little Men in a Flying Saucer
作者／繪者：Dan Crisp　書籍／CD出版社：Child's Play

(57) Ten Fat Sausages
作者／繪者：Elke Zinsmeister　書籍／CD出版社：Child's Play

(58) Down by the Station
作者／繪者：A.Twinn／圖Jess Stockham　書籍／CD出版社：Child's Play

(59) Here We Go Round the Mulberry Bush
作者／繪者：Annie Kubler　書籍／CD出版社：Child's Play

(60) I Am the Music Man
作者／繪者：Debra Potter　書籍／CD出版社：Child's Play

(61) Five Little Ducks
作者／繪者：Penny Ives　書籍／CD出版社：Child's Play

(62) Down in the Jungle
作者／繪者：Elisa Squillace　書籍／CD出版社：Child's Play

(63) Dry Bones
作者／繪者：Kate Edmunds　書籍／CD出版社：Child's Play

(64) Creepy Crawly Calypso
作者／繪者：Tony Langham　書籍／CD出版社：Barefoot

> **主題書單 ❸**
> **韻文與歌謠，建立快樂記憶**

❻❺ We All Go Traveling By
作者／繪者：Sheena Roberts／圖Siobhan Bell　書籍／CD出版社：Barefoot

❻❻ Walking through the Jungle
作者／繪者：Debbie Harter　書籍／CD出版社：Barefoot

❻❼ The Journey Home from Grandpa's
作者／繪者：Jemima Lumley／圖Sophie Fatus　書籍／CD出版社：Barefoot

❻❽ The Animal Boogie
作者／繪者：Debbie Harter　書籍／CD出版社：Barefoot

❻❾ A Dragon on the Doorstep
作者／繪者：Stella Blackstone／圖Debbie Harter　書籍／CD出版社：Barefoot

❿❻ Port Side Pirates!
作者／繪者：Oscar Seaworthy／圖Debbie Harter　書籍／CD出版社：Barefoot

❼❶ The Itsy Bitsy Spider
作者／繪者：Iza Trapani　書籍／CD出版社：Charlesbridge

❼❶ Row Row Row Your Boat
作者／繪者：Iza Trapani　書籍／CD出版社：Charlesbridge

❼❷ Over in the Meadow
作者／繪者：圖Ezra Jack Keats　書籍／CD出版社：Puffin

收錄在合輯《*Wee Sing: Nursery Rhymes & Lullabies*》第18首。

主題書單 ❸
韻文與歌謠，建立快樂記憶

【延伸閱讀】

● Dem Bones
作者／繪者：Bob Barner　書籍／CD出版社：Scholastic／無

● WeeSing: Nursery Rhymes and Lullabies
作者／繪者：Pamela Conn Beall and Susan Hagen Nipp　書籍／CD出版社：Price Stern Sloan

● WeeSing: Children's Songs and Fingerplays
作者／繪者：Pamela Conn Beall and Susan Hagen Nipp　書籍／CD出版社：Price Stern Sloan

讓26個字母鮮活起來！

孩子開始對ABC字母產生好奇與興趣，除了A是Apple、B是Banana，C、D是Cat & Dog之外，就變不出什麼新花樣了嗎？在這裏，你可以發現兒童繪本作家如何開啓26個字母的無邊想像，更深入剖析一本經典好書是如何巧妙地搭起字母與語音的橋樑……

　　法國文豪雨果曾說：「**開啓人類智慧的寶庫有三把鑰匙，一把是數字，一把是字母，一把是音符。**」字母書，是孩子最初接觸英語的重要媒介，也是開啓孩子對英語產生興趣的關鍵鑰匙。

　　幸運的是，這把「字母鑰匙」內容其實可以很繽紛！許多傑出的作家，對單純不變的26個字母符號，提出有個性、有創意的詮釋，使字母學習不再是乏味的重複抄寫與沉悶的背誦。閱讀字母書，其實可以成為孩子心中一個被懷念、被重溫、並且被珍惜的快樂回憶。

字母書的初衷

　　字母是英語的書寫符號，在學習英文的初期，字母學習是很重要的一環。我認為，絕對不要強迫孩子以不斷重複的書寫、無意義的背誦來開始，

因為狹隘乏味的字母教學，很容易讓孩子產生「字母很無聊，英文學習很沉悶」的偏見。

相反的，若孩子是從閱讀傑出作家所精心編寫的字母書開始，新鮮又有趣的內容，可以培養孩子對英語的好奇和學習的信心。更重要的是，選詞生動、結構靈活的字母書，很容易讓孩子意識到字母與聲音的關聯，我認為這才是字母學習的初衷。

該如何選擇字母書？可以掌握以下幾個原則：

首先，示範單字應該明確地代表這個字母的發音；字母書的整體設計也要巧妙地安排，對孩子才有吸引力。尤其重要的是，每頁插圖要清楚明確，使孩子可以立即從插圖就能辨識單字的意義，進而產生形、音、義的連結。

另一個關鍵點是，由於字母書的目的，在於建立孩子對字母聲音的敏銳度與熟悉感，如果孩子在翻閱書籍的同時，可以聽到字正腔圓的發音，也就是藉由有聲書（CD或錄音帶）的朗讀，孩子聆聽到咬字清晰的字母發音，這樣是最完美的。

根據以上這些原則，由Fritz Eichenberg創作，問世超過五十年的經典字母書《*Ape in a Cape: An Alphabet of Odd Animals*》，是我推薦給孩子的優先選擇。這本書以動物作為字母代表，有孩子熟悉的黑猩猩、鴿子、狐狸、山羊、貓咪、豬、老鼠與蟾蜍。令人驚喜的是，作者發揮創意，為每一隻動物設計一個模仿人類的動作或事件，擬人的手法充滿詼諧和喜感。

這些令人耳目一新的字母示範，不但建立孩子的語言技巧，同時也繫住孩子對書本的注意力。孩子看到插畫裏一隻隻表情逗趣，姿態戲劇化的動

物，不自覺地融入故事，跟著有聲書大
聲朗讀，絲毫沒有感受到學習的壓力，
體會到的是作者創意下的無窮樂趣。

　　孩子在坊間所接觸的字母書，一
般都是這樣開始的：A—apple、B—
banana、C—cat、D—dog，孩子只學
到每一個字母的單一發音，也僅認識單
一字彙的涵義，使孩子初學英文的路，
就這樣不知不覺地走窄了。反觀這本
書，作者安排有情境的趣味片語，幫助
孩子從單一字母、單一發音及單一詞彙
的桎梏裏解放出來，不但見識到字母的
多樣性組合，而且開展出創意聯想的翅
膀。

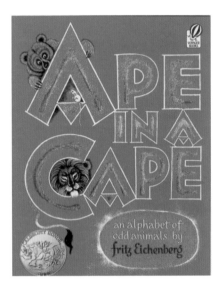

▲ 《Ape in a Cape: An Alphabet Of Odd Animals》，HMH出版（1980）。

　　在語言學習的初期，若能接觸這樣活潑的字母書，不僅幫助孩子奠定靈
活思考的基礎，也使他們的視野更寬廣。最值得稱許的是，幽默的內容與孩
子產生共鳴，使孩子沉浸其中。

掌握形、音轉換規則，輕鬆辨識單字

　　我一直認為，學習的最高境界是 "learning without learning"，也就
是，不需要正式的課堂教學，沒有進度的既定框架，也沒有老師的反覆講

解，卻能在無限自由的探索下，自我研究、自我學習，而且學得豐富、學得精彩——相信這是所有教育工作者的期盼。期許自己所設計的學習素材能像磁鐵般吸引學生，使他們能自在投入、自願探索，最後得到自己發現的答案。幸運的是，一本問世多年仍然受到青睞的好書，就有這股魔力！

當孩子在閱讀這本字母書的同時，他們會注意到每一頁的簡短文字裏有巧妙的字母重複，而每一組「重複字母」的發音有和諧的音韻感，不但悅耳而且容易朗朗上口。讓我們試讀以下這段文字： "Ape in a cape、Dove in love、Fox in a box、Goat in a boat、Kitten with a mitten、Pig in a wig、Rat with a bat、Toad on the road" 。

初學英語的孩子，不需要接受任何語言學課程的訓練，只要用自己的耳朵傾聽，便會受到 "word family" 發音所帶來的強烈節奏感的吸引，加上用自己的眼睛觀察，很容易會發現節奏感是成雙成對出現的 "word family" ：ape／cape、dove／love、fox／box、goat／boat、kitten／mitten、pig／wig、rat／bat、toad／road。

如果用拼出個別字母的方式學習字彙，如k-i-t-t-e-n=kitten、m-i-t-t-e-n=mitten、w-h-a-l-e=whale、m-o-u-s-e=mouse，不僅效率低，也容易使孩子厭倦；但若使用 "word family" 的方式學習，如Kitten with a mitten（貓咪戴手套），Whale in a gale（鯨魚遇上暴風），Mouse in a blouse（老鼠穿上水手服），一個個有畫面、有動作、有表情的趣味短句，不但容易理解，而且印象深刻，自然而然就記住了。

一本好書總是富饒興味，可以滿足不同讀者的閱讀樂趣。即使孩子已經認識英文字母，這本字母書仍然值得典藏閱讀。它可提升孩子語音與字母的

聯想能力，幫助他們超越基本的單一字母形、音配對的能力，例如知道字母k唸成[k]，拉拔到擁有 "word family" 的形、音辨識能力，例如認識字母群ack，那麼學習back、black、jack、lack、pack、snack這些單字自然輕而易舉。

　　了解語音和文字之間的對應關係，熟悉單字組合的規則，才是累積大量字彙最有效率的聰明方法。我的孩子從來沒背過單字，卻能擁有比我當年還深的字彙量，如oviparous（卵生）、viviparous（胎生）、ovoviviparous（卵胎生）這些連我都不太熟悉的單字，他們卻是從聆聽有聲書、閱讀精緻繪本中，逐漸累積起來的。

看字母書，也能學介系詞

《*Ape in a Cape: An Alphabet of Odd Animals*》這本字母書，除了對「字母與聲音的關係」有不凡的貢獻外，原本平凡普通的動物hare（野兔）、lizard（蜥蜴）、mouse（老鼠）、whale（鯨），搭配簡單常見的介系詞in、with、at，卻創造出妙趣橫生、節奏分明的押韻片語，也是這本書的獨特之處。例如：Hare at the fair（野兔參加博覽會）、Lizard with a wizard（蜥蜴遇上巫師）、Mouse in a blouse（老鼠穿上水手服）；Whale in a gale（鯨魚遇上暴風）等句子，對學習英語多年的大人來說，同樣是很好的示範。

對英語非母語的我們而言，介系詞一直是英語結構裏最難上手的部分。因為介系詞的使用多是約定俗成，沒有固定而嚴謹的理由。令人欣喜的是，作者Fritz Eichenberg恰如其分地使用介系詞片語當修飾，不但幫平實的字母書增添了想像的韻味，也替in、with、on、for等介系詞做了最佳的示範。這樣一本包含語音組合、語法架構、創意聯想的雋永好書，值得親子共讀與典藏。

聆聽純正的英式發音

字母書是孩子最初接觸英語的媒介，很幸運地，Mick Inkpen創作的《*Kipper's A to Z*》，透過動物角色的活潑淘氣，幫助孩子看見26個字母鮮活、豐富的文字表現。

首先在封面上，我們看到三隻可愛的小動物，他們是故事的主角：小狗Kipper、小豬Arnold和斑馬Zebra。在故事開始前，Kipper告訴Zebra："We won't need you till much, much later." 這是一個趣味十足的伏筆，問孩子為什麼Kipper要這麼說，他們會閃著慧黠的眼睛告訴你：因為Zebra代表字母Z，最後才能出現！

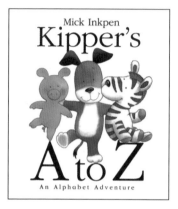

▲ 《*Kipper's A to Z*》，Hodder 出版（2005）。

Mick Inkpen是英國家喻戶曉的童書作家，《*Kipper's A to Z*》有聲CD以純正英式發音朗讀，獨特的腔調所營造的別致氣氛，帶來很好的聆聽效果；另一方面，口齒清晰的字母發音，也讓孩子對字母留下正確、清楚的聲音印象。

故事從小巧的螞蟻（ant）開始，接著有大黃蜂（bumblebee）和蠕行的毛毛蟲（crawly caterpillar），翻到字母E時，孩子讀得哈哈大笑，看到體型雄偉的大象橫跨兩整頁的篇幅，加上放大的enormous elephant文字，再同時聽到有聲CD以拉長的聲音唸出這兩個字。放大的視覺焦點搭配有聲CD的誇張朗讀，在這瞬間，孩子感受到的是畫面、字音和字義三者之間所產生的

整體印象，而在此同時，潛藏在書中的價值也慢慢浮現。

　　例如介紹字母G的是green grasshopper（綠色的蚱蜢），翻到字母L，看到畫面上數不盡的瓢蟲，作者描寫的是lots of ladybirds。令人印象最深刻的是字母M。作者靈活地呈現灰濛濛的土堆（muddy mountains），以及鑽出土丘的鼴鼠（mole），這些精彩的描寫，不論是關於色彩、數量、環境或生態互動，都可以幫助孩子學習恰當的修飾用語。即使同樣敘述蠕動的昆蟲，作者也使用了不同的字彙 "crawly caterpillar"、"wiggly worm" 來描繪。

　　除了有創意的文字示範，串連前後兩個字母延伸的意境，也是《Kipper's A to Z》這本字母書的特色。

　　例如介紹字母R，出現的是 "It started to rain. R r is for rainbow." 下雨、彩虹，rain、rainbow，孩子很輕易地就學會這兩個單字。那麼下過雨的地面是什麼景象呢？孩子又喜歡在下雨過後做什麼呢？作者了解孩子踩踏水坑、追逐蛞蝓的自在心情，於是在rain、rainbow （下雨、彩虹）的下一頁，在字母S中學到的是形容水花飛濺的用詞，還認識了滑溜溜的蛞蝓："S s is for Splish！Splosh！Splash！And six squidgy slugs"。

　　書籍是啓發創意、培養聯想的最佳跳板。一個字彙串聯另一個字彙，一個意境開拓另一個想像，提供更多揮灑與想像的靈感。從一個小出發點持續跳躍的動作到整合的能力，這是培養孩子深入思考的關鍵。

　　曾有教育專家在學術期刊《Gifted Child Quarterly》中，這樣描寫資優特質：「資優真的是一種思考、歸納、找出相關性和運用選擇的能力」；也在《Roeper Review》中看到如下敘述：「資優青少年能做深入性的學習。

他們能在各種分開的資料中找到互動關係、建立觀點，也善於把不同的觀念加以整合，主動分析，將事實再組合成新的資料……」

一本好書，正是發展孩子資優特質的最快路徑。

傑出的作家，總是能針對特定主題，提出源源不絕的可能性，將習以為常的用詞延伸活化，創造出令人驚喜的情節。這些細膩的描寫，是豐富思維想像的基石，不但激發孩子保持彈性，從新角度來看待事情，並且鼓勵他們嘗試不同的方法解答疑惑，最後醞釀出自己的原創性。

專家一再提醒我們，孩子的天賦一部分來自遺傳，但絕大部分更來自環境，而且這過程是持續不斷累積發展的。身為父母，既是孩子最初又是最重要的老師，重點應擺在「自己如何與小孩共處」上。我深信，藉由親子共讀，分享有創意的圖書；透過閱讀有個性的內容，發揮多元聯想，讓孩子發展天賦與能力，這樣的相處方式，與費心塞給孩子許多背誦資料、練習填鴨式考題集錦，兩者是截然不同的。

用活潑的聲音吸引孩子

不少語言專家曾呼籲，孩子一出生就已經準備好要成為雙語者或多語者，只是父母經常忽略了他們的天賦本能，阻礙了孩子多語發展的機會。

大部分的父母都輕忽了「幼兒一開始是透過耳朵來學習」這件事實。幼兒最靈敏的知覺是聽力，是對語言聲音的感知能力，他們對於語音的每一個細節都非常敏感，可以很容易地辨別兩種語言間語音的不同，更可以分辨出當地方言的獨特語音。幼兒正處於腦部成長的高峰期，如果接受不同語言的

刺激，孩子會發展出辨別不同音素的能力。

　　研究顯示，如果孩子接受適當完整的英語刺激，之後對英語的各種發音，自然會產生敏感度，不知不覺中培養「英語音素覺識」（phonemic awareness）能力。這表示大腦語言區接受英語聲音的樹狀突與軸突，並沒有因母語優勢而逐漸萎縮消失。所以**只要接受足夠豐富的刺激，孩子的英語與母語的學習機制，其實可以同時發展，也就是英語聽力與口說能力，可以像母語一樣發揮效能、流暢自如。**

　　了解孩子腦部發展的情形，父母就不難了解，替孩子選擇英語書籍時，為何一開始就要以「活潑的聲音吸引孩子注意」為主要考量。Dr. Seuss在《*Dr. Seuss's ABC*》這本字母書中，把英文四十四種常用的發音，透過別出心裁的選字，不但讓孩子清楚意識到英語的各種語音，而且對英語裏的尾音、混音、雙元音等等不同發音組合，留下深刻的印象。

《*Dr. Seuss's ABC*》，Random House 出版（2005）。

　　初次聆聽《*Dr. Seuss's ABC*》這本字母書，聲音聽起來很好笑，加上戲劇化的輕鬆語句，很能吸引孩子的注意力。簡單的字彙卻能創造出新奇怪異的組合，充分展現出Dr. Seuss無羈的想像與濃厚的自由風格。

　　大寫A，小寫a，什麼字是a開頭的

呢？《*Dr. Seuss's ABC*》以活潑有勁的語言節奏、幽默風趣的插畫介紹26個字母。針對每一個字母，作者選擇一些看似不相干的字詞，串連成一個有趣卻無厘頭的句子。如介紹字母N，孩子在畫面上看到9個領結、一件男用睡衣和一個鼻子；介紹字母T，孩子看到趴倒在樹上的10隻烏龜。

大部分台灣父母一翻開這本字母書，往往第一個反應是額頭上出現三條黑線，內心不禁嘟噥著：「這是什麼奇怪的書啊？」翻到字母P，睡衣漆成粉紅色、警察站在水桶裏，這下心中的疑惑恐怕更大了：這書值得孩子閱讀嗎？這本字母書真的要購買嗎？

沒錯！我的經驗與建議是，您不但要買，而且要定時、確實地播放CD給孩子聽。因為重複聆聽《*Dr. Seuss's ABC*》這本字母書，俐落明快的語音刺激，讓孩子能夠聽到英文常用的發音組合。其中，子音搭配不同母音*a*、*e*、i、o、u的多樣性示範，使孩子不僅有機會聆聽到豐富完整的語音組合，尤其重要的是，在反覆聽辨的過程中，孩子才有機會不斷自我修正大腦裏的語音系統，也才能將標準正確的英語發音，內化成屬於自己的語言機制。

除了讓各種背景的孩子都可以獲得驚喜與樂趣，《*Dr. Seuss's ABC*》這本書最大的貢獻，在於幫助孩子清楚地意識到英語裏的豐富聲音。能清楚地意識到語言裏的不同聲音，也就是對語言的所有音素能夠分辨，這種敏感度必須透過和語言的廣泛接觸而逐漸累積。對於許多本專業、權威的英文童書導覽都極力推薦《*Dr. Seuss's ABC*》，起初我也深感納悶，直到陪伴孩子一起聆聽，我終於相信，只要用對適當的語言材料、用對正確的方法，語言不必教，卻真的可以學得起來。

我謹記專家的提醒，初期學英文的優勢，並不在於有形的詞彙或句法，

而是在孩童與生俱來對聲音的聽辨能力。因此，**單純地「聆聽」、接受豐富的英語刺激，才是建立孩子英語發音標準、字正腔圓的不二法門。**

　　Dr. Seuss獨創的文體，以不同的方式打動人心。請留給孩子自由的想像空間去體驗語言的趣味，請留給孩子開闊的心靈，去欣賞巧手繪製的卡通式插畫。

彩杏媽咪來說書

　　Dr. Seuss的畫風，總是讓角色人物充滿突出的個性，十分討喜。鮮明的圖案搭配創新的語言，將原本不相干的單字，串連成生動活潑的該諧短劇。視覺吸引力加上朝氣蓬勃的聲音活力，讓《Dr. Seuss's ABC》的朗讀，彷彿自然流露的順口溜，穿透力十足，一字一句很自然，直接地滲透到孩子的心裏。

BIG B

little b

What begins with B?

Barber

Baby

bubbles

and a

bumblebee.

　　字母B與不同母音形成的音群組合，可以是bar、ber、bu或bee。

BIG C

little c

What begins with C?

Camel on the ceiling

C....c....C

　　Dr. Seuss以一幅充滿卡通趣味的插畫「駱駝在天花板上」，來介紹字母C，將字母C的發音[k]、[s]作清楚正確的示範：camel [k]、ceiling [s]。

- -

BIG M

little m

Many mumbling mice

are making

midnight music

in the moonlight...

mighty nice

　　字母M與a、i、oo、u等母音結合，出現了更豐富的語音組合。

來參加新鮮的字母蔬果派對！

翻開《*Eating the Alphabet*》，就像進入繽紛燦爛的蔬果仙境。在這裏，形形色色的蔬菜、水果把字母書點綴成一片歡愉的炫彩盛宴，令人著迷。鮮豔欲滴的畫面上充滿了鵝黃色的杏桃（Apricot）、翠綠的朝鮮薊（Artichoke）、飽滿的鱷梨（Avocado）、紅澄澄的蘋果（Apple）和爽口宜人的蘆筍（Asparagus），全部在字母A的首頁列隊迎接您。翻到字母P這一頁，錯落交疊的桃子（Peach）、鳳梨（Pineapple）、西洋梨（Pear）、木瓜（Papaya）、柿子（Persimmon）形成一片爭相鬥艷的粉橙黃橘，使淡紫的石榴（Pomegranate）、誘人的李子（Plum）更顯得嬌嫩可人。

作者兼插畫家Lois Ehlert，是一位擅於調配幸福色彩的高手，不凡的手法使這本字母書瀰漫著大地自然色澤的浪漫。只有才華洋溢的童書作家懂得如何喚起童心，抓住讀者的目光，賦與平凡素雅的蔬果，如此愜意典雅的幸福容貌。

孩子翻閱的同時，搭配聆聽有聲CD的朗讀，75個花團錦簇的蔬果側影，映照在孩子的眼眸；75個清亮悅耳的蔬果名稱，傳誦在親子細嚼鮮蔬之際：有口感潤滑的秋葵（Okra）、滋味奇異的茄子（Eggplant）、生津多汁的楊桃

▲ 《*Eating the Alphabet: Fruits & Vegetables from A to Z*》，Harcourt出版（1989）。

（Star Fruit）與酸香又可愛的金桔（Kumquat）等。即使是沒有故事的字母書，單純的文字同樣可以在巧思佈局下，叫人眼睛一亮，讓字母書的閱讀充滿驚喜。

好奇的喬治來帶路

一樣是透過兒童熟悉的動物角色作引導，另一本字母書《*Curious George Learns Alphabet*》也在我的推薦之列。Curious George這隻活潑好奇的小猴子，是美國孩子耳熟能詳的故事主角，具備著有如孩童般精力旺盛、愛好摸索的特質。

和上述的字母書不同，作者H. A. Rey採用主題性寫法，選定一個關鍵字，設計一段趣味情節。例如：介紹字母F，作者選擇fire（火）這個主題，將fireman、fight、fire、fool、fun這些單字巧妙組合成一則消防滅火的宣導短文。

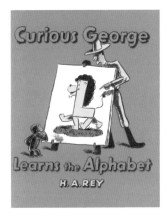

▲ 《*Curious George Learns Alphabet*》，HMH出版（1963）。

(F)

The big F is a FIREMAN FIGHTING a FIRE.

Never FOOL the FIRE DEPARTMENT,

or you go to jail, and that's no FUN.

（F代表滅火的消防人員。絕對不要愚弄消防隊，

否則入獄可不是開玩笑的。）

　　另一個新穎的內容是字母H。除了描寫成堆的乾草使馬匹快樂，還介紹了一個孩子熟悉卻不知道如何用英文表示的詞彙：木馬（a hobby horse）。透過貼近孩子心情的描述，而非各自分散的單一字彙，才能學得快樂且有意義，對詞彙的認知也才完整。

(h)

The small h is a horse.

He is happy because he has heaps of hay.

George had his own horse— a

hobby horse.

　　對於滿懷熱忱、追求新知的孩子，故事閱讀更是吸收知識的最佳工具。作者在這本書裏有兩段介紹美國文化的描寫，是優秀童書啓發多元思考、滿足求知欲的最佳例證。

(q)

The small q is a quarterback.

A quarterback has to be quick.

George was quick.

He would qualify for quarterback.

　　這一段真的是太精彩了！不論孩子是否熱衷於美式足球，四分後衛（quarterback）、開球（kick-off）、中衛（halfback）、搶救漏接球

（recover a fumble）等專業的運動術語，都可以從有聲CD朗讀中聽到口齒清晰、字正腔圓的標準發音。

(t)

The small t is a tomahawk. George had a toy tomahawk.

It was a tiny one.

He took it along when he played Indian.

He also had a tepee—an Indian tent.

作者以活潑的筆調，將印地安文化中專屬的戰斧（tomahawk）、印地安人圓錐形帳篷（tepee）當作主角George的玩具（toy），使印地安文化耀眼的圖騰，在孩子心中留下鮮活的印象。

知識是相通的，知識會吸引更多的知識，使學習新知更容易。這些創意十足的字母介紹，不但幫孩子開啟新視野，孩子也可以練習用新學到的字彙，來描述所觀察到的現象。

用字精準的好習慣，是孩子語言學習的重要課題。精密的詞彙與考究的用詞，一方面使孩子覺察事物的能力變得細膩，也是訓練大腦嚴謹思考的絕佳方法。

同樣的題材，同樣是介紹26個字母符號，每位傑出的作家以自己獨特的著眼點盡情發揮，完成一本本令人賞心悅目、愛不釋手的佳作。若能將這些優秀的作品納入家庭圖書館藏中，成為親子共同聆聽、共讀共享的素材，慢慢地您將會發現，字母書也是奠定孩子英語實力的珍貴基石。

主題書單 ④
讓26個字母鮮活起來！

【播放書單】

❼❸ Ape in a Cape: An Alphabet of Odd Animals
作者／繪者：Fritz Eichenberg　書籍／CD出版社：Harcourt／JYbooks

❼❹ Dr. Seuss's ABC
作者／繪者：Dr. Seuss　書籍／CD出版社：Random House

❼❺ Eating the Alphabet: Fruits & Vegetables from A to Z
作者／繪者：Lois Ehlert　書籍／CD出版社：Harcourt／JYbooks

❼❻ Kipper's A to Z
作者／繪者：Mick Inkpen　書籍／CD出版社：Hodder

❼❼ On Market Street
作者／繪者：Arnold Lobel　書籍／CD出版社：Greenwillow／JYbooks

❼❽ Alligators All Around: An Alphabet
作者／繪者：Maurice Sendak　書籍／CD出版社：HarperCollins

❼❾ Tomorrow's Alphabet
作者／繪者：George Shannon／圖Donald Crews　書籍／CD出版社：Greenwillow／JYbooks

❽⓪ Chicka Chicka Boom Boom
作者／繪者：Bill Martin Jr. & John Archambault／圖Lois Ehlert
書籍／CD出版社：Simon & Schuster／JYbooks

主題書單 ④

讓26個字母鮮活起來！

❸❶ Curious George Learns the Alphabets

作者／繪者：H.A.Ray　　書籍／CD出版社：Houghton Mifflin Harcourt

《*Dr. Seuss's ABC*》收錄於【Green Eggs and Ham & Other Servings of Dr. Seuss】CD合輯《*Alligators All Around: An Alphabet*》收錄於【Where the Wild Things Are and Other Stories by Maurice Sendak】CD合輯。

【A Basketful of Kipper】CD合輯，完整收錄《*Kipper's Christmas Eve*》、《*Kipper's A to Z*》和《*Kipper's Monster*》等8個Mick Inkpen的經典作品。

❽❷ The Blue Balloon

作者／繪者：Mick Inkpen　　書籍／CD出版社：Hodder

❽❸ Kipper's Christmas Eve

作者／繪者：Mick Inkpen　　書籍／CD出版社：Hodder

❽❹ Kipper's Monster

作者／繪者：Mick Inkpen　　書籍／CD出版社：Hodder

⑤ 三位繪本大師，點燃孩子的閱讀熱情

故事大師Eric Carle、Audrey Wood、Laura Numeroff的作品最能點燃孩子的閱讀熱情。該如何享受他們的無限創意、歡樂與探索呢？

世界聞名的兒童圖畫書大師Eric Carle

Eric Carle是位才華橫溢、創作頗豐的傑出兒童文學家。我將他的作品分成四個層次，讓孩子在不同階段都能享受Eric Carle無限的創意與豐富的故事內涵：

第一階段：重複性高的基礎故事；

第二階段：認識昆蟲的趣味故事；

第三階段：寓意深遠的感性故事；

第四階段：傳遞知識的進階故事。

這裏先介紹適合孩子入門的前三個階段的故事。

《*Brown Bear, Brown Bear, What Do You See?*》、《*Does a Kangaroo Have a Mother, Too?*》、《*Do You Want to Be My Friend?*》、《*Today Is Monday*》、《*The Very Hungry Caterpillar*》和《*Polar Bear, Polar Bear, What Do You Hear?*》這六本重複性高的基礎故事，適合剛接觸英語的初學者。

《*Brown Bear, Brown Bear, What Do You See?*》 孩子的第一本英文繪本

　　對剛接觸有聲書的新手媽媽，我推薦的第一本有聲繪本是Eric Carle創作的《*Brown Bear, Brown Bear, What Do You See?*》。推薦它的主要原因是學習效果很好。所有聽過這張故事CD的孩子，很快就能朗朗上口，這讓父母與孩子共同感受到了快樂。孩子唸得熟，不但能得到父母的讚賞，孩子也有成就感。這些正面的情感，無形中激發了孩子的內在動機，讓孩子喜歡聽英語故事，主動積極地想要創造再一次成功的體驗。

　　不論是生活習慣的養成還是任何活動的參與，只要把節奏設定好，以後事情就好辦多了。**在初始階段，我選擇播放輕鬆、簡單、重複性高的故事，給孩子帶來愉悅的感受。**早晚播放，節奏不中斷，可以讓孩子有好幾天的舒適心情呢！

　　要讓節奏不中斷，有三件事是不能忽略的。第一件事是循序漸進、持續播放。第二件事是除了注意故事要悅耳外，還要注意配合孩子的學習程度。以《*Brown Bear, Brown Bear, What Do You See?*》為例，它的故事CD有純粹的朗讀，也有歌唱。歌唱還有搖滾版、傳統版、孩童版以及成人小孩合唱版四種曲風。聽一次CD等於是相同的故事聽了五次，接受了五次不同特色的聲音刺激。CD雖然有點貴，但是音質清楚，發音清晰，而且專業的配樂、特別的編曲與巧妙編排的朗讀及歌唱形式，可以讓孩子充分感受到英語的多彩多姿。第三件事是父母經常會忘記的：不要急著驗收成果。《*Brown Bear, Brown Bear, What Do You See?*》帶來的成功，會讓一些求好心切的

父母，開始露出成果至上、急功近利的真面貌，讓孩子感受到無形的壓力。我始終相信，按部就班、潛移默化的吸收，才能讓孩子學得長遠、學得扎實。

擅長以動物和大自然入畫的Eric Carle的作品很適合作為典藏套系圖書的第一選擇。這些作品一方面以重複句型幫孩子建立熟悉感與自信心，另一方面以別致的拼貼畫風讓孩子眼前一亮，吸引孩子不知不覺地愛上繪本、愛上閱讀。幫助孩子認識動物的故事還有《*Does a Kangaroo Have a Mother, Too?*》、《*Do You Want to Be My Friend?*》。

當你翻開《*Does a Kangaroo Have a Mother, Too?*》這本書，你會發現從頭到尾一直重複著三句對話：

> Does a kangaroo have a mother, too?
>
> Yes! a kangaroo has a mother.
>
> Just like me and you.

「袋鼠也有媽媽嗎？是的，袋鼠有媽媽，就像你我一樣。」這組問答在故事裏出現了十次，讓孩子在重複裏認識了十種動物，而且熟悉了基礎對話。忽略這種重複性高的故事並直接跳過實在很可惜，因為錯失了重複性故事對奠定語言基礎的益處。簡單的結構反覆出現，目的在於幫孩子累積基本語法和詞彙，幫孩子掌握語法、熟悉單字，幫孩子訓練無意識脫口而出的敏捷反應。母語能夠被自如、不假思索地運用，這是母語語感內化的結果。**重複性故事是強化英語語感的一大功臣，它為孩子累積豐厚的實力是不容小覷的。**

　　《Do You Want to Be My Friend?》是一本無字繪本。無字繪本擅長以醒目的插畫吸引孩子。即使沒有文字敘述，美麗的插畫也可以培養孩子豐富的想像力。很幸運，JYbooks為這本書錄製的CD，將插畫中耀眼的形象轉化成悅耳的朗讀聲，而且針對每一種動物的特色都有生動的描繪。

　　譬如，CD中唸道：the lion **with a golden mane**（有金色鬃毛的獅子）、the hippopotamus **with a great wide mouth**（張著大口的河馬）、the seal **with whiskers on his face**（臉上有鬍鬚的海豹）、the peacock **with a crown on his head**（頭上有頂冠的孔雀）、the kangaroo **with a baby in her pouch**（育兒袋裏有寶寶的袋鼠）、a mouse **with a small grey tail**（有灰色尾巴的老鼠）。加粗部分的修飾語不但提升了孩子的詞彙能力，還幫助孩子熟悉了with、on、in等介系詞的用法。

　　第四本重複性高的簡單故事書《Today Is Monday》是由兒歌改編的。從星期一開始，每天一道令人垂涎的食物，讓插畫裏的動物吃得津津有味。string beans （豆子）、spaghetti （義大利麵）、roast beef（烤牛肉）、fresh fish （鮮魚肉）、chicken（雞肉）與ice cream（霜淇淋）全都出現在菜單裏。此外，插畫獨特的亮麗色彩與粗獷筆觸，讓動物的活潑演出帶給孩子無限的視覺驚喜。故事CD以輕快的旋律演唱這首兒歌，讓孩子也感染到了大快朵頤的樂趣。

▲ 《Today Is Monday》，Puffin出版（2016）。

　　第五本重複性故事是《*The Very Hungry Caterpillar*》。一隻剛出生的毛毛蟲，體型超小又餓得很。於是牠開始找食物吃。星期一吃一個蘋果，星期二吃兩個梨，星期三吃三個李子，星期四吃四個草莓，星期五吃五個橘子。再怎麼吃，牠還是餓。於是毛毛蟲不斷地鑽進鑽出，在不同的水果、食物間忙碌穿梭。

▲ 《*The Very Hungry Caterpillar*》，Puffin 出版（1994）。

　　這本最具巧思的圖畫洞洞書，讓孩子體會了毛毛蟲鑽進鑽出的場景，堪稱是Eric Carle的代表作。鮮豔可口的各種食物，尤其是星期六毛毛蟲所吃的一塊巧克力蛋糕、一支霜淇淋甜筒、一條醃黃瓜、一片瑞士乾乳酪、一塊義大利臘腸、一根棒棒糖、一塊櫻桃派、一根香腸、一個紙杯蛋糕和一片西瓜，讓孩子不禁羨慕起毛毛蟲的美食盛宴。可是，貪吃的結果是肚子痛。於是，隔天毛毛蟲吃了綠葉後才感到舒服多了。

　　《*The Very Hungry Caterpillar*》以毛毛蟲長成蝴蝶的過程為故事主軸，發展成一個有開頭、有結尾、有起承轉合的完整故事。這個故事不再以固定的重複句貫穿，重複句只著重於描寫毛毛蟲吃過還餓的情景（On ... he ate through ... But he was still hungry）。雖然這段重複只是整個故事情節的一部分，然而，從星期一到星期五因毛毛蟲食量不斷增加而持續形成的戲劇張力，將故事情節推向第一個高潮，那就是星期六的豐盛美食以及一陣難受的

肚子痛。

　　減少重複句的使用，增強情節的曲折發展，是這個故事的第一個特徵。它帶領孩子跨出重複句的固定結構，讓孩子接受更多的句型變化，開始往更上一層的英語語法邁進。

　　綠葉舒緩了毛毛蟲的肚子痛後，另一個故事高潮是毛毛蟲築起繭，等待著羽化成蝶。有些評論家認為Eric Carle用錯了詞，錯用了cocoon（繭）來表示蝴蝶的一個發育階段，應該使用chrysalis（蛹）才對。然而，大部分讀者不以為意，因為故事帶給讀者的樂趣，是不會減少的。作者將卵→毛毛蟲→蛹→蝴蝶的過程，與星期、水果、食物完美地結合，使孩子對這個不斷循環的生命周期，有了完整的認識。帶給孩子有關大自然的訊息，是這個故事的第二個特徵。

　　第六本書《*Polar Bear, Polar Bear, What Do You Hear?*》這裏就不展開贅述了。

《*The Very Quiet Cricket*》
認識昆蟲的趣味故事

　　幫助孩子認識昆蟲的趣味故事有《*The Very Quiet Cricket*》和《*The Very Lonely Firefly*》。這兩本書融合了有關大自然的訊息，情節新穎，讓孩子在趣味閱讀裏提高了對周圍環境的敏銳觀察力。這裏重點介紹一下《*The Very Quiet Cricket*》。

　　為什麼會取這個書名呢？原來從日出到日落到星月高掛的一天一夜裏，不論遇到什麼昆蟲向這隻剛剛誕生的小蟋蟀問候，牠都是靜悄悄的。即使牠

努力鼓動翅膀，企圖回應，也仍舊發不出任
何聲響。

The little cricket wanted to answer
so he rubbed his wings together.
But nothing happened. Not a sound.

▲ 《*The Very Quiet Cricket*》，Puffin出
版（1990）。

　　相同的詞句，在故事裏一遍又一遍總共出
現了九次，用以回應不同昆蟲的問候。不必
中文翻譯，不必背單詞，隨著情節的發展，孩子自然而然就能體會這些重複
語句的意義。此外，通過昆蟲與小蟋蟀的互動，孩子可以學到從白天一直
到夜晚的九句問候語：Welcome!、Good morning!、Hello!、Good day!、
Hi!、Good afternoon!、How are you!、Good evening!、Good night!。

　　帶孩子在公園散步，經常能聽到蟬鳴和蟋蟀叫，或見到水邊飛行的成群
蜻蜓和駐足花叢的黃蜂。孩子如果在圖畫書上讀過、看過這些動物，在公園
散步時，就會仔細觀察周遭的環境，尋找與圖畫書中的描述相關的事物。一
方面圖畫書裏的景物活生生地躍入孩子的眼簾，另一方面日常經驗在圖畫書
裏得到印證。於是，真實的體驗激發了書本裏讀到的知識，奧妙的知識鼓勵
孩子去拓展生活視野，知識與經驗相互激盪形成不斷擴展的學習循環，啓發
孩子愛上圖書閱讀，也更加勇於冒險。

　　靜謐的黑夜裏，沉默的飛蛾消失在遠方。這隻蟋蟀最後看到了一隻同樣
沉默的母蟋蟀，這一次再摩擦翅膀，終於成功了，牠發出了最優美動聽的聲
音。原來小蟋蟀長大了，能唱出天籟之聲以吸引母蟋蟀。硬版書的貼心設

計，讓讀者也能聽到蟋蟀的美妙叫聲。

第一次陪孩子聽《*The Very Quiet Cricket*》時，我就深深被它吸引。特別編寫的背景音樂和逼真的昆蟲聲效（黃蜂嗡嗡的低鳴、蜻蜓的振翅點水聲、響亮的蟬鳴、群蚊的嗡鳴）充滿戲劇效果，讓孩子聽得入神著迷。《*The Very Quiet Cricket*》的有聲故事CD，收錄在HarperCollins出版社發行的CD合輯《*The Very Hungry Caterpillar and Other Stories*》裏。這張CD合輯一共收錄了Eric Carle的五個經典故事：《*The Very Hungry Caterpillar*》、《*Papa, Please Get the Moon for Me*》、《*The Very Quiet Cricket*》、《*The Mixed-Up Chameleon*》和《*I See a Song*》。

最值得孩子學習的是，作者以發聲動詞（chirped、whizzed、whispered、crunched...）和表示狀態的詞組（spinning through the air、gliding above the water、dancing among the stars...）來凸顯各種昆蟲的特徵，將整個故事流暢地說出來。

您是否注意到故事最後三行裏的同義詞quietly、stillness、silently了？傑出的作家懂得如何巧妙地換用同義詞來豐富文章的內容。

> A luna moth sailed **quietly** through the night.
> And the cricket enjoyed the **stillness**.
> As the luna moth disappeared **silently** into the distance,
> the cricket saw another cricket.

此外，恰當的介系詞（from、through、out of、in、to、from...to...、above、among、into）與動詞（rub、spin、scrape、 munch、slurp、cling、fly、glide、dance、sail）的靈活搭配，精準且細膩地描寫出了昆蟲的生態。尤其難能可貴的是，孩子在一個故事中能同時認識九個表示發聲的動詞（chirp、whiz、whisper、crunch、bubble、screech、hum、whir、buzz），能學會分辨不同昆蟲的音質特色與發聲方式，增強觀察力的敏銳度。

看了這些討論，有些父母開始擔心用詞會不會太難了。孩子自己能懂嗎？老實說，正是通過這樣的仔細分析，我才發現這個故事很精彩，其中有一些我考大學、考研究所不曾背過的字彙呢！但是，我們不會並不代表孩子不會。更何況，孩子不見得一次就要聽懂、看懂、讀懂故事的全部內容。

第一次聆聽，孩子至少聽到了他們早就會說的九句問候語。接下來，孩子會注意到描繪小蟋蟀努力鼓動翅膀、企圖回應的重複句。在之後的反覆聆聽中，孩子會先捕捉到熟悉的事物，如毛毛蟲大聲咀嚼著鑽出蘋果（a worm, **munching its way out of an apple**），黃蜂在花朵間穿梭（a bumblebee, **flying from flower to flower**），蜻蜓滑過水面（a dragonfly, **gliding above the water**），蚊子在星空下群舞（the mosquitoes, **dancing among the stars**）等。一次次聆聽、一次次吸收，由基本到深入，由簡單到複雜，孩子的英語實力就這樣逐漸地累積起來。

任何科目的學習本來就是由淺入深、循序漸進的過程，孩子透過簡單、熟悉的素材慢慢吸收嶄新、陌生的資訊。繪本故事的美麗插畫一直是孩子接觸圖書的最佳理由。父母可以多多鼓勵孩子欣賞插畫，讓孩子從插畫裏得到靈感與樂趣。

Eric Carle的作品吸引全世界兒童的主要因素之一是他獨特的藝術風格。鮮豔的色彩和樸拙的造型，有一種協調、舒適、優美的視覺印象。任意

揮灑的筆觸，展現出精準寫實的描繪功力。螳螂現身時，鐮刀形的前肢長而有力，非常鋒利的尖刺在插畫裏明顯而突出。蠕動的毛毛蟲啃著蘋果探出身去，蜻蜓扇著兩對強而有力的透明翅膀，飛蛾頭上有一對與眾不同的羽毛型觸角。令讀者難忘的還有吐泡蟲身旁圍繞的許多小圈圈泡泡。

《*The Mixed-Up Chameleon*》 寓意深遠的感性故事

除了傳遞來自大自然的豐富訊息，Eric Carle還善於結合理性知識，發展有反省、有溫度的感性情節，這是他帶給孩子的另一份珍貴禮物。《*The Mixed-Up Chameleon*》鼓勵孩子發揚自我特色，而《*Papa, Please Get the Moon for Me*》則是最有人情味的作品。

《*The Mixed-Up Chameleon*》中的那隻七拼八湊的變色龍，終於得到牠渴望的長相與超能力了。不但雪白如北極熊、俊俏如紅鶴、機靈如狐狸、壯碩如大象、逗趣如海豹，而且擅游如魚、能跑似鹿、遠觀如長頸鹿，沒事還可以躲在背上的龜殼裏，連人類的帽子、洋傘，都一一備齊了，心願實現了。突然間，一隻蒼蠅飛過，東拼西湊的變色龍卻沒辦法輕巧地逮住蒼蠅。這時候，還是做自己，做變色龍，才能輕鬆地捉住蒼蠅。

> I wish I could be big and white like a polar bear.
> I wish I could be handsome like a flamingo.
> …
> I wish I could be like people.
> **I wish I could be myself.**

嚮往別人的優點是每一個人都曾經歷過的，Eric Carle利用一隻變色龍的滑稽遭遇，闡明了「做自己，最自在」的深刻哲理。故事裏不斷重複的 "I wish I could ..." 為孩子示範了表達心願的標準句型。雖然心願多多，作者卻將最重要的留到了最後（I wish I could be myself.），為故事留下了完美的結局。

《*Papa, Please Get the Moon for Me*》
閱讀幸福：爸爸與我

《*Papa, Please Get the Moon for Me*》這本溫馨的英文圖畫書，傳遞出了父親對女兒無盡的寬容與慈愛，是一本能讓孩子親近的好書！作者Eric Carle將這本硬頁圖畫書設計成了一本「折頁書」。配合故事情節的發展，畫面可以或向上、或向下、或向左、或向右打開，既可以閱讀，又可以帶來驚奇。故事情節中蘊含的空間概念，通過加長、加寬和擴大頁面的折頁變化，讓孩子想像地面、天空、月亮之間的距離，感受父親在月亮前的渺小身影，並且從中觀察到月亮陰晴圓缺的自然現象。

Eric Carle的作品對兒童具有魔幻般的吸引力，主要原因在於，他所繪製的插畫有令人興致高昂的色彩，更有其他作品中難得一見的構圖。在《*Papa, Please Get the Moon for Me*》這本書裏，Eric Carle採用大片絢麗的藍色，層疊安排湛藍、深藍和水藍，發揮同一色系特有的和諧感。暖色調，如屋宇的紅色和父女服飾的橘黃色系，穿插在冷冽的藍色裏，散發出寧靜安詳的幸福感。即使只是描繪簡單的景物，Eric Carle也用色彩的感染力，讓孩子體會到顏色表現人類共同情緒的魔力。月涼如水，卷舒開闔的光

影靜謐、夐遠、美而純潔。除插畫讓讀者印象深刻外，大自然的巧妙變化融合在人性溫暖的故事裏，一直是Eric Carle的強項。美麗的插畫、普及的知識、創新的情節三合一，使Eric Carle的創作在在都是膾炙人口的經典，吸引小孩甚至大人反覆閱讀。

在語言學習的最初階段，比說出單字更重要的是對語言的接受程度。在看懂圖畫書的文字之前，孩子必須先學會聽懂故事的內容。即使孩子一個英文單字也不會說，聆聽和閱讀，才是引領孩子邁向自主閱讀的關鍵步驟。**就語言的聽、說、讀、寫而言，聽力詞彙是一切語言文字的基礎，能同時豐富口語詞彙、閱讀詞彙與寫作詞彙。**聆聽英文有聲書豐富了孩子的英語聽說體驗，更重要的是，能誘導孩子自行閱讀英文圖畫書，為他們的獨立學習奠定根基。

《*Papa, Please Get the Moon for Me*》這個故事收錄在HarperCollins出版社發行的《*The Very Hungry Caterpillar and Other Stories*》的有聲CD裏。特別編寫的配樂，悅耳的韻律，柔和、具有鎮靜作用的語詞及低沉的聲音，讓孩童得到撫慰，非常契合孩子睡前對安全感的需要。通過這樣令人感到舒服、恬靜的小故事，父母可以為孩子創造愉快的閱讀體驗，孩子的閱讀興趣也能自然而然地被培養出來。不久，圖書閱讀將會自然成為孩子生活中一個無法被取代的部分。

閱讀幸福：爸爸與我 《*Owl Moon*》

在 《*Papa, Please Get the Moon for Me*》 這個可愛的故事裏，爸爸為了女兒的願望，用盡方法。他拿了一把好長好長的梯子，架在一座好高好高的山上，努力地往上爬，耐心地等待月亮的變化，好為女兒摘下心中嚮往的月亮。在所有的孩童心裏，父親的慈愛，不在滔滔絮語，而是以筋骨昂然、雄邁之姿，帶有幾分霸氣的陽剛，帶領孩子大膽地去探險，陪伴孩子挑戰大自然的險惡，最後，英勇地克服旅途中的難題。

▲ 《*Owl Moon*》，Philomel Books出版（2003）。

《*Owl Moon*》 這本得獎的英文圖畫書，描寫了另一位愛女情深的父親，在靜謐凜冽的隆冬夜晚，帶著小女孩往寂靜的森林深處，去尋訪貓頭鷹。作者Jane Yolen以柔性的詩文體，排列整齊的斷句，帶節奏感的優美風格，生動而感人地刻畫一段父女夜遊的珍貴時光。

《*Owl Moon*》 故事開始，作者以多層次潤飾，從時間、天候、環境、夜空，逐漸向讀者揭開序幕。透過天色的皎潔晶瑩和無邊無際的靜謐所營造出的環境氛圍，來烘托出冬夜特有的孤冷淒寒。遠處傳來火車的汽笛聲，又漫長又低沉還帶著點憂傷。

It was late one winter night,

long past my bedtime,

when Pa and I went owling.

There was no wind.

The trees stood still

as giant statues.

…

Somewhere behind us

a train whistle blew,

long and low,

like a sad, sad song.

　　絕大多數寫作出色的故事，所用的文字饒富內涵，意義深遠。恰當的動詞、傳神的比喻、措辭優雅的敘述和創新的想像，都是口語會話中所缺少的，但是在故事的字裡行間卻是俯拾皆是。《*Owl Moon*》這本膾炙人口的作品，正包含了文學經典的必要條件：**字斟句酌**。例如：shadow bumped（身影笨重顛簸前進）、voices faded away（聲音漸漸隱沒）、the shadows stained the white snow（暗影污染了白雪）、an echo came threading its way through the trees（回聲穿透樹林）等等描述。作者Jane Yolen發揮語詞的原創性來營造氣氛，生動流暢地描寫景緻，以景物鋪陳心境。詩文體的短句結構，產生一種節奏，聽起來像押韻，讀起來又有一種琅琅上口的音樂般旋律。不論怎麼翻譯，故事原文那種抑揚頓挫的韻律是無法翻譯出來的。

　　好書是百讀不厭的，而且可以讓閱讀興趣不同的孩子都喜歡。除了體會

語言的多樣性表達之外，有機會欣賞簡約的文字，見識到考究的句型結構。另一方面，透過圖畫書，孩子可以接觸到造形、色彩、光影、質感、構圖等等各種繪畫風格所完成的豐富圖像藝術。插畫家John Schoenherr為《*Owl Moon*》這本書所繪製的插畫，給孩子一個豐富的視覺體驗。進入故事之前，可見封面封底合成完整的大幅全景。畫面裏父親牽著在雪地裏步履難行的小女孩，細膩地勾勒出愛女情深、倚父為伴這樣動人的親子題材。故事一開始，插畫家將畫面視角拉高拉遠居高臨下，從遠處俯瞰故事的大遠景，構圖涵蓋遠方飄著一縷白煙的火車，大片皚皚白雪營造曠野的蒼茫，反映出文字蘊含的清冷、孤寂。插畫家不只是畫出《*Owl Moon*》整個故事字面上的意思，更以高明的藝術技法，來詮釋整個故事的意境和內涵。

> Our feet crunched
> over the crisp snow
> and little gray footprints
> followed us.
> Pa made a long shadow,
> But mine was short and round.
> I had to run after him
> every now and then
> to keep up,
> and my short, round shadow
> bumped after me.

　　這段描寫父女倆人一前一後踏過雪地的文字，插畫家以俯瞰視角往右斜後方拉高拉遠來呈現，畫面不但映襯出小女孩努力跟上腳步，蹣跚前行的姿態，而且刻畫出親子踏雪所烙印下的足跡和月光投射下一大一小的背影。隨著故事的發展，插畫家採用近距離側身描繪父親仰頭呼叫貓頭鷹的姿態。得不到貓頭鷹的回應，接著插畫的視角放在父女正後上方，呼應小女孩隨父親聳肩的文字描寫。

　　一個細膩的插畫家在繪圖時，會帶領孩子從不同的角度觀察，時而仰視、時而俯視、或左看、或右看。換個角度，從不同的方向來欣賞，避免被固定的視點所侷限。對孩子來說，打破視覺慣性，轉換觀看焦點，是很重要的視覺開發經驗。如果只看一面，就會錯過其他不同面向的美，而且一個面向是不能完整地表達出物體的真實景象。

　　伴隨著貓頭鷹回應聲漸漸地清晰，畫面瀰漫著光影交錯的荒野暗景以及貓頭鷹凌駕樹梢的虛影。緊接著，父親持手電筒照射呼之欲出的貓頭鷹，讀著以俯角望向貓頭鷹的背影及父女倆驚訝的表情。故事高潮終於到來了，插畫家John Schoenherr精準地刻畫出故事情節的戲劇性發展。太出人意料了，下一頁插畫轉成仰角近距離直視，畫面緊緊地抓住我們的視線。驟然浮現出銳利的雙眼，貓頭鷹停在那兒，炯炯有神地盯著讀者，似乎要飛出紙面，使人有一種屏息的感覺。

　　整本書我最喜歡的一個畫面，就是最後父親側抱著女兒背對著我們踏在空曠的雪地上，朝回家的路遠去的場景。太動人了！相信每一個人都會被這一幅父女親暱的畫面所打動，相信每一個父母都會懷念孩子仰賴在你身上的體溫。整本書我最喜歡的一段文字，意境深遠，饒富餘味，傳達出厚實沉穩

的情感力量，搭配這感人的畫面，給整個故事一個溫馨又睿智的完美結局。

When you go owling
you don't need words
or warm
or anything but hope.
That's what Pa says.
The kind of hope
that flies
on silent wings
under a shining
Owl Moon.

製造歡樂的兒童圖畫書大師 Audrey Wood

《*King Bidgood's in the Bathtub*》

　　「國王一直泡在浴缸裏不出來，怎麼辦呢？」小僕役對著一群人大喊。騎士（Knight）首先挺身而出：「該打仗囉，出來吧！」「我們今天就在浴缸裏打仗。」國王回應著。還記得第一次陪雙胞胎聽《*King Bidgood's in the Bathtub*》，我就深深著迷了。歌劇式的配樂、渾厚低沉的朗讀，配上18世紀宮廷風格的插畫，讓人耳目一新、驚喜連連。

　　首先，異國情境的浪漫氛圍豐富了孩子的視野。Knight、Queen、Duke（公爵）、Court（朝臣）這些宮廷成員，加上battle（打仗）、the Masquerade Ball（化裝舞會）等一系列關於王室生活的描寫，帶孩子進入了一個夢境般的國度。

　　其次，小僕役的高聲呼喊，在有聲CD的專業朗讀下，充滿了戲劇張力。"Help! Help!" "King Bidgood's in the bathtub, and he wont get out! Oh, who knows what to do?" 「國王一直泡在浴缸裏不出來，怎麼辦呢?」一次又一次的重複，為故事營造了高潮前的喧騰氣氛。重複句不再只是像初階故事裏那樣交代時間和環境、形容人物和角色了，重複句還可以生動地刻畫曲折的角色互動與逼真的情緒反應。

　　再次，故事結構簡單、文字洗鍊。小僕役的

▲ 《*King Bidgood's in the Bathtub*》，Sandpiper 出版（1985）。

大聲呼喊，配上精簡的時間描寫，情節發展流暢自然。when the sun came up（太陽出來）、when the sun got hot（太陽熾熱）、when the sun sank low（太陽沉落）、when the night got dark（天色變暗）、when the moon shone bright（月照明亮）這幾句，每一句只要五個英文單字，就能夠將時間背景交代清楚，而且是有畫面的生動描寫。the sun sank low、the moon shone bright，是多麼美麗的形容！

最後一個值得注意的地方是單字的多重含義。經由傳統背單字的學習方式，孩子只知道court是法院，page是書頁。可是在《*King Bidgood's in the Bathtub*》這個故事裏，court和page都是宮廷人物，前者是朝臣，後者是貴族的僕役。通過故事閱讀，孩子才能跳脫狹隘的單字束縛，而學到充滿創意的文學語言。

《*The Napping House*》

如果要在第一年聆聽的英文有聲故事裏，選出心目中最喜歡的作家，Audrey Wood是雙胞胎和我的一致選擇。她的作品題材廣泛，故事原創性高，情節轉折處玄機暗藏，總是讓孩子在閱讀中不斷感受到振奮與驚喜。《*The Napping House*》是大家比較熟悉的作品。灰濛濛的雨天令人昏昏欲睡，於是老奶奶躺在舒適的床上，鼾聲連連。小孫子也湊過來，睡在奶奶身上，好夢正甜。家裏的貓貓狗狗也跟著沉睡入夢，連老鼠都來了，全都睡成一團，而且是一個睡在一個身上，形成有趣的疊羅漢。

疊羅漢不只出現在插畫裏，文字也玩起了疊羅漢：sleeping、napping、snoring、dreaming、dozing、snoozing、slumbering，這些形容打盹兒的

同義詞，全部出現在一個句子裏。特別安排的斷句，使環環相扣的文字疊起了羅漢，整齊劃一，讓孩子一目了然，進而一目十行。

And on that cat

there is a mouse,

a slumbering mouse

on a snoozing cat

on a dozing dog

on a dreaming child

on a snoring granny

on a cozy bed

in a napping house,

where everyone is sleeping.

▲ 《*The Napping House*》，
Harcourt 出版（1984）。

　　不斷累加的句型疊到最高點，就是故事的高潮，這時誰來讓情節逆轉，走向結局呢？注意到插畫裏圍有光暈的小黑點了嗎？就是它，這個微不足道的小角色，早就藏在偌大的構圖裏，先是盤踞在椅背上，然後不聲不響地挪到椅子扶手上，接下來悶不吭聲地出現在茶几的水罐上。這個唯一清醒的小不點──「跳蚤」──終於跳到老鼠的身上，並大咬一口。這瞬間的一口可不得了，被咬的老鼠嚇到了貓，貓用爪子抓了狗，狗壓到小男孩，小男孩撞到老奶奶，老奶奶把床壓垮了。這一連串的骨牌效應，撞醒了瞌睡蟲，而窗外驟雨已停歇，正適合舒展筋骨呢！

　　從咬一口開始，連鎖反應中用到的動詞bite（咬）、scare（驚嚇）、claw

（用爪子抓）、thump（用力壓）、bump（碰撞）、break（損壞）串起另一段疊羅漢似的文字，不但使單字的用法具體而生動，而且讓孩子從情節發展的脈絡裏感受到了邏輯上的起承轉合。

A wakeful flea

who bites the mouse,

who scares the cat,

who claws the dog,

who thumps the child,

who bumps the granny,

who breaks the bed,

in the napping house,

where no one now is sleeping.

插畫家Don Wood是作者Audrey Wood的先生，兩人攜手合作，完成了許多膾炙人口的作品。全書瀰漫著法式宮廷風格的《King Bidgood's in the Bathtub》，也是Don Wood的傑作。濃濃的油畫色調和明暗光影所營造的虛實交錯，讓故事情節和人物角色栩栩如生。別致的構圖裏，細膩的人物表情與誇張的肢體動作，讓插畫成為絢麗的藝術作品。

餘味盎然的故事是聽來的。有聲CD將《The Napping House》和《King Bidgood's in the Bathtub》唸得音韻分明，節奏感十足，我們彷彿就在現場目睹一切。

《*The Princess and the Dragon*》

《*The Napping House*》最能凸顯Audrey Wood的創作特色：打破規範、不斷翻轉、持續顛覆，然後重新建構歡樂的新天堂。這種精神在另一本故事書《*The Princess and the Dragon*》中也得到了傳神的演繹和精彩的發揮。

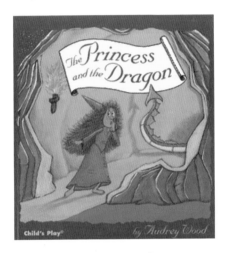

▲ 《*The Princess and the Dragon*》，Child's Play 出版（2002）。

公主應該氣質優雅、溫和有禮、端莊溫婉、儀容高貴。可是，有一位公主卻是隨性、調皮、粗暴、狂野、邋遢，完全不守規矩。有一天，山裏來了一條龍，當大夥都害怕被龍綁架時，這位天不怕地不怕的公主卻自投羅網，希望自己被龍逮住，希望鬧得人仰馬翻。然而，她來到山洞時，卻發現這條龍相當不合常理，牠優雅、感性、溫馴、有禮、好讀不倦。頓時，公主與龍決定互換身份……

如果要在第一年的初階英文故事裏，選出最百聽不厭、歡樂連連的一個故事，《*The Princess and the Dragon*》這本書是雙胞胎和我的一致選擇，排名第一。我們都愛極了這個故事。不斷造反的公主，活脫脫是「真性情」的每一個孩子的化身。嚴格遵守一切規範的龍，只是大家心裏期盼和想像的完美孩子，實際上根本就不存在。不論是大人還是小孩，都可以在公主身上

看到自己渴望狂放、不受拘束的一面。這份認同隨著情節發展得到增強，孩子聽著故事歌曲時也得到了最大的安慰。

這張故事CD之所以吸引人一聽再聽，主要的原因在於全體聲音演員通力合作創造出了戲劇效果，高潮迭起。通過活潑的聲音朗讀，公主不斷胡鬧的行為彷彿就在眼前，令人聽來意猶未盡。

JYbooks為這本書錄製的CD中，有一首歌曲《*Dragon Song & Talk*》，這首歌曲旋律活潑輕快，歌詞內容輕鬆逗趣，而且富有寓意。每次聽這首故事插曲，我總是能感染上孩子的天真率性，彷彿自己也回到了浪漫無邪的純真年代。我將歌詞內容附錄於書後P.330，供家長、老師參考。

《*Silly Sally*》、《*The Little Mouse , the Red Ripe Strawberry, and the Big Hungry Bear*》和《*Quick as a Cricket*》

除了顛覆傳統的幽默情節之外，Audrey Wood的第二大特色是字斟句酌後的語言，能一字一句敲在聽者的心門上。即使是《*Silly Sally*》這樣的幽默小故事，也能讓孩子跟著 "Silly

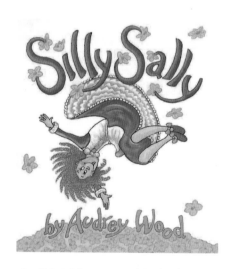

▲ 《*Silly Sally*》，Sandpiper出版（1999）。

《*The Little Mouse , the Red Ripe Strawberry, and the Big Hungry Bear*》，Child's Play 出版（1997）。

Sally went to town, walking backwards, upside down" 東一句西一句地唸個不停。Sally要進城了，只是她的方式很另類，以頭下腳上倒栽蔥的方式倒退著走。她一路上先後遇到一隻蠢豬、一條笨狗、一隻呆鳥，於是大家一起以頭下腳上倒栽蔥的方式跳著、唱著、倒退著，遇見一隻傻羊後，居然全部在路上以頭下腳上倒栽蔥的方式睡著了。這是什麼奇怪的故事啊！這是一群傻瓜的無厘頭故事。因為無厘頭，所以喚醒一群傻蛋的方式更另類，竟然是tickle（搔癢）。

　　backwards（倒退）/ forwards及upside down（頭下腳上倒栽蔥）/ right side up這兩組醒目的反義詞和節奏感強烈的押韻（pig/jig、dog/leapfrog、loon/tune、sheep/asleep），搭配合適的動詞（tickled、danced a jig、played leapfrog、sang a tune、fell asleep），組成一串異想天開的幽默情節，讓孩子在趣味裏，捕捉英語語音的獨特韻味。

　　幽默的音韻幫助孩子形成英語語感，幽默的偽裝幫助老鼠保住草莓不被偷吃，幽默的比喻還能用來作自我介紹呢！

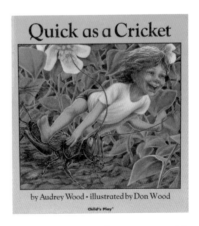

《*Quick as a Cricket*》，Child's Play 出版（1990）。

《*The Little Mouse , the Red Ripe Strawberry, and the Big Hungry Bear*》和《*Quick as a Cricket*》這兩本故事書展示了Audrey Wood另一種形式的豐富想像力，讓孩子在無數的比喻與一流的筆法中，看到不斷燃燒的創意。

《*Balloonia*》、《*Presto Change-O*》、《*Tooth Fairy*》和《*Magic Shoelaces*》

孩子純潔無瑕的心是創意萌芽的土壤，孩子之間天馬行空的玩鬧對話更是點亮創意的火苗。Audrey Wood創造了一對可愛的姊弟，Matthew和Jessica，將孩提時代換牙、綁鞋帶、玩氣球、變魔術等珍貴的經歷，化成

▲ 由左至右依序爲Child's Play出版的《*Balloonia*》、《*Presto Change-O*》、《*Tooth Fairy*》和《*Magic Shoelaces*》。

一個個幽默的故事。這對靈魂人物，在故事裏互相鬥嘴、打打鬧鬧，無傷大雅的互動和對話濃縮成了《*Balloonia*》、《*Presto Change-O*》、《*Tooth Fairy*》、《*Magic Shoelaces*》這四個故事中的酸甜苦辣，一直留存在孩子的閱讀記憶裏。

循環故事原創大師 Laura Numeroff

獐頭鼠目、鼠輩橫行，No! No! No!看了Laura Numeroff 創作的一系列以老鼠為主角的故事，會發現老鼠原來是很可愛的。

如果給老鼠一塊餅乾，會發生什麼事呢？吃餅乾當然要配牛奶，喝牛奶當然需要吸管。喝完牛奶當然需要餐巾擦嘴。不照鏡子怎麼知道擦乾淨了沒？這一照鏡子，不得了，小老鼠發現自己的鬍鬚太長，需要修剪。修剪後的髒亂，需要掃把清理。清掃完，累得想……

孩子會很喜歡這一連串循環的情節，因為東摸摸西碰碰、忙完這個換那個、沒一刻閒著正是孩子的生活寫照。學齡前的幼兒經常一時興起玩玩這個，沒多久就又換個項目。有趣的是，如果你仔細觀察，會發現不同的活動間有著關聯性，也就是說幼兒在第一項活動裏受到的某種觸發，會使他們轉移到第二項活動，然後再不斷往下轉換和改變。幼兒總在短時間內變換活動，這讓許多家長不放心，認為是孩子的專注力不夠。然而研究指出，年幼孩子的注意力本來就短暫，容易受外物影響而轉移。對於幼兒一刻也沒閒著、不時轉移目標的現象，我倒是非常樂觀，因為這表示孩子在活動中受到了觸發，正在發展自己的感知能力，而轉移焦點說不定能幫助孩子發展聯想力呢！

如果帶老鼠去上學或是去看電影，又會有什麼意想不到的驚喜呢？讓《*If You Take a Mouse to School*》和《*If You Take a Mouse to the Movies*》這兩本書來告訴你吧！

第一次接觸這些系列故事時，我才發現原來最有才華的循環故事在這裏。不論是上學還是看電影，圍繞這兩個主題的情境與事件，都被巧妙地整合成了趣味小品，孩子在惟妙惟肖的插畫的幫助下，能學到許多標準和正式的英語用詞。例如放東西在置物櫃（put things in your locker）、四處張望（take a look around）、做些數學題（do a little math）、嘗試做科學實驗（try a science experiment）、用黏土做傢俱（make some furniture out of clay）、塞在安全的地方（tuck it in a safe place）、鈴響（the bell rings）、等公車（wait for the bus）、投籃（shoot a few baskets）、玩滑板（do a little skateboarding）、累了喘口氣（stop to catch his breath）等校園生活的真實場景，居然全都出現在《*If You Take a Mouse to School*》這本有趣的故事書裏了。

故事裏是否出現了靈活的英文用語，這一直是我為孩子挑選英語閱讀素材的第一考慮。缺乏恰當的用詞，是無法描寫出生動的情節的。例如，在《*If You Give a Mouse a Cookie*》中，從需要餐巾擦嘴，到照鏡子確定擦乾淨了沒，再到發現鬍鬚長該修剪了（這時候或許需要一把指甲剪），這一連串的想像情景，只需要四句俐落的英語就可以交代清楚。

When he's finished, he'll ask for a napkin.

Then he'll want to look in a mirror to make sure he doesn't have a milk mustache.

When he looks into the mirror, he might notice his hair needs a trim.

So he'll probably ask for a pair of nail scissors.

孩子從故事中可以學習新的詞彙和用法。例如，嘴角沾了牛奶的英文表達是have a milk mustache，照鏡子是look in a mirror，餐巾是a napkin，鬍鬚需要修剪是his hair needs a trim，指甲剪是a pair of nail scissors。故事裏還有許多與我們的日常生活息息相關的用詞，等待您與孩子一同去發現。

吃餅乾要配牛奶，那麼吃muffin和pancake呢？當然是要配自家調配的藍莓醬（homemade blackberry jam）和楓糖漿（maple syrup）了。延續自If You Give系列層層相扣的循環風格，作者Laura Numeroff這次請麋鹿吃瑪芬、請小豬吃鬆餅和請小貓吃杯子蛋糕，會引出怎樣有趣的故事呢？讓《*If You Give a Moose a Muffin*》、《*If You Give a Pig a Pancake*》和《*If You Give a Cat a Cupcake*》這三本故事書帶領孩子繼續經歷有趣的循環探索吧！

主題書單 ❺
三位繪本大師，點燃孩子的閱讀熱情！

【播放書單】

⑩ If You Take a Mouse to the Movies
作者／Laura Numeroff　繪者／Felicia Bond　書籍／CD出版社：HarperCollins

⑩ If You Give a Moose a Muffin
作者／Laura Numeroff　繪者／Felicia Bond　書籍／CD出版社：HarperCollins

⑩ If You Give a Pig a Pancake
作者／Laura Numeroff　繪者／Felicia Bond　書籍／CD出版社：HarperCollins

⑪ If You Give a Cat a Cupcake
作者／Laura Numeroff　繪者／Felicia Bond　書籍／CD出版社：HarperCollins／Scholastic

⑪ Balloonia
作者／繪者：Audrey Wood　書籍／CD出版社：Child's Play／JYbooks

⑫ Presto Change-O
作者／繪者：Audrey Wood　書籍／CD出版社：Child's Play／JYbooks

⑬ Tooth Fairy
作者／繪者：Audrey Wood　書籍／CD出版社：Child's Play／JYbooks

主題書單 ⑤
三位繪本大師，點燃孩子的閱讀熱情！

⓮ Magic Shoelaces
作者／繪者：Audrey Wood　　書籍／CD出版社：Child's Play／JYbooks

⓯ Scaredy Cats
作者／繪者：Audrey Wood　　書籍／CD出版社：Child's Play／JYbooks

⓰ Twenty-Four Robbers
作者／繪者：Audrey Wood　　書籍／CD出版社：Childs Play／JYbooks

⓱ Owl Moon
作者／繪者：Jane Yolen／John Schoenherr　　書籍／CD出版社：Philomel Books

❻ 最貼近孩子的經典主題與故事主角

傳遞母子情深與幫助孩子進入甜甜夢鄉的童書一直廣受家長與孩子的喜愛。貼近孩子的故事主角 Maisy、Kipper、Madeline 和 Miss Nelson 給孩子帶來了怎樣的歡樂故事呢?

母愛源遠流長

《*Owl Babies*》、《*Love You Forever*》、《*Guess How Much I Love You*》和《*The Runaway Bunny*》都是描寫母子情深的感人繪本。

《*Owl Babies*》

第一次看到《*Owl Babies*》時,我就喜歡上了這本書。黑色為底,認真勾勒的線條筆觸,使封面上的貓頭鷹顯得十分可愛。三隻貓頭鷹夜裏醒來,找不到媽媽,又擔心又害怕。儘管貓頭鷹姊姊推測媽媽外出可能是去找食物了,會帶吃的回來,年紀最小的貓頭鷹老么,卻惆悵地、淡淡地說了一聲,"I want my mummy!"。三隻貓頭鷹等不到媽媽,於是走出樹洞,各自盤據一根樹枝,坐著等媽媽回來。為了增強大夥的信心,貓頭鷹姊姊重申了媽媽會回來,會帶像老鼠那樣的好東西回來,可是,小小貓頭鷹仍然只說,

"I want my mummy!"。等久了，不安全感慢慢地增強，貓頭鷹姊姊要大夥靠攏坐在一起。大夥愈想愈害怕。媽媽會不會走失了？媽媽會不會被狐狸抓走了？他們不敢再往下想了，怕得閉起眼睛，期許母親快點回來。這時候，貓頭鷹媽媽出現了。

翻開繪本欣賞插畫，您會發現從不同角度繪製的故事場景，都完整呈現了故事發生的情境與氛圍，不論是由樹洞內往外探看，拉開遠景放大森林的空曠和凸顯貓頭鷹的渺小，還是拉高視角描繪貓頭鷹媽媽從遠處歸來的身影。對於貓頭鷹臉部表情的細膩處理，不論是三隻貓頭鷹面面相覷的擔憂，還是看見母親歸來的雀躍，都生動地反映了情節的轉折。

《Owl Babies》的故事CD非常好聽，三隻貓頭鷹的童稚口吻，透露著絲絲的擔心與害怕，尤其貓頭鷹老么，那句簡單的 "I want my mummy!"，十分動人。兒子剛聽這故事時，很喜歡模仿這句 "I want my mummy!" 撒嬌的口氣，令人難忘。

《Love You Forever》

傳遞母子情深的第二本溫馨故事書是《Love You Forever》。從嬰兒出生開始，慈愛的母親每晚便在寶貝耳邊清唱著甜美的衷曲，表達自己對孩子無盡的愛。孩子一天天長大，可是狀況百出。隨著年齡的增長，怪異的言行舉止和奇裝異服，總是令媽媽生氣煩憂。然而，每當夜深人靜，孩子熟睡時，媽媽會悄悄地上樓（tiptoed upstairs），偷偷地走過去（crept across the floor），親吻寶貝的臉頰，然後再次清唱著甜美的衷曲，表達自己對孩子無盡的愛。

I'll love you forever.

I'll like you for always.

As long as I'm living

My **baby** you'll be.

相較於孩子一天天成長茁壯，媽媽卻漸漸老去。直到有一天，她老到唱不完這首歌了（But she was too old and sick to finish the song）。

這時候，輪到兒子抱緊媽媽，溫柔地唱著，只是他改了其中一個字。

I'll love you forever.

I'll like you for always.

As long as I'm living

My **mother** you'll be.

歌詠親情的旋律不會中斷，成熟懂事的男人不僅為自己的媽媽唱，還會繼續傳唱下去，唱給自己新生的女娃娃聽。

《*Guess How Much I Love You*》

有聲故事中，最能唱出溫馨親情的莫過於《*Guess How Much I Love You*》這個表達愛意的感人故事了。

臨睡前小兔子抓緊兔媽媽的耳朵，溫柔地問著：「猜猜看我有多愛你？」兔媽媽猜不著，於是，小兔子伸展雙臂，用臂長來表達愛的份量。然

而，兔媽媽的手臂更長呢！既然手臂伸展得不夠長，兔寶寶便以高舉手臂、倒立、到處跳躍等肢體動作來表明自己的愛，可是，兔媽媽的身高比他更挺拔，跳得也更遠。這該怎麼辦呢？體型比不過，聰明的兔寶寶想到用環境來比擬：「我愛你，深遠得直到遠方的河流。」可是，高壯的兔媽媽看得更遠：「我愛你，遠到跨過遠方的河流還越過山丘呢！」

小兔子幾乎已經想不出其他更好的比擬了，他又睏又累。突然間他靈機一動，告訴媽媽他的愛遠至月亮。這一次，兔寶寶似乎很滿意自己的回答，於是，閉上雙眼，在兔媽媽的親吻之下，帶著媽媽最深的愛（I love you right up to the moon and back）進入夢鄉。

「愛」，這種人世間最甜美、最偉大，卻最無法說清楚的情感，被兩隻可愛的兔子以生動活潑的方式，表達得淋漓盡致。

由Barry Gibson特別譜寫的歌曲，旋律尤其動人，每次聽這張CD，我總是感覺特別寧靜祥和。此外，作者Sam McBratney依照故事內容改寫的歌詞，將兔寶寶的動作總結成數個片語，不僅好聽好記，而且是孩子學習的範本：hold on tight（緊緊抓住）、stretch out wide（盡力伸展開）、reach up high（盡力舉得高高的）、tumble over upside down（打個滾倒立起來）、swing around around around（拋起來轉圈圈）、hop and bounce up and down（跳過來又跳過去）、cross the river over the hills（穿過小河到山的那一邊）、to the sky to the moon（到天空到月亮）、home again so good night（回到家說晚安）。對了，孩子會注意到繪本裏兔寶寶緊抓兔媽媽的「長」耳朵，因為故事主角hare是長耳野兔。

《*The Runaway Bunny*》

唱歌可以表現母親對孩子的愛，可是，如果媽媽的愛濃得令人想逃開，該怎麼辦呢？由兒童文學大師Margaret Wise Brown創作的《*The Runaway Bunny*》，描寫了兔寶寶和兔媽媽間「你跑我追」的雋永橋段，是親子共讀的經典。

有一天兔寶寶提出想離開的念頭，聰明的媽媽深情地說：「如果你跑走，我會去追你，因為你是我的小寶貝。」遺傳了兔媽媽的聰明，兔寶寶機伶地接著說：「如果你跑來追我，我會『化身』成溪裏的鱒魚，游得遠遠的。」媽媽也不甘示弱：「如果你變成溪裏的鱒魚，我會『化身』成漁夫，捕捉到你。」讀到這裏，翻開下一頁，就看到兔媽媽的魚竿上綁著紅蘿蔔的有趣插畫，令人不禁莞爾。

"If you run after me," said the little bunny, "I will **become a fish** in a trout stream and I will swim away from you."

"If you **become a fish** in a trout stream ," said his mother, "I will **become a fisherman** and I will fish for you."

"If you **become a fisherman** ," said the little bunny, "I will become a rock on the mountain, **high above you**."

"If you **become a rock on the mountain high above me**," said his mother, "I will **be amountain climber**, and I will climb to where you are."

"If you become a mountain climber," said the little bunny, " I will…"

《The Runaway Bunny》的故事情節就在這個有趣的循環裏不斷擴展，孩子的想像力也跟著無限延伸。循環故事常用的結構是A帶動B，B帶動C，C帶動D，D帶動E，一直到故事結局出現。

> If A, then B.
> If B, then C.
> If C, then D.
> If D, then E.
> …

這種故事結構有兩大優點：其一是孩子能從中學到許多If句型；其二是循環裏有重複，這種「可預測的重複性故事」（在本書「跟著重複句，大聲朗讀吧！」的章節裏有完整詳細的分析討論），能幫剛開始接觸英語的孩子，迅速掌握故事內容，熟悉英語句型，獲得成就感與自信心。

兔寶寶和兔媽媽之間不斷追逐的化身遊戲由此展開。不論是上山還是下海，任憑兔寶寶「化身」成高山上的大石塊、秘密花園裏的番紅花、飛上天空的小鳥、揚帆而去的帆船，那個在身後緊追不捨的媽媽總是能夠適時攔截並逮住牠。就算兔寶寶加入馬戲團，在高空盪鞦韆，媽媽也會賣老命來走鋼索，捨命陪寶貝。

跑了那麼大一圈，兔寶寶大概累了，最後，心甘情願地回家當媽媽的小

寶貝，吃媽媽準備的紅蘿蔔。第一次陪孩子聆聽到故事結束，我心中不禁偷偷笑著，母愛是無遠弗屆的，好小子休想逃出媽媽撒下的用愛密密織縫的天羅地網。**Margaret Wise Brown**不愧是才華洋溢的作家，她深諳母子親情中「你跑我追」的奧祕，還有那親密卻保有空間的偉大的相處哲學。當媽媽用無私的愛不斷支持孩子成長，與孩子在人生旅途中並肩冒險時，那份緊緊相隨的愛是永遠不會斷線的。

晚安曲進入甜甜的夢鄉 《*Goodnight Moon*》

夜幕低垂，該入睡了，我們來跟大家道晚安吧！房間晚安、月亮晚安…、檯燈晚安、紅氣球晚安…、梳子晚安、刷子晚安…。

Goodnight room

Goodnight moon

Goodnight cow jumping over the moon

Goodnight light

And the red balloon

Goodnight bears

Goodnight chairs

…

Goodnight stars

Goodnight air

Goodnight noises everywhere

　　Margaret Wise Brown女士創作的另一本與《*The Runaway Bunny*》齊名的經典童書《*Goodnight Moon*》，是美國孩子的第一本床前故事書。臨睡前的一趟巡禮，讓孩子與身邊的事物道晚安，幫助孩子離開喧嚣的世界，回到單純的靜謐裏。故事裏，moon/balloon、bears/chairs、kittens/mittens、clocks/socks、house/mouse、brush/mush/hush、air/everywhere這些工整和諧的押韻，加上輕柔婉約、速度放慢的朗讀，讓孩子進入沉靜、安寧的夢鄉。

《*Ten, Nine, Eight*》

　　一樣是撫慰幼兒心靈的床前故事，《*Ten, Nine, Eight*》這本故事書以倒數的方式細數房間裏的事物，讓孩子疲憊的身心安頓下來。從十根洗過的溫暖的小腳指頭開始（10 small toes all washed and warm），九個柔軟的好友安靜地待在房間的一角（9 soft friends in a quiet room），八扇正方形的玻璃窗上有著點點飄落的雪花（8 square windowpanes with falling snow）⋯六個淺色的貝殼垂掛著（6 pale seashells hanging down）⋯三個親吻印在雙頰與鼻子上（3 loving kisses on cheeks and nose）⋯到一個大女孩準備就寢（1 big girl all ready for bed），這樣一個簡單的故事，唸起來卻別有韻味。一個孩子若像故事裏的主角一樣質樸、淡靜，是非常幸福的。

《*Where Does the Brown Bear Go?*》

　　如果想換個風格不同的睡前故事，《*Where Does the Brown Bear Go*?》是個很棒的選擇。「親愛的，白貓、猴子、駱駝、流浪狗、海鷗、棕熊，都去哪兒呢？」「牠們正在路上，在回家的路上。」

> Where does the white cat go, honey?
> Where does the white cat go?
> They are on their way.
> They are on their way home.

　　雖然這組簡單的對話在整個故事裏反覆出現，但是固定的重複句型裏穿插著有創意的背景描寫，非常值得孩子閱讀和欣賞。城市街道的燈暗了、黑夜降臨叢林、陰影落在沙丘上、垃圾場被月光點亮、太陽下沉在海洋後端、森林的黑夜蓋住了樹林，這些細膩的描寫，都只是在描述天黑了。然而傑出作家的靈活文筆，加上悅耳的押韻（street／heat、dune／moon、seas／trees），給孩子留下了豐富的想像與完美的典範。

> When the lights go down on the city street,…
> When evening settles on the jungle heat, …
> When shadows fall across the dune,…
> When the junkyard is lit by the light of the moon,…
> When the sun sinks far behind the seas,…
> When night in the forest disguises the trees,…

《*Can't You Sleep, Little Bear?*》和《*Tell Me Something Happy Before I Go to Sleep*》

如果孩子怕黑怕暗，睡不著，該怎麼消除孩子心中的恐懼呢？就讓《*Can't You Sleep, Little Bear?*》和《*Tell Me Something Happy Before I Go to Sleep*》這兩本書裏主角克服忐忑心情的經歷，來幫助孩子化解不安吧！

這次不透露《*Can't You Sleep, Little Bear?*》的故事內容，書中的插畫，一定會先感動您。

《*Tell Me Something Happy Before I Go to Sleep*》這本故事書的篇幅比較長，可是這麼經典的睡前故事，實在不應該在孩子的書架上缺席。Willa妹妹和Willoughby哥哥是睡上下舖的手足。當Willa妹妹睡不著時，Willoughby哥哥會想盡辦法來幫助妹妹，安撫妹妹。這本描寫兄妹情深的溫馨小品，將以往的焦點從親子轉移到手足，將親子間的仰望和俯視，拉平到同等高度的視角。孩子從同輩那裏得到的同理心，有時候是父母或師長給不了，也無法理解的。很高興有這樣一本書，讓孩子學會珍惜手足情誼，讓父母可以慢慢放手，讓孩子互相幫忙。

有一天，我家雙胞胎哥哥躺在床上還沒入睡，他模仿故事裏的口吻說："Willoughby, are you there?" 我的回答是：「你的Willoughby在刷牙」。好聽、有趣的故事會在孩子心中駐足，進入孩子的生活，豐富孩子的人生體驗。這些好書都是我們全家的美好回憶，希望也能為您增添家庭的歡樂與幸福。

孩子的英語好朋友：Maisy、Kipper、Madeline和Miss Nelson

歡樂與幸福一定要有好朋友分享。經典英語繪本裏的一些故事主角個性鮮明、造型獨特、識別度高，很容易得到孩子的青睞。於是，作家針對原創角色設計一系列的故事，讓孩子充分享受故事的樂趣。適合英語初學者的角色有Maisy、Kipper、Madeline和Miss Nelson。讓我們來一一認識吧！

《*Maisy Goes Camping*》和《*Maisy's Christmas Eve*》

《*Maisy Goes Camping*》這本硬頁小書將孩子喜歡的露營場景描寫得生動有趣，如搭帳棚（pitch a tent）、圍繞著營火唱歌（sang songs around the campfire）、握著手電筒（with his torch）、注意帳棚的樁釘（mind the tent pegs）、留個位子給…（make room for…）、挪動一下（move up）、好擠（What a squash!或What a squeeze!）、突然跳出來（pop out）、睡得安穩（sleep tight）、星空下（under the stars）等。《*Maisy Goes Camping*》讓孩子學到了許多實用的露營用詞。

哎呀！下雪囉！哇！哇！哇！《*Maisy's Christmas Eve*》這本小小的繪本中，居然有如下這麼豐富和完整的耶誕情景描寫：降雪（snow fell on…）、邀請每個人到家裏來過耶誕節（Everyone was invited to Maisy's house for Christmas）、穿雪靴步行前往（went on snowshoes）、搭雪橇前往（went by sledge）、到得慢（got there slowly）、到得快（got there quickly）、困在雪堆裏（got stuck in the snow）、雪下得快且堆得厚（snow fell thick and fast）、趕快進去（hurried in）、在火爐邊取暖（keep warm by the fireside）、包裝禮物（wrapped presents）、掛上彩色紙環（put up paper chains）、裝飾聖誕樹（decorated the Christmas tree）、外出去尋找…（went out to look for...）、發現樹叢被雪覆蓋了（found a bush covered in snow）、找來拖曳機（fetched the tractor）、脫困了（was free）、圍在樹旁來慶祝（gathered around the tree to celebrate）、唱耶誕歌（sang Christmas carols）、唱得最大聲（sang the loudest of all）。

更令人驚訝的是，雙胞胎當年只聽了一個星期，就倒背如流。不是我的孩子天資不凡，而是故事CD融入了背景配樂與實況音效，趣味盎然。耶誕節這個孩子愛極了的主題，自然能吸引孩子熱情投入。哪裏需要背單字、記文法、作考題？故事生動、有趣，孩子才有興致將英文學得長遠、學得扎實。

《*Kipper's A to Z: An Alphabet Adventure*》、《*The Blue Balloon*》、《*Kipper's Monster*》、和《*Kipper's Christmas Eve*》

由英國童書大師Mick Inkpen創作的經典角色小狗Kipper也深受孩子喜愛。其中，《*Kipper's A to Z : An Alphabet Adventure*》這本書在「讓26個字母鮮活起來！」一章裏有完整詳細的分析和討論。我個人非常推崇的《*The Blue Balloon*》，在Q3：「直接聽英文有聲書，沒有中文翻譯，孩子怎麼聽得懂？」這個問題下有相關討論。

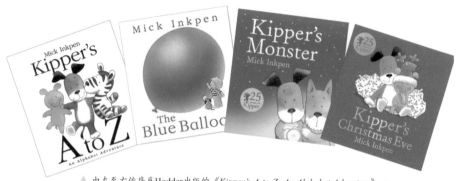

▲ 由左至右依序爲Hodder出版的《*Kipper's A to Z: An Alphabet Adventure*》、
《*The Blue Balloon*》、《*Kipper's Monster*》和《*Kipper's Christmas Eve*》。

　　一個撿來的藍色氣球，卻有著神奇的力量，作者Mick Inkpen將一個簡單的情節寫得日常裏有魔幻、平凡中有寓言，能激發孩子思考。其中，squeeze（擠壓）和squash（用力壓下去）都在《*Maisy Goes Camping*》裏出現過。重要的單字在不同故事裏會反覆出現，所以，不必急著讓孩子背單字，也不必忙著幫孩子查中文翻譯。透過上下文的輔助和前後情節的串聯，孩子能夠自己猜出單字的合理意義，父母不要焦慮。此外，《*Kipper's Monster*》也跟露營有關，所以，孩子能再次讀到手電筒（torch）和帳棚（tent）這些單字。耶誕節！每個人都喜歡這個充滿禮物、祝福和美食的節日，小狗Kipper跟牠的好友Arnold、Pig和Tiger的耶誕節是另一幅有趣的景象！

《*Madeline*》、《*Madeline's Christmas*》和《*Madeline's Rescue*》

　　故事之所以吸引人，主要原因是故事情節與讀者的人生經驗相重疊。

在故事裏看到自己影子的那份熟悉與親切，讓讀者感到安心和放心。Madeline，這位在巴黎寄宿學校裏成長的小女孩，總是能夠在大人的生活標準要求之下，保留自己的獨特風格。這種鮮明的自我意識，深深地迷住了接觸Madeline系列故事的孩子，而她自然純真的行為也讓成人讀者愛上了她的可愛和不造作。

　　《Madeline》這本瀰漫著法式風情的繪本，帶領孩子體驗了法式的自由、悠閒與品味。艾菲爾鐵塔前兩排身著黃制服在散步的小女生和整齊卻別有韻味的帽子，構成了這幅經典的封面圖畫。這十二個一起生活的小女生，不論是用餐、刷牙、入睡還是外出，總是排成兩排。其中個頭最小的Madeline既不怕老鼠，也不怕老虎，甚至敢對老虎放話（Pooh-pooh），過橋時，還獨自走上橋沿呢！直到有一天，Madeline半夜得了盲腸炎（appendix），平靜的群體生活頓時起了不小的變化。Madeline會怕嗎？當然

▲　《Madeline》，Puffin出版（2000）。

▲　《Madeline's Christmas》，Puffin出版（2000）。

▲　《Madeline's Rescue》，Puffin出版（1997）。

不，因為膽大的Madeline還向夥伴們露出了開刀後留下的刀疤呢！

　　這一群可愛的小女生在巴黎的知名景點，如聖母院、羅浮宮、協和廣場、盧森堡公園等都留下了淘氣的身影。除了迷人的插畫之外，每頁一到三行不等的簡短敘述雖用字精簡卻意象深刻、音韻動人，讓故事的朗讀聽來起伏有致，娓娓動聽。vines／lines、bread／bed／red、bad／sad、nine／shine、mice／ice、zoo／pooh、night／light／right、arm／warm、hours／flowers，drank／crank、habit／rabbit、sky／by、four／door、face／vase、far／scar、again／rain、disaster／faster等貫穿全書的押韻，有些隔行，有些跨頁，使故事的聲韻感一頁接著一頁不斷綿延。

　　豐富的片語和句型，使孩子的英文學習又往前跨了一大步。排成兩行（in two straight lines）、對美好的事物微笑致意（smiled at the good）、對不良的行為皺眉（frowned at the bad）、不論是下雨還是放晴（in rain or shine）、眼眶泛紅（eyes were red）、神情肅穆和步履輕盈（tiptoeing with solemn face）等在書中都有道地的英文表達。

《*Miss Nelson Is Missing!*》、《*Miss Nelson Is Back*》和《*Miss Nelson Has a Field Day*》

　　故事之所以吸引人，另一部分原因是故事情節與讀者的人生經驗重疊中有矛盾。讀者在故事裏看到了與自己相似的遭遇，以及現實中缺乏的趣味轉折。這份小小的悵然很快就可以從故事裏得到彌補與安慰。Miss Nelson系列故事是孩子學校生活的寫照，其中的靈魂人物Miss Nelson是一位溫柔盡責的老師，而且是孩子夢寐以求的好老師。

▲ 《*Miss Nelson Is Missing!*》，HMH出版（2006）。

▲ 《*Miss Nelson Is Back*》，HMH出版（1986）。

▲ 《*Miss Nelson Has a Field Day*》，HMH出版（1998）。

《*Miss Nelson Is Missing!*》這個故事一開始，全班就又在搗亂了（were misbehaving again）。紙團黏在天花板上（Spitballs stuck to the ceiling），紙飛機橫行其中（Paper planes whizzed through the air），有人扭動不安還作鬼臉（squirmed and made faces），有人竊竊私語還咯咯地笑（whispered and giggled），功課也沒人做（refused to do their lessons）⋯Miss Nelson決定有所作為來改變這一切。

第二天上午，全班不見老師的身影。哇！全班大叫，準備開始惡作劇，盡量撒野（We can really act up）。說時遲那時快，一個粗暴的聲音頓時傳出："Not so fast!"（稍等一下！）。孩子從CD裏聽到這句像巫婆口中發出的怪聲怪調時，馬上捧腹大笑，繼而翻到下一頁看到插畫，更是笑翻了。這位新來的Miss Viola Swamp，長相、名字和說話語調都很奇怪。她給孩子下馬威的經典台詞在專業CD朗讀下的戲劇效果，更是令孩子笑彎了腰："And if you misbehave, you'll be sorry."（如果你不乖，你就完蛋了。）

　　雙胞胎和我第一次接觸這個故事，就愛不釋手。日常生活裏，我偶爾會出奇不意地扮演Miss Viola Swamp，學著她的口吻說："I am Miss Viola Swamp." "And if you misbehave, you'll be sorry." 這樣來跟孩子鬧著玩。續集故事《*Miss Nelson Is Back*》和《*Miss Nelson Has a Field Day*》，也很精彩。就讓這些令人哈哈大笑的故事，帶領您的孩子愛上英文、愛上閱讀吧！

（此圖爲作者雙胞胎女兒六歲時所繪）

主題書單 6
最貼近孩子的經典主題與故事主角！

【播放書單】

⑱ Love You Forerver
作者：Robert Munsch　　繪者：Sheila McGraw　　書籍／CD出版社：Firefly Books/JYbooks

⑲ Ten, Nine, Eight
作者／繪者：Molly Bang　　書籍／CD出版社：Greenwillow／JYbooks

⑳ Where Does the Brown Bear Go?
作者／繪者：Nicki Weiss　　書籍／CD出版社：Greenwillow/JYbooks

㉑ Can't You Sleep, Little Bear?
作者：Martin Waddell　　繪者：Barbara Firth　　書籍／CD出版社：Walker

㉒ Tell Me Something Happy Before I Go to Sleep
作者／繪者：Joyce Dunbar　　繪者：Debi Gliori　　書籍／CD出版社：Corgi Childrens/JYbooks

㉓ Madeline's Christmas
作者／繪者：ludwig Bemelmans　　書籍／CD出版社：Puffin

㉔ Madeline's Rescue
作者／繪者：ludwig Bemelmans　　書籍／CD出版社：Puffin

㉕ Miss Nelson Is Back
作者：Harry Allard　　繪者：James Marshall　　書籍／CD出版社：HMH

㉖ Miss Nelson Has a Field Day
作者／繪者：Harry Allard　　繪者：James Marshall　　書籍／CD出版社：HMH

⑦ 進入浩瀚的科學

國外有許多專為孩子設計、吸引孩子踏入科學大門的知識類讀本。「能對事物進行解釋、定義並提出實例」的說明類文體童書，可為孩子的基礎知識扎下深根。

回顧自己的英文學習之路，我常感慨自己失去了有趣的知識類圖書的閱讀經驗。尤其在我後來接觸了大量國外童書，甚至將此當成研究主題後才發現：原來國外有這麼多專門為孩子設計、吸引孩子踏入科學大門的知識類讀本。我常在翻閱後不禁掩卷感嘆：如果我小時候就有這樣的圖書可讀，現在的我可能就一點都不害怕接觸科學知識了！

正因有這樣的遺憾，除了故事類童書外，我更希望提供能對事物進行解釋、定義並提出實例的說明類文體童書，為孩子的基礎知識扎下深根。Hello Reader! Science中的〔I AM〕系列，被我視為探索大自然奧祕的最佳啟蒙書。

啟蒙科學書〔I AM〕系列

由Scholastic出版社發行的〔I AM〕系列共有10本小書，包括了：《*I'm a Seed*》、《*I Am an Apple*》、《*I Am a Leaf*》、《*I Am a Rock*》、《*I'm* a Caterpillar》、《I Am Water》、《I Am Fire》、《I Am Snow》、《I Am a Star》和《I Am Planet Earth》。這些主題涵蓋了最基本的科學常識。全系列附有一張CD，集結這10本書的故事內容。

〔I AM〕系列採用簡單的英文句型，搭配關鍵字彙進行重點描寫，非常適合用於奠定孩子的科學知識基礎。同時，這套圖書結合孩子必須具備的生活基本常識來設計主題，內容圍繞身邊熟悉的事物，與生活體驗緊密結合，很容易讓孩子產生認同感，而這認同感的產生是引導孩子熱愛閱讀的必要條件。

我認為，任何語言的基礎學習，不能只是停留在淺顯的對話練習上。閱讀內容扎實的作品，孩子才能確實掌握語言的精髓。

從英文圖畫書中學習新詞彙

要了解大自然的種種現象，耐心觀察和小心推理是關鍵步驟。孩子總喜

由左至右依序為Scholastic出版的《I'm a Seed》、《I Am an Apple》、《I Am a Leaf》和《I'm a Caterpillar》，以上皆為〔I AM〕系列。

歡探索。若一方面在生活中實地觀察，一方面在閱讀的圖畫書中找到印證，孩子會在交叉佐證的經驗中，建立對自我觀察力的信心，也能逐漸培養起對新事物仔細審視、用心推理的好習慣。

從《*I'm a Seed*》、《*I Am an Apple*》、《*I Am a Leaf*》和《*I'm a Caterpillar*》這四本圖畫書中，可以看到熟悉的植物和昆蟲，進一步了解種子、蘋果、樹葉和毛毛蟲的生長過程與循環周期以及樹葉行光合作用需要的元素。從中學到的，不僅有關於動植物生命現象的英語表達，還有不少關於動植物的正式用詞，如chlorophyll（葉綠素）、bud（芽）、stem（莖、葉柄）、petal（花瓣）、pupa（蛹）等等。

▲《*I Am Water*》，Scholastic 出版（1996）。

《*I Am Water*》介紹了不同型式的水、水所處的環境以及水的多種用途。例如：water for cooking、ice for cooling、snow for sledding、pools for splashing、puddles for boots、rivers for boats、lakes for swimming、waves for watching等。作者用心描述現象，使其與生活經驗相呼應，內容既充實又有趣。

《*I Am Snow*》以簡潔、俐落的筆觸，將雪地的人文風情全然呈現出來。書中提到，雪不是雨（rain）、不是雹（hail）、不是冰（ice），而是由百萬（million）、十億（billion）、一兆

《*I Am Snow*》，Scholastic 出版
（2000）。

（trillion）的雪花（snowflake）堆積（pile up）形成的，而且每片雪花都是圖案不同的六邊形結晶（crystal）。雪地是從事冬令活動的最佳場所，滑雪者（skier）、單板滑雪者（snowboarder）、穿雪鞋的健行者（snowshoe hiker）都參與其中。由故事帶領，孩子有機會穿越當下的時空環境，認識未曾拜訪的國度。最後，作者教導小讀者如何剪出六邊形的雪花圖案，從中感受雪花片片的美麗。

《*I Am a Rock*》這套書在文字編排和資訊收集上也相當用心。以清教徒（Pilgrims）初次登陸美國時，所踏上的花崗岩（Plymouth Rock）為開場，以參觀岩石名人堂（the Rock Hall of Fame）的方式，分別介紹12種岩石的特色及功能，如marble（大理石）、granite（花崗岩）、salt（鹽岩）、gold（黃金）、diamond（鑽石）和coal（煤）等等。作者最後還將12種岩石的實體照片並列，告訴讀者岩石是礦物（mineral），遍布在全球各地。您會驚訝地發現書中的內容實在精彩，其中提到食用鹽來自岩石，鐵器適合用於爐具加熱，若

《*I Am a Rock*》，Scholastic 出版
（1998）。

沾濕鐵器會生鏽（rust），玻璃是吹玻璃人（glassblower）用溶解的砂岩（sandstone）吹出形狀的……活潑生動的解說，讓孩子感受到了知識的奧妙。

《*I Am Fire*》，Scholastic 出版（1996）。

為了保護孩子的安全，父母總是不厭其煩地耳提面命，如小心火燭等。《*I Am Fire*》這本小書便是父母的好幫手。它告訴孩童火在日常生活中的用途，也提醒小讀者應避免火災以及配合防災演習（practice fire drills）。若遇到火災，應立刻通報消防隊（call the fire department），並盡力安全離開火災現場。若身上的衣物著火，熄滅火焰（smother the flames）的應變措施有三步驟：Stop、Drop、Roll。是不是很言簡意賅呢？

《*I Am Planet Earth*》讓孩子知道自己所住的星球是地球，也了解到地球是距離太陽第三遠的行星。地球上有豐富的水源、複雜的山川地貌、活蹦亂跳的動物、人類群聚的鄉鎮與城市。你曾在地球儀上找到過自己的出生地嗎？作者建議拿出家裏的手電筒模擬太陽，將光照在地球儀上，觀察白天黑夜形成的過程，還不忘提醒，地球只有一個，每個人都要好好照顧地球。

《*I Am Planet Earth*》，Scholastic 出版（2001）。

▲《I Am a Star》，Scholastic 出版
（2001）。

《I Am a Star》則以不到35句的英文敘述，簡潔明確地介紹了關於星球的基本知識和觀測星球的工具，還提到了國旗上有星星圖案的國家。在重複聆聽英文有聲CD後，孩童很快便學會了planet（行星）、jungles〈叢林〉、green rice paddies（綠色的水稻田）、globe（地球儀）等描寫地球的詞彙，以及an astronomer（天文學家）、a constellation（星座）、Polaris（北極星）、the Little Dipper（小熊座）、a telescope（望遠鏡）等天文學詞彙。

有意義才容易記憶

學習專家曾指出，孩子是不斷從他們看到和聽到的語言中擷取字彙的。來源愈多樣，字彙就愈豐富。也就是說，孩子如果經常從書本中學得各種不同的詞彙和片語，就會有很豐富的字彙儲存及更多的語言組合結構可供選擇。**父母若希望自己的孩子擁有豐富的英文語彙，就必須透過優質的英文兒童文學作品（children's literature），讓孩子接觸字斟句酌後的語言典範。**

好的文學作品是認真創作出來的，它所用的詞語饒富內涵、意義深遠，句型結構多樣。它鮮明的語言特色、豐富扎實的敘述、不凡的想像及多層面的意義延伸都是口語會話中所缺少的，但是在字裏行間卻是俯拾皆是。優質的英文兒童文學作品就是在為孩子製造機會，使他們在成長的道路上常常能體驗這種語言。

我還記得，五歲時總是愛說話、不斷提出疑問的雙胞胎，在《*I Am a Star*》這本書中聽到 "Do you know a song about a star？" 時，兄妹兩人搶著唱 "Twinkle, Twinkle, Little Star" 這首兒歌的可愛模樣。

Twinkle, twinkle, little star,
How I wonder what you are!
Up above the world so high,
Like a diamond in the sky.
Twinkle, twinkle, little star,
How I wonder what you are!

聽到故事結尾，當作者提到 "When you wish upon a star, what do you wish for？" 時，兩人竟不約而同地唸著：

Star light, star bright,
First star I see tonight,
I wish I may, I wish I might,
Have the wish I wish tonight.

這兩首童謠，都出自我推薦的《鵝媽媽經典童謠》。雖只是寥寥數語，卻是雙胞胎之前曾聽熟的。記憶猶新，自然就很容易脫口而出。孩子的語言能力正是透過每次的圖書閱讀，藉由不同的表達方式獲得了擴展與啓發。舊記憶能啓發新印象，而從這一個故事到下一個故事的跳躍與延續，能讓讀者從中學到整合故事的組織能力。

一起到太陽系吧！

遙望璀璨的星空，地球之外，宇宙中還有哪些星球？就讓優質的童書帶領孩子一起探索太陽系吧！

首先，當然得從最基本的概念開始。美國Scholastic出版社的叢書《*Scholastic Readers：Time-to-Discover*》用說明文的形式、簡潔明確的解釋和清晰的圖片來介紹天文知識。其中《*The Solar System*》的太陽系主題，共包含了《*The Solar System*》、《*The Sun*》、《*Earth*》、《*The Moon*》、《*Comets*》和《*Shooting Stars*》這六本小書，並配有一張收錄了六本書內容的英文有聲CD。

這張英文有聲CD的錄製相當用心，孩子可以聽到每一本書以先朗讀、後提問的順序呈現。一共四小段的朗讀和提問，中間穿插有Fun Facts，分別由大人和小孩以標準的語言和純正的發音，以比一般會話稍慢的速度錄製而成。

有規律的重複播放和聆聽，讓孩子對天文學詞彙不再陌生。有聲CD中的第一次提問，根據第一次朗讀的內容，提出了五個重要的基本問題；Fun Facts是作者針對關鍵內容做出的深入補充；第二次提問的五個問題，則主要圍繞Fun Facts，比第一次提問增加了些許難度，挑戰孩子的閱讀理解力。

說明文的文體很適合傳遞知識，卻容易因為缺乏故事情節的起伏，而失去了親和力。然而，這張有聲CD中的提問，卻能激發兒童主動應答，培養他們的參與感與專注力，幫助他們好好聽下去。

我還記得六歲的雙胞胎在聽這套英文圖畫書時，對六本書的故事內容如

數家珍：兄妹兩人搶答時，口氣中所包含的自信，聲音中所透露的俏皮，都讓我感到有一種說不出的溫暖。我相信，孩子如果打從心底裏喜歡，必然會主動問問題或表達自己的想法。

▲ 由左至右依序爲《The Solar System》、《The Sun》、《Earth》、《The Moon》、《Comets》和《Shooting Stars》，皆由Scholastic 出版。

彩杏老師引路，大人偷學步

用提問激發應答，親子一起玩知識書！

回答問題是把訊息儲藏到大腦的有效方式之一。它讓記憶成爲主動積極的消化吸收，而不是被動消極的死記硬背。透過回答問題的思考過程，答案會牢記於心。摘錄幾個問題如下，一時答不出來，沒關係，畢竟我們都離開校園已有好長一段時間了，但不妨跟著孩子搶答或輪流回答，親子攜手徜徉於美妙的知識世界。

Q1:Is Earth the closest planet to the sun?
A:No it isn't, Earth is the third planet from the sun.

Q2:What is another name for shooting stars?
A:Another name for shooting stars is meteors.

Q3: Does the moon make its own light?
A:No it doesn't, the moon gets the light from the sun.

Q4:What is our closest neighbor in the solar system?
A:The moon is our closest neighbor in the solar system.

Q5:What is a meteorite?
A:A meteorite is a shooting star that lands on Earth.

乘著火箭遨翔

《*Roaring Rockets*》和《*Amazing Aeroplanes*》

　　隨著雙胞胎喜歡的英文故事書一本一本增加，我開始有系統地收藏英文有聲書，來滿足孩子們聆聽故事和說話朗讀的需要。英國Kingfisher出版社發行的《*Roaring Rockets*》和《*Amazing Aeroplanes*》這兩本有聲書正好滿足孩子對太空探險的好奇與搭機旅遊的樂趣。

　　一翻開《*Roaring Rockets*》和《*Amazing Aeroplanes*》這兩本故事書，分別會看到作者以動物趕赴機場和火箭基地的插畫來揭開旅程序曲。全書的情節依照飛行旅程的步驟來發展，配合孩子的基礎程度，將重要的飛行資訊生動活潑地呈現給讀者，讓孩子輕鬆聽出字彙力：飛行倒數（countdown）、發射！（Blast off!）、氧氣頭盔（oxygen helmet）、航站大廈（terminal）、地勤人員（ground crew）、機組人員（cabin crew）、塔台（Control Tower）、駕駛艙（cockpit、flight deck）、機長（captain）、對講機（intercom）、凌空翱翔（soar into the sky）等。

　　故事結束後都附有一頁圖解字典，收錄與火箭和飛機相關的英文詞彙，來幫助孩子認識專業術語。

　　兩本書的插畫都以跨兩頁的方式處理，孩子在欣賞插畫時就會注意到文字。文字經過刻意編排，左頁呼應右頁押韻，作者賦予它詩意的節奏感，表現方式相當完美。精心挑選的單音節字詞，給人鏗鏘有力的感覺，例如《*Roaring Rockets*》這本書裏貫穿全文的尾韻：roar／soar、suits／boots、tanks／thanks、light／tight、ready／steady、place／space、 outside／ride、flash／splash、away／hooray等。和諧悅耳的押韻，讓聽者很容易察覺到英語的聲音組合，這是平常口語對話裏無法感受到的。

《*Amazing Aeroplanes*》裏的押韻形式更多元，除了左頁呼應右頁，如：sky／high、air／fare、hold／told、hello／go、smiles／miles。同一頁上下兩句也押尾韻，如：jobs／knobs、clear／near、strong／along、swift／lift、flight／right、eat／seat、plane／again、sound／ground。朗讀時為了要唸清楚押韻字句，不得不把速度放慢，使得每個字的咬字發音，比起一般所聽到的談話，顯得特別重要和明顯。

押韻的文字很容易吸引孩子注意，因為孩子最早感到熟悉的聲音是母親心跳的節奏，而這節奏與押韻文字的節奏類似。特別是學齡前的孩子，他們會專心聆聽有韻律的節奏和有趣的語調。這是他們所處的生理發展階段，對於輕快節奏、押韻詞語所展現的音樂性有高度的敏感。回憶孩子學步時，第一次隨著音樂自然擺動身體的可愛影像，便不難了解節奏感是每一個孩子的天賦。**因此，初學語言時，閱讀有押韻的書，可以幫助孩子察覺到語言的音素層次，分辨出不同語音的組合，讓聽覺能力更加敏銳，而這個能力對他們的語言發展是非常重要的。**

一般讀者在默讀英文書時，總是不會刻意去唸出作家的大名，也無法讀出複雜單字的正確發音，如：John Archambault、Rumpelstiltskin、Mr. McGregor。聆聽英文有聲書，有一項意想不到的收穫，就是認識了許多作家、插畫家及專業錄音員，並且學會怎麼稱呼他們。除了聽到標準的咬字和發音外，適應不同的口音及腔調更是聆聽英文有聲書的額外收穫。曾經有媽媽在選購英文有聲書時，遇到同一本書有英國、美國兩個版本，不知道如何

選擇。我的看法是，大部分的英文有聲書都是美式發音，偶爾有機會可以聽到英式發音，這可是開發孩子辨識英語聽力的好機會。推薦給您《*Roaring Rockets*》及《*Amazing Aeroplanes*》這兩本英國出版的道地英式發音的有聲書。

▲ 由左至右依序為《*Roaring Rockets*》、《*Amazing Aeroplanes*》、《*Brilliant Boats*》、《*Cool Cars*》、《*Dazzling Diggers*》、《*Flashing Fire Engines*》、《*Super Submarines*》、《*Terrific Trains*》、《*Tremendous Tractors*》、《*Tough Trucks*》。

彩杏媽咪來說書

　　細心的孩子會注意到《*Roaring Rockets*》及《*Amazing Aeroplanes*》這兩本書的書名有巧妙的相似度，就是連續兩個單字的字首是相同字母：Roaring Rockets的R、Amazing Aeroplanes的A。在英文詩歌裏，一行韻文或一首詩的幾個字詞的第一個字母相同而形成不斷重複的韻律，稱為押頭韻（alliteration）。日常生活裏常見到許多押頭韻形式的用語，例如：Coca Cola、Mickey Mouse、Donald Duck、busy as a bee等容易朗朗上口的用詞。還記得《*Madeline*》、《*Madeline's Christmas*》、《*Madeline's Rescue*》這些故事裏可愛又勇敢的小女孩Madeline對老虎放話的經典用詞Pooh-pooh嗎？Pooh-pooh也是一個押頭韻。

　　除了《*Roaring Rockets*》及《*Amazing Aeroplanes*》這兩本書之外，以押頭韻為書名來介紹交通工具的繪本還有《*Brilliant Boats*》、《*Cool Cars*》、《*Dazzling Diggers*》、《*Flashing Fire Engines*》、《*Super Submarines*》、《*Terrific Trains*》、《*Tremendous Tractors*》、《*Tough Trucks*》一共十本，涵蓋陸、海、空領域，全系列合稱為〔Amazing Machines〕。

　　《*Brilliant Boats*》及《*Super Submarines*》這兩本繪本帶孩子深入水域、徜徉大海：船錨（anchor）、桅杆（mast）、划艇（a rowing boat、dinghy）、划槳（oars）、汽艇（motor boat）、螺旋槳（propeller）、救生衣（a life jacket）、漁船（a fishing boat）、貨物（cargo）、渡船（ferry）、遠洋郵輪（ocean liner）、甲板（deck）、碼頭（dock）、燈塔（lighthouse）、港口（harbor）、船艙（cabin）等。原來機艙或船艙都是cabin、工作人員都是cabin crew、船長/機長都是captain，不論上青天或是下藍海這些通用名詞一次同

時學起來。甲板（deck）、碼頭（dock）再也不會傻傻分不清楚。

　　潛水艇的世界更迷人：水上飛機（hydroplane）、船舵（rudder）、潛望鏡（periscope）、聲納（sonar）、深潛器（submersible）、打撈落水殘骸（salvage sunken wrecks）等，孩子還瞭解了聲納的作工原理。

　　經常看著爸爸媽媽開車的孩子，從《Cool Cars》這本書可以學到手煞車（handbrake）、踩踏板（press the pedals）、擋風玻璃（windscreen）、敞篷車（convertible）、豪華轎車（limousines）、方向盤（steering wheel）等日常用詞，並且發現汽車後行李箱的英文是boot。

　　陸上的交通工具形形色色，還有火車、消防車、卡車、挖土機和拖拉機，孩子都可以從〔Amazing Machines〕這系列有聲繪本裏聽讀到精彩的介紹，從押韻的故事朗讀聲中瞭解基礎的機械結構。

（此圖爲作者雙胞胎女兒六歲時所繪）

詩意星辰《*Stars! Stars! Stars!*》

為孩子們選擇最好的書是非常重要的。透過不同形式的英文圖畫書，連貫孩子感到興趣的主題，不僅認識語言的各種表現方式，有機會學習不同類型的內容組織，而且鼓勵孩子由不同的角度來看事情，體驗事物間的關聯性。以詩意的手法來美化冷靜的科學知識，我推薦Bob Barner創作的《*Stars! Stars! Stars!*》當你去朗讀它的時候，順口易讀的韻腳，一句接著一句貫穿全文；其中三組韻腳與《*Roaring Rockets*》書裏的尾韻互相有關聯。

Stars! Stars! Stars!	Roaring Rockets
lights & nights	light & tight
space & grace	place & space
side & wide	outside & ride

韻文結合了各式音節、語調和韻腳，混合之後形成一種抑揚頓挫的節奏，像是聽音樂的合聲，有一種秩序感，輕而易舉地抓住孩子的注意力，讓孩子興致勃勃地跟著大聲朗讀，而韻律化的材料更是深刻地迴盪在孩子們的腦海裏。

Mars glowing red（火星發出紅色的光芒），Giant planet Jupiter（巨大的行星木星），Saturn circled by rings（被環繞的土星），這些簡潔的文字經過精挑細選，明確生動地描述各個行星的主要特質。這樣的兒童文學作品，所帶給孩子的，不僅僅是文字之美、簡明扼要的天文知識，還有風格美妙的敘事

體，讓孩子輕輕鬆鬆地運用英文掌握了科學的訊息。

附錄分成二大主題：Meet the planets!（認識行星）；Meet the Universe!（認識宇宙），分別解釋天文學專有名詞。不同於傳統按照英文字母順序編排的Glossary（詞彙解釋），作者Bob Barner以藝術手法來安排科學知識，Meet the Universe!（認識宇宙）構圖簡化如下：

Meet the Universe!	planet	asteroid	solar system
star		comet	galaxy
constellation	gravity	meteor	universe
sun	moon	shooting star	

Meet the Universe!（認識宇宙）單元，作者將13個天文學詞彙，依關聯性編排成四行；第一行解釋star、constellation、sun，三者都與star有密切關係；第二行安排planet、gravity、moon，引力是串聯行星與衛星的重要因素；第三行解釋asteroid、comet、meteor、shooting star，這些是太陽系的重要成員；最後一行由小到大排列：solar system、galaxy、universe，將天文學還諸宇宙。從作者用心安排的敘述結構，孩子能夠體會客觀知識之間彼此的邏輯關聯。

從敘事風格來看，《Stars! Stars! Stars!》這本英文圖畫書充滿著美麗的詩意，筆觸淡雅有致。作者Bob Barner，將獨樹一格的詩文體、色彩對比強烈的圖案與天文科學知識結合，創造出一本既寫實又魔幻的佳作，輕易地就突破英文科學詞彙艱澀拗口的困窘，帶領著孩子認識無垠蒼穹的魅力。摘

錄幾個Meet the Universe!（認識宇宙）詞彙解釋如下：

A **constellation** is a group of stars that people connect with imaginary lines to form a design. There are 88 constellations in the sky.

A **solar system** is all of the planets, moons, asteroids, comets and other matter that orbits a sun.

The **universe** is all of the light, matter and energy that exists in time and space.

求知在於活學活用，而不是收藏字彙、單調背誦。鼓勵孩子一起討論，比較constellation、solar system、universe這些詞彙在不同的書裏的定義，進一步理解，找出關聯性，孩子會自己發現語言的運用可以是彈性靈活的。當我們提供孩子精緻婉轉的文字示範，當孩子在清晰又敏捷的英文閱讀間穿梭，孩子不但有信心打破僵化記憶的框架，而且可以在多元閱讀中找尋他們的興趣、開拓他們的視野，也一點一點地累積起他們的英文實力。

好的文學作品，重要的是「說什麼」以及「如何說」──前者是作家所欲呈現的思想與情感，後者則是這些思想與情感的表達方式，字字包含作家豐富的感性與扎實的理性。一本優質的科學類圖畫書在傳授知識之餘，並激發兒童對他們所生活的世界產生興趣。這絕不是一般英文教科書、英文教材所能達成的。

知識是可以改變的

讀者對於《*The Solar System*》、《*Stars! Stars! Stars!*》這兩本書都談到九大行星，一定感到疑惑，不是八大行星嗎？

Pluto（冥王星）曾是太陽系中的一顆行星，但是在2006年於布拉格舉行的第26屆國際天文聯會決議，將冥王星劃為矮行星（dwarf planet），從九大行星的排名中除名，因此認定，目前有八大行星在太陽系。以上書籍都是2006年之前出版，當時Pluto（冥王星）仍是太陽系中的一顆行星。我們在2007年閱讀時，發現書本的資訊尚未更新，剛好有機會教育孩子。讓他們認知到一個事實：**知識並不是絕對的，尤其是科學領域中的知識**。需要把這些書扔掉嗎？並不需要。書中大部分的資料、文字，都還是有用的。只是需要更新並且補充最新的知識。鼓勵孩子思考：冥王星從九大行星中除名的可能原因，以及教導孩子核對正確訊息的方式。透過這些行動，教導孩子一件重要的事情：**學習閱讀的主要目的之一，便是尋找問題的答案**。

太空旅行即將啓程
《*Man on the Moon: a Day in the Life of Bob*》

有些大人看來不起眼的圖畫書，卻能吸引孩子的注意，一讀再讀，愛不釋手。英國作者Simon Bartram所創作的《*Man on the Moon: a Day in the Life of Bob*》以誇張、鮮豔的色彩，風格大膽的故事背景，獨特又創新的情節，捕捉小孩不按牌理出牌的天性，創造出令兒童驚歎的世界。從小許多人

幾乎都被要求寫過「我的志願」類似的作文題目，也曾經被那些狹隘、僵硬的職業選項所限制住、所困惑著。但是今天當你問孩子：「將來長大了要做甚麼？」，你的孩子可能會這麼回答你："I want to be the Man on the Moon like Bob."

《Man on the Moon: a Day in the Life of Bob》這本書打破行業別的框框，用幽默詼諧的筆觸，描述還沒被發明的職業。書中主角Bob，每天八點四十五分前，搭乘太空船趕在九點前抵達月球。從打掃月球，開始一天的工作。跟在地球工作的上班族一樣，午餐偶爾與好友聚餐。Bob的摯友是Billy, the Man on Mars（火星）及Sam, the Man on Saturn（土星）。下午擔任導遊，接待搭乘觀光太空船（tourist spaceships）自地球來的觀光客，兼販售紀念品（souvenir）。下班返回地球之前，仔細查看是否有人掉入被隕石撞擊後形成的坑洞（crater）裏。故事中不時提到外星人（aliens），雖然Bob一再否認外星人的存在，但是造型荒誕不羈卻引人發噱的外星人在誇大的插畫裏隨處可見，叫孩子看得哈哈大笑還百看不厭，目不轉睛地盯著各種外星人逗趣的舉止。

隨書搭配的英文有聲CD，由作者Simon Bartram親自朗讀。精心編寫的音樂特效，經由跳躍的音符、生動活潑的旋律、懂得捕捉住插畫影像的幽默詼諧，讓本來沒興趣的媽媽，很容易回到孩童時代的心境，跟著孩子、隨著節奏扭動肢體，心情也跟著插畫裏的外星人俏皮起來。故事敘述中，陌生的新語詞，如：grubby（骯髒、污穢的）、somersault（翻觔斗）、on stilts（踩高蹺），經由作者朗讀，使孩子印象深刻而容易朗朗上口，孩子的英文字彙量也隨著不斷增加。

好的圖畫書是很認真創作出來的，文字部分靈活運用各種修辭作生動的

表達，是孩童學習英文適當用語的最佳來源。《*Man on the Moon: a Day in the Life of Bob*》這本圖畫書用辭精練，音調和諧，有特殊的韻律感，大聲唸出來的戲劇效果，很容易引起孩子的注意。作者Simon Bartram援用英文片語作修辭，凸顯故事主角的遭遇及場景的逼真寫實，增添了不少閱讀的樂趣。主角Bob表演翻觔斗（somersault）、倒立（handstand）、月球跳高（high Moon jumps）供地球來的觀光客攝影。長達兩個小時的賣力表演之後，Bob氣喘如牛（is left quite out of puff）。當閱讀到這段敘述時，媽媽讚賞故事主角Bob真是技藝超群，敏捷的孩子馬上告訴你，那是因為月球的引力只有地球的1/6，在月球上體態變輕盈了，自然可以彈跳自如。Bob這位稱職的月球守護者，還要負責回答大家對月球無盡好奇的疑問，例如：如果用踩高蹺（on stilts）走過被隕石撞擊後形成的坑洞（crater），需要多少時間呢？

　　送走觀光客，繁忙的一天接近尾聲，檢查所有一切是否井然有序（in order），在飛回地球前（before jetting off towards Earth），點亮月球夜燈（switch on the Moon's nightlight）。即使身心俱疲，仍得在駕駛火箭時保持警覺（he still has to keep his wits about him while flying the rocket）。下午五點返抵地球，正是下班尖峰時刻（the rush hour is in full swing）。有外星人（aliens）嗎？原來宇宙大同，萬族共合，誰是外星人（aliens）？

　　推薦給您另一本Simon Bartram親自朗讀的海洋繪本《Dougal's Deep-Sea Diary》。故事以海洋日誌（log）的形式呈現，描述平凡的上班族Dougal最開心的嗜好是深海潛水（deep-sea diving）。他期待有一天潛水時能夠遇見美人魚（mermaids），能夠到訪Atlantis（傳說中沉入海底的島嶼）。乘坐水中膠囊（capsule）、在殘骸中發現百寶箱（treasure chest hidden in an old shipwreck）、遇見攜帶三叉戟（trident）的海王星（Neptune）等，Dougal的潛海旅程驚喜連連。相較於太空繪本的蓬勃多元，稀有的海洋有聲繪本更顯可貴，就讓Simon Bartram的豐富想像力帶領孩子遨遊奇幻的海底世界。

（此圖為作者雙胞胎女兒六歲時所繪）

不是有聲書，也可以這樣玩！

Byron Barton是一位善於吸引兒童注意力的傑出作家，他所創作的認知類繪本《*I Want to Be an Astronaut*》與《*Airport*》都非常精彩，雖然沒有出版有聲CD，卻很值得收藏閱讀。

《*I Want to Be an Astronaut*》這本繪本最能激發小朋友探索浩瀚宇宙的好奇心和求知欲。作者精心挑選整理，運用不到90個英文字彙，根據太空人執行太空任務的先後順序，配合孩子的程度，簡潔描繪出了一次太空飛行的完整歷程。

書中有許多與太空飛行相關的詞彙，如an astronaut（太空人）、the crew（全體機員）、fly on the shuttle（搭乘太空梭）、have ready-to-eat meals（吃即食的太空餐）、sleep in zero gravity（睡在無重力狀態）、walk around in space（在太空漫步）、come back to Earth（回到地球）等。畫面上單純的色塊圖案、描黑邊的樸拙造型，很受孩子喜愛。每個畫面都與文字銜接，文圖相互呼應來表達故事的內容。

另一本認知類圖畫書《*Airport*》以相同的清晰敘述和簡明畫風，讓孩子體驗了搭乘飛機的過程。

有一次，雙胞胎依據《*Airport*》中的故事情節，玩起了角色扮演遊戲。為了讓場景更逼真，他們在家裏盡可能找出了任何可用的物品當道具，妹妹還想到可以用厚紙板一一標示出航站大廈及其設施。兄妹倆按照書上的搭乘動線，佈置機場，架設飛機，規畫機場跑道。當時根本還不會寫字的兄妹倆，其實是按照故事書上的文字「描」出英文單字的，如Gates（登機門）、Tickets（售票窗口）、Baggage（行李）、the waiting room（等候

室）、Toilet（洗手間，盥洗室）等標示，然後興奮地向我展示！

　　對學齡前孩子來說，英文書寫類似畫畫，比中文書寫容易。從出生以來一直是彼此玩伴的雙胞胎，一人扮演飛行員，另一人扮演機場控制塔台的工作人員；或一人扮演乘客，另一方則扮演空服員，自得其樂地忙著檢驗行李、登機、滑行、起飛……玩累了、餓了，他們來向我要點心吃。我說：「飛機上沒供應餐點嗎？」於是兄妹倆央求我準備餐點和扮演空服員，陪他們繼續搭飛機，遨遊藍天。

　　那次的經驗，讓我對圖畫書在小朋友心中發揮的作用，既驚訝又感動。孩子在玩耍中，自然隨性的演練受圖畫書啟發的各種構想。遊戲過程中，一回生二回熟的操作，給了他們達成任務和達成目標的快樂感受，讓他們一玩再玩、樂此不疲。

　　專家曾說，對於有興趣的東西，大腦就很積極，記憶效果也很好。我觀察雙胞胎的英語學習過程，真實地感受到了這一點。在重複遊戲了幾次之後，原本陌生的故事內容，很快便成為孩子的實際經驗。每當孩子開心自在地遊戲時，活潑生動的英文就不知不覺地從孩子口中冒了出來。

　　研究顯示，學齡前的孩子很愛說話，甚至會「自己跟自己說話」。遊戲的時候，他們會「大聲地想」，大聲說明他們現在正在做或是將要做的事，用語言來補充他們的行動。

　　小孩的思考，經常需要「說」的幫忙，他們邊說邊整理想法，能說得更清楚。這個過程不單單讓他們練習了語言能力，也對他們的思考能力大有幫助。表達與思考總是相輔相成，而遊戲正好為孩子提供了練習表達能力的機會，優質的英文故事書的趣味性和新鮮感，提供了表達能力的題材，為孩子創造出嶄新的遊戲經驗。

　　這些由孩子自行發展出來的遊戲經驗，給了我很重要的啓示。孩子看到一本内容精彩、趣味盎然的圖畫書時，會自然而然地把故事情節帶入遊戲與生活中，以書本為起點，開啓奇思妙想。由一本書所引發的一個遊戲或是一齣短劇，都會為親子相處帶來許多樂趣。孩子的人生經驗還不算多，精緻的英文圖畫書是體驗多元觀點、激發靈活思維的媒介。

　　架構完整，有前提、範例、衍繹和定義的科學主題圖書，一方面能培養孩子敏銳觀察和洞悉因果的能力，另一方面啓發孩子的好奇心，刺激孩子去思考。好奇與思考將可成為日後豐富生活、積極學習的主要動力。但是，學習的目的是創造，而不是操練；引導式啓發，才能讓知識發揮最大功效。

　　優秀的英文童書把生硬的科學知識轉化成有趣的敘述，正是創造性學習的最佳材料。我誠摯地邀請您與孩子，一起邀遊英語的科普閱讀世界。

彩杏老師引路，大人偷學步

善用斷句與節奏感編排的童書，可別錯過！

胎生、卵生、兩棲類等自然科學的專業字彙，孩子的自然課本中就有提到，日常生活中也算常用。不過，這些詞用中文描述起來很簡單，但換作以英文來表達，可能連許多大人的腦子都會一陣空白。事實上，若能借助精緻的科學繪本，科學英語之路可以走得輕鬆許多。

《Chickens Aren't the Only Ones》（母雞不是唯一的）就是我相當喜愛的科普作品。這是傑出的科學主題書作家Ruth Heller的作品。書名就引發了讀者的好奇心。Ruth Heller很擅長用淺顯易懂的文字，配上生動的插畫，呈現具體的實例，把普通、原始、不帶修飾的科學解說，化為詩歌般的韻文。

更棒的是，本書還打破了一行到底的傳統編輯方式，用口語式的停頓句法和別出心裁的清晰斷句來呈現文句。這一方面幫助孩子熟悉了語法結構，另一方面也增加了孩子的閱讀樂趣，使科學內容平易可親。所有關鍵的主角和重要的科學詞彙，全都以大寫字母來突顯其重要性。

> FROGS and TOADS and SALAMANDERS
> lay eggs,
> and when they hatch
> they're tadpoles
> who grow legs
> and climb a lily pad—
> just like their
> mom
> and dad.
> They don't have claws or scaly skins.
> They are called AMPHIBIANS.

作者有技巧的分段，讓讀者可以很詩意地去讀，讀出恰當斷句的節奏感，讀出語言獨特的抑揚頓挫。此外，讀者還可從斷句中學到何處該稍作停頓，明白該如何組織句子，並了解組成句型的結構。完全相同的一段文字，經由不同的編排，馬上變得清楚明晰，輕鬆易讀。故事結尾，作者以一隻母貓和三隻小貓的可愛插畫，預告不生蛋的動物屬於另一個不同的世界，將在另一本書中繼續介紹。

《Animals Born Alive and Well》這本書介紹了動物的另一種生殖方式：胎生。依照音節，作者刻意將科學詞彙標示出分段符號，如：O‧VIP‧A‧ROUS（卵生的）和VI‧VIP‧A‧ROUS（胎生的），使第一次接觸陌生科學術語的孩子，也能輕鬆唸出來。

細心的孩子會發現，這兩個科學詞彙的後半部分音節完全相同。這時，就是帶領孩子查辭典的好時機。

從字典中可以發現，ovi-是字首的一種，表示「卵」，例如：oviform（卵形的）、oviduct（輸卵管）；那麼-parous可能的含意是什麼呢？用邏輯來猜測英文單字的意義，是大量閱讀的必經過程。孩子要勇於大膽假設，根據上下文做出合理的語意猜測。有法有據的推理與合情合理的猜測，是學習經驗中最具挑戰性的一環，也是最珍貴的學習能力。你與孩子猜到了嗎？-parous正是「生產」的意思。

Ruth Heller實在是科學題材繪本的專家，我把她推薦給重視知識學習的父母。透過圖文並茂、道理與文采兼備的知識性圖書，孩子不但能學到更豐富的英文詞彙，掌握科學術語，而且能更進一步為良好的學習習慣奠定扎實的基礎。

主題書單 ❼
進入浩瀚的科學

【播放書單】

❽❺ I Am Snow (Hello Reader! Science—Level 1)
作者／繪者：Jean Marzollo　書籍／CD出版社：Scholastic

❽❻ I Am Water (Hello Reader! Science—Level 1)
作者／繪者：Jean Marzollo／圖Judith Moffatt　書籍／CD出版社：Scholastic

❽❼ I'm a Seed (Hello Reader! Science—Level 1)
作者／繪者：Jean Marzollo／圖Judith Moffatt　書籍／CD出版社：Scholastic

❽❽ I Am a Star (Hello Reader! Science—Level 1)
作者／繪者：Jean Marzollo／圖Judith Moffatt　書籍／CD出版社：Scholastic

❽❾ I Am an Apple (Hello Reader! Science—Level 1)
作者／繪者：Jean Marzollo／圖Judith Moffatt　書籍／CD出版社：Scholastic

❾⓿ I'm a Caterpillar (Hello Reader! Science—Level 1)
作者／繪者：Jean Marzollo／圖Judith Moffatt　書籍／CD出版社：Scholastic

❾❶ I Am Fire (Hello Reader! Science—Level 1)
作者／繪者：Jean Marzollo／圖Judith Moffatt　書籍／CD出版社：Scholastic

❾❷ I Am a Leaf (Hello Reader! Science—Level 1)
作者／繪者：Jean Marzollo／圖Judith Moffatt　書籍／CD出版社：Scholastic

❾❸ I Am a Rock (Hello Reader! Science—Level 1)
作者／繪者：Jean Marzollo／圖Judith Moffatt　書籍／CD出版社：Scholastic

❾❹ I Am Planet Earth (Hello Reader! Science—Level 1)
作者／繪者：Jean Marzollo／圖Judith Moffatt　書籍／CD出版社：Scholastic

Scholastic出版社發行的《Hello Reader!》有聲書的CD合輯，完整收錄以上10本基礎科學知識繪本。

主題書單 ❼
進入浩瀚的科學

❾❺ The Solar System (Scholastic Readers：Time-to-Discover)
作者／繪者：Melvin and Gilda Berger　出版社：Scholastic

❾❻ The Sun (Scholastic Readers：Time-to-Discover)
作者／繪者：Melvin and Gilda Berger　出版社：Scholastic

❾❼ Earth (Scholastic Readers：Time-to-Discover)
作者／繪者：Melvin and Gilda Berger　出版社：Scholastic

❾❽ The Moon (Scholastic Readers：Time-to-Discover)
作者／繪者：Melvin and Gilda Berger　出版社：Scholastic

❾❾ Comets (Scholastic Readers：Time-to-Discover)
作者／繪者：Melvin and Gilda Berger　出版社：Scholastic

❿⓪ Shooting Stars (Scholastic Readers：Time-to-Discover)
作者／繪者：Melvin and Gilda Berger　出版社：Scholastic

Scholastic出版社發行的《*The Solar System*》有聲書的CD合輯，完整收錄以上6本基礎太空知識繪本。

❶❷❼ Amazing Aeroplanes
作者：Tony Mitton　繪者：Ant Parker　出版社：Kingfisher

❶❷❽ Brilliant Boats
作者：Tony Mitton　繪者：Ant Parker　出版社：Kingfisher

❶❷❾ Cool Cars
作者：Tony Mitton　繪者：Ant Parker　出版社：Kingfisher

主題書單 ⑦
進入浩瀚的科學

⑬⓪ Dazzling Diggers
作者：Tony Mitton　繪者：Ant Parker　出版社：Kingfisher

⑬① Flashing Fire Engines
作者：Tony Mitton　繪者：Ant Parker　出版社：Kingfisher

⑬② Roaring Rockets
作者：Tony Mitton　繪者：Ant Parker　出版社：Kingfisher

⑬③ Super Submarines
作者：Tony Mitton　繪者：Ant Parker　出版社：Kingfisher

⑬④ Terrific Trains
作者：Tony Mitton　繪者：Ant Parker　出版社：Kingfisher

⑬⑤ Tremendous Tractors
作者：Tony Mitton　繪者：Ant Parker　出版社：Kingfisher

⑬⑥ Tough Trucks
作者：Tony Mitton　繪者：Ant Parker　出版社：Kingfisher

⑬⑦ Stars! Stars! Stars!
作者／繪者：Bob Barner　書籍／CD出版社：Chronicle Books / JYbooks

主題書單 ❼
進入浩瀚的科學

❸❸ Man on the Moon: a Day in the Life of Bob
作者／繪者：Simon Bartram　出版社：Templar Publishing

❸❾ Dougal's Deep-Sea Diary
作者／繪者：Simon Bartram　出版社：Templar Publishing

【延伸閱讀】

● I Want to Be an Astronaut
作者／繪者：Byron Barton　出版社：HarperCollins

● Building a House
作者／繪者：Byron Barton　出版社：Greenwillow Books

● Airport
作者／繪者：Byron Barton　書籍／CD出版社：HarperCollins

● Chickens Aren't the Only Ones
作者／繪者：Ruth Heller　出版社：Puffin

● Animals Born Alive and Well
作者／繪者：Ruth Heller　出版社：Puffin

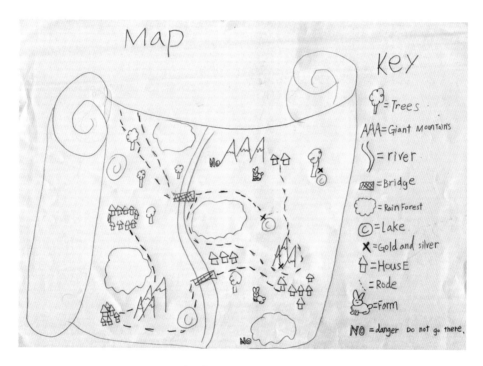

（此圖為作者雙胞胎女兒六歲時所繪）

8 多元繪本開拓孩子的視野

就像吃各種食物才能吸收多種營養一樣，讀多樣的繪本才能促進孩子各方面能力的發展。

「開懷大笑」的幽默故事	《Where's My Teddy?》 《Handa's Surprise》 《Handa's Hen》 《Eat Your Peas》
「文情並茂」的經典故事	《Noisy Nora》 《Click, Clack, Moo Cows That Type》
「清脆悅耳」的動物故事	《Commotion in the Ocean》 《Rumble in the Jungle》
「歷久不衰」的恐龍故事	《If The Dinosaurs Came Back》 《How Do Dinosaurs Say Good Night?》 《How Do Dinosaurs Eat Their Food?》 《How Do Dinosaurs Get Well Soon?》 《How Do Dinosaurs Go to School?》 《Dinosaur Encore》
「炫目耀眼」的漂亮故事	《One Gorilla》 《Color Zoo》 《Color Farm》 《Go Away, Big Green Monster!》 《Mouse Paint》 《Mr. Gumpy's Outing》 《Mr. Gumpy's Motor Car》 《Snow》 《The Carrot Seed》

「開懷大笑」的幽默故事
《*Where's My Teddy?*》

第一次看到封面，讀者會感到十分好奇，抱著泰迪熊的大熊為何驚慌失措地奔跑呢？

沒有人會拒絕好笑的故事。英文童書的幽默中有一種奇特的詼諧感，不需要太多的文字敘述，即使只看插畫，孩子也會感覺輕鬆愉快。

你猜到故事情節了嗎？非常逗趣，喜感十足，留給您與家裏的寶貝一起哄堂大笑吧！

《*Handa's Surprise*》和《*Handa's Hen*》

有些幽默是淺淺淡淡的，卻別有風味。《*Handa's Surprise*》這本書以肯亞Luo族小孩為主角，描寫了兩個小女生間的真摯情感。主人翁Handa打算親自送好朋友Akeyo七種美味的水果。她以傳統的運送方式，頂著藍子在頭上徒步前往。不料她抵達時，藍子裏只剩下一種水果，而且不是她先前準備的。途中究竟發生了什麼事呢？

讀英文故事一直是我最推崇的英文學習方式，作家字斟句酌後的精緻用詞，一方面擴大了孩子的字彙量，另一方面能讓孩子模仿單字的漂亮用法。例如，作者選用了非常貼切形象的形容詞來描述Handa所挑選的七種水果，讓水果更加嬌豔誘人：the soft yellow banana（又黃又軟的香蕉）、the sweet-smelling guava（聞起來清甜的番石榴）、the round juicy orange（圓圓又多汁的柳橙）、the ripe red mango（熟透的紅芒果）、the spiky-leaved pineapple（葉

子帶刺的鳳梨）、the creamy green avocado（軟滑的綠色酪梨）和the tangy purple passion-fruit（香氣撲鼻的紫色百香果）。

除了常見的顏色形容詞（yellow、red、green、purple），作者試圖用不同的表達喚起讀者不同的感官體驗，如視覺：round、觸覺：soft、spiky-leaved（葉子尖尖刺刺的）、嗅覺：sweet-smelling、tangy（香氣撲鼻）、口感：juicy（多汁）、creamy（濃稠而軟滑）等，還用ripe（熟透）一詞來描寫水果最佳的整體狀態。

《Eating the Alphabet》這本書讓孩子認識了多種蔬果。《Handa's Surprise》則使用各種形容詞加以修飾，讓孩子對水果的認識更具體，進一步提昇了孩子察覺事物的敏銳度。我好喜歡tangy（香氣撲鼻）、creamy（濃稠而軟滑）和spiky-leaved（葉子尖尖刺刺的），這幾個富有想像力的生動用詞。閱讀好書，孩子才不會被限制在有限的字彙框架裏打轉。

故事插畫也在這裏發揮了功能。耀眼的橘色調充滿了熱帶的異國風情，加上一群瞎攪和的動物，每一頁都能吸引住孩子的目光。此外，圖文緊密配合，文字配有最佳圖解，媽媽就不必費心翻譯成中文了。

精彩而絕不能錯過的還有故事CD的朗讀。即使是陌生單字Akeyo、tangy、creamy、spiky-leaved，多聽幾次CD，孩子也就熟悉了。另外，Handa與好朋友Akeyo相見時，兩人都說出了同一個詞："Tangerines!" "TANGERINES?" 只是前者表示驚喜，後者表示驚訝。**同一個單字由不同的角色來詮釋，表現出完全不同的心情。只有聆聽CD的專業朗讀，透過逼真傳神的語氣，孩子才能充分體會「一字二用」的真實感受，才能確實掌握「一字二用」的語言精髓。**

　　孩子透過聆聽逼真的台詞，獲得深刻的體會，在此基礎上依靠自己而不是經由文法練習，學會判斷所聽到的是肯定句、否定句，還是疑問句。

　　《*Handa's Surprise*》、《*Where's My Teddy?*》、《*We're Going on a Bear Hunt*》和《*Guess How Much I Love You*》，這四本經典故事書的CD都是由英國的Walker Books出版社出版。有別於一般有聲書只針對全文作朗讀，Walker Books出版社精心為這些書編曲配樂，並設計了語音互動遊戲，增進了聆聽的趣味。《*Handa's Surprise*》的故事CD，有一段好玩的猜謎遊戲，讓孩子猜一猜拿走不同水果的動物分別是誰：guessing game—Which animal took the fruit?雖然只需要簡單地回答動物的名稱，問句可是根據動物的不同特性用心設計的。仔細聆聽會聽到grab（抓取）、chew（咀嚼）、snatch（攫走、咬）、lick（舔）、munch（含著）、pick（撿起）這一系列詞彙精準地捕捉到了動物竊取水果時的淘氣模樣。這些沒在故事裏出現的動詞，卻是插畫裏的有趣線索。專業錄製的有聲書為孩子提供了更豐富的訊息，這不是一般的真人朗讀所能給予的，卻是老師課堂教學好用的補充教材。

　　《*Handa's Surprise*》的有聲CD中，實際上包含了兩本書的朗讀，另一本是介紹孩子認識非洲野生動物的《*Handa's Hen*》，也很精彩喔！

《*Eat Your Peas*》

　　幽默的元素若用來化解親子衝突，會有意想不到的效果。

　　面對固執的孩子，媽媽要怎麼辦呢？偏偏每個偏食的孩子都能戳中一個令媽媽抓狂的罩門。於是媽媽先用交換條件來取得孩子的妥協，交換條件

當然要正合孩子的心意，才可能奏效。所有平常被強烈禁止的要求，如吃布丁、不洗澡、晚睡、買新的腳踏車等，都可以獲准，只要孩子願意吃下眼前這盤豆子。孩子不肯妥協，媽媽持續加碼，買巧克力工廠、買動物園…還不願意吃豆子，再加碼，動物園不夠看，買非洲、甚至買太空火箭、買星星、月亮、太陽。故事聽到這裏，大家都笑翻了。故事裏的媽媽是每一個抓狂媽媽的翻版，故事裏的小女孩是每個「不想受大人擺佈、不想被規範」的孩子。

不必擔心句子太長。隨著媽媽的持續加碼而一次次延長的累加句，不但重複了句型，而且累積了單字和片語，讓孩子很快就能掌握故事的細節。不必糾結學不學文法的問題，《Eat Your Peas》多次運用了 if 句型，孩子很快就能掌握 if 的用法。

誰規定只有大人才能要求小孩，小孩就得處處受限制，而大人卻可以為所欲為？為什麼會這樣呢？孩子心中總是滿滿的疑問。作者理解孩子想要享受公平待遇的心理，於是設計了一個人小鬼大的橋段，讓 Daisy 提出交換條件：只要媽媽吃芽甘藍，她就吃了這一盤豆子。孩子聽到這個出人意料的轉折，簡直樂歪了，故事裏的 Daisy 替他們出了一口氣，展現出企圖推翻大人的巧智與勇氣。即使識字不多的孩子，欣賞插畫也能笑顏逐開。Daisy 和媽媽，誰會先低頭呢？留待您與家裏的寶貝一起揭曉吧！

「文情並茂」的經典故事
《*Noisy Nora*》

一而再、再而三的被忽略與空等待，終於逼得Nora負氣出走了。

這本繪本非常適合有新生嬰兒的家庭共讀。弟弟是嬰兒，要先用餐，而姊姊是老大，可以陪爸爸下棋，夾在姊弟中間、凡事都得等候的Nora只好用粗暴的響聲抗議。難怪書名是Noisy Nora（吵鬧的諾拉）。可憐的Nora不但得不到回應，反而總是被父母與姊姊糾正。洗澡和晚餐，總是姊姊和弟弟優先。得不到關注的Nora更加憤怒，破壞的行為也更加激烈：撞翻檯燈、推倒椅子。可是換來一樣的結果：先是責備，然後是被忽略。Nora終於被逼得負氣離開了。少了Nora的吵鬧聲，突然的靜默才讓全家人發現Nora不見了。當全家遍尋不著、驚慌不已時，Nora以驚天動地的姿態現身了。

With a monumental crash（好一個驚天動地的巨響），故事的這句結尾真是完美。第一，crash（轟隆聲）呼應了書名裏的形容詞Noisy。第二，with引出的片語為介系詞的用法作了個漂亮的示範。第三，孩子雖是初次認識monumental這個單字，卻印象深刻到忘不了，而且能隨著CD唸得很標準。第四，monumental crash這兩個單字的巧妙組合，讓孩子學到了別出心裁的文字搭配。

上有姊姊、下有弟弟，排行中間的Nora真的只能當家裏的隱形人嗎？《*Noisy Nora*》這本小書，以親子衝突為題材，指出了家庭互動的盲點。貼近孩子生活經驗的題材，很容易引起孩子的共鳴。這樣的故事大綱對許多人而言或許過於平常、平淡，然而，作者Rosemary Wells一流的句法及措辭，

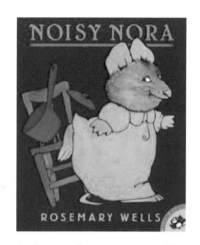

▲《*Noisy Nora*》，Puffin+Scholastic 出版
（2000）。

使故事的整體朗讀清亮、優美、有磁性。童書創作大師非凡的書寫功力非一般作家能及。

雙胞胎聽這本書不到一星期，馬上朗朗上口、倒背如流。孩子能很快記住又記得牢，有三個主要原因。首先，Rosemary Wells的語句簡短俐落、節奏緊湊，平均一句五、六個字，最長的句子也不過十個字，非常適合英語初學者。其次，對仗工整的押韻唸起來輕重分明、起伏有致，增添了朗讀的律動感：Kate／wait、door／floor、mum／dumb、chairs／stairs、back／Jack、song／wrong、tub／shrub、trash／crash。最後錦上添花的是CD的朗讀聲。嗓音渾厚低沉，像是幕後旁白的聲調和語氣，讓聽者感覺彷彿在欣賞一齣戲劇，讓孩子很容易融入其中。

雖然情節平易近人，但「文情並茂」的故事敘述非常值得學習和模仿。除monumental和crash這兩個震耳、耀眼的單字外，令人耳目一新的描寫還有banged the window（砰然關窗）、slammed the door（用力甩門）、dropped her sister's marbles on the kitchen floor（把妹妹的石頭扔到廚房地上）、felled some chairs（撂倒幾把椅子）和flew it down the stairs（擲到樓梯下）。這些激烈的用詞傳神地反應出Nora憤憤不平的心情。發現Nora不見時，家人心急焦慮，母親悲嘆呻吟（"She's left us!" moaned her mother）。大家遍尋各個角落，連垃圾桶都被仔細翻找（they sifted through the trash）。Sift本意是「篩選、過濾」，在這裏指「絲毫不放過的搜尋」。

可不要以為felled some chairs裏的felled拼錯了。除了是fall的過去式外，fell的另一個意思是「用力摔倒」。所謂「單字吻合情節需要、情節凸顯單字的份量」。從故事的內容中，孩子不但可以認識新詞彙，而且可以學會靈活地運用單字。如備受呵護的嬰兒需要被拍打嗝、需要被擦乾、需要有人為他們唱歌，作者分別使用Jack needed burping、Jack needed drying off和Jack needed singing to這三種表達。從這三次的示範中，孩子可以自行歸納出need的用法，哪裏還需要學文法？此外，原來打嗝的英文說法是burp，還有全家人譴責Nora的這句經典台詞 "Why are you so dumb?"，你和孩子一定都學到了。

雖然故事情節平凡簡單，您可絕對不要錯過這樣精緻細膩的英文書寫。作者Rosemary Wells讓我們見識了真正行家的本領，沒有冗言贅字的俐落句法，用字精準的洗鍊筆觸，以及刻畫入微的情節鋪陳。因此，我選擇優質的英文故事作為發展孩子英文能力的材料。讓孩子從小接觸考究的文字風格，這才是最有價值的思維訓練與品味薰陶。

《*Click, Clack, Moo Cows That Type*》

首先，農夫被農場裏突然傳出的一陣陣打字聲弄得莫名其妙。接著，更不可思議的是一張工整的字條貼在牆上，它清楚地寫明穀倉很冷，母牛需要電熱毯保暖，署名是「一群母牛敬上」。

　　隨著「母牛打字」這件古怪的新鮮事，讓故事一開場就瀰漫著幽默又懸疑的氣氛。一台被閒置在穀倉的舊打字機，竟然成了一群母牛表達意見、爭取權益的工具。得不到農夫的回應，母牛再次使用打字機，發出第二份聲明：決定罷工，不再供應牛奶。然而，農夫依然故我，沒有做出任何回應。於是聰明的母牛拉攏母雞加入戰局，繼續打字，發出第三份聲明。這次主要是為母雞代言，強調母雞也覺得天寒，需要電熱毯保暖。已經很不耐煩的母牛，還補上了一份「不供應牛奶、不供應雞蛋」的嚴正聲明。母牛加母雞的罷工抗議能夠得到合理的處置嗎？

　　這本書曾獲得美國凱迪克銀牌獎（Caldecott Honor）的殊榮，別出心裁的故事情節讓所有讀者印象深刻。水墨暈染的畫風加上字體形態的轉變，更增添了閱讀的趣味與美感，尤其是穿插其中的母牛聲明和打字機字體，給故事染上了一股懷舊的復古風。

　　一本成功的兒童繪本除了情節新穎、插畫別致之外，用字措辭的真功夫，也就是詞句的雅緻豐美，也是成就經典的關鍵。on strike（罷工）、furious（抓狂）、a neutral party（中立派）、the ultimatum（最後通牒）、hold an emergency meeting（開緊急會議）、snoop（刺探╱窺視）、exchange（交換），這些成人在談判交涉中用於贏取籌碼的政治術語，居然別致地被用在一個令孩子哈哈大笑的故事裏。作者在天真幽默的兒童故事裏，技巧性地採用了承載著嚴肅訊息的詞彙，不但啟發孩子嘗試周密思考、嚴謹措詞，而且提升了孩子的英語閱讀力。

　　「這些詞彙對孩子而言會不會太深太難了？沒有解釋，沒有中文翻譯，孩子會懂嗎？」熱心的老師及家長，可不要被這些自己沒背熟和沒學過的陌生單字給難倒了。相信專家說的，「**孩子的彈性很大、適應力很強、潛能更**

是無窮。」更何況，許多預期的困難都是大人自己憑空想像出來的。

單字吻合情節的需要，情節凸顯單字的份量。即使是陌生單字，一旦出現在情境完整的上下文裏，尤其在情節轉折處——躍然紙上，孩子自然容易懂，也記得快。別忘了，**故事閱讀才是孩子學習單字的最佳方式**。

我很佩服作者選用母牛當主角的高明手腕。母牛那安靜和豐滿的體態總是代表著無私奉獻的美好形象。一旦以母牛作為抗爭者，說服力似乎在無形中提高了，相對地，反對聲浪就變小了。就跟叫好又叫座的電影一樣，選角也是決定故事成功與否的重要因素。

仔細閱讀母牛使用打字機為自己爭取權益的幽默情節，你會發現故事的起承轉合實際上是一系列的政治縮影，是弱勢者為自己爭取權益的四步曲。首先，群起發聲，表明自己的需求。接著，如果發聲無效，就發動罷工。然後，拉攏第三勢力（故事裏的母雞），擴大群眾力量。當雙方對峙、不相上下時，一定少不了中立派出現、發出最後通牒、召開緊急會議、刺探敵情等戲碼。最後，在終曲尾聲，所有紛擾和爭執在互相妥協後畫下句點。

我始終相信故事閱讀是培養孩子邏輯思維的最佳方式。閱讀結構完整、有頭有尾的故事，孩子自然會受到影響而產生合情合理的想法。**不但情節的起承轉合、來龍去脈和前因後果，會直接影響到孩子的思考能力，而且節奏緊湊、環環相扣的嚴謹佈局更可以培養孩子的邏輯推理與組織架構的能力，這些都是很重要的大腦訓練。**如果語言能力和思維邏輯得到足夠的鍛鍊和培養，孩子的整體思維自然會變得細膩、嚴謹、周全。因此，我選擇符合社會和文化模式的真實語言與以社會互動為情境的精彩內容，作為引領孩子理性成長的閱讀材料。

「清脆悅耳」的動物故事
《Commotion in the Ocean》

　　故事閱讀是一種分享，如果能以深入淺出的方式，讓閱讀過程變得快樂，讓閱讀的內容符合孩子的需求，就能真正進到孩子們的心裏。透過語言特有的音樂性和韻律感當媒介，來開啓孩童天生的語言天賦，這樣所達到的效果，經常是出人意料的。英國作家Giles Andreae的作品就帶著這樣的特質。他擅長以明快響亮的押韻以及充滿想像畫面的生動文字，來描寫那些馳騁在荒野叢林間的動物與悠游自在的海洋生物。書中每一個畫面都瀰漫著活潑的生命力，讓人有如走進大自然的冒險旅程。插畫裏的動物造型都十分可愛討喜，而湛藍的海域和明亮的森林這些大地色彩映入眼簾格外清新，加上動物在當中或嬉鬧或奔跑或玩耍各種姿態更是詼諧逗趣。

　　我推薦Giles Andreae的第一本書是《Commotion in the Ocean》。全書由十多首獨立短詩組成，生動活潑的文字描寫，歡鬧的押韻，使色彩奇麗的十多種海洋動物躍然紙上，貼切反映書名標題的「海底騷動」。故事有聲CD的背景音樂有逼真的海底聲效，聆聽時彷彿潛入海洋般身歷其境。首先出沒的是沙灘上橫行的螃蟹（crab），海浪拍打在岸上，澎湃聲起。遼闊的沙岸角落，看到上岸來下蛋的海龜（turtles），引讀者進入廣大無垠的海洋。迎上前來的是躍出海面翻滾的海豚（dolphins），聲音像是訊號聲、口哨，還夾雜吱吱叫聲，讓人好奇的是海豚要傳遞什麼訊息呢？！ 絢爛的熱帶魚（gorgeous angel fish）、左右擺動的水母（jellyfish loves to jiggle）都魚貫現身。繼續往海裏探尋，有聲CD的音樂轉趨低沉而節奏放慢，如實反應出威脅性的鯊魚（shark）張牙咧齒地現身。體型龐大的鯊魚撥弄海水的厚實

潺流聲，可以感受到與大自然緊緊相依的真
實感。響鈸以跳躍感的漸快節奏，一方面介
紹旗魚、劍魚（swordfish）泅泳戲水以及追逐
小魚的嬉鬧，一方面傳達旗魚飢餓時用尖嘴
叉獵物（skewer）的戲劇張力。緊接的是和藹
可親的章魚、八爪魚（octopus）。渾厚低沉、
節奏緩慢的旋律再次出現，原來是尾巴會刺
人的黃貂魚（stingray）。活潑的龍蝦（lobster）
伴隨著敲擊樂的明朗節奏，揮舞螯鉗。下一
頁，畫面出現罕見的奇異生物，敲擊樂奏出
特殊的快節奏音效，呈現深海（deep sea）的
如夢似幻、流動游移和捉摸不定。

▲　《*Commotion in the Ocean*》，Orchard Books 出版（1994）。

　　海底之王藍鯨（blue whale），以巨大身軀橫跨兩頁插畫，形成一個壯觀
的視覺印象，音樂轉而沉穩厚實。小巧玲瓏的茗荷介（barnacles）成群地附
著在藍鯨的身軀如影隨形，形成有趣的落差對比。浮出海面，在鼓聲襯托
下，伸縮喇叭的低音營造出海象（walruses）的勇猛壯碩。冰天雪地，渺無人
煙，企鵝（penguins）連滑帶溜在冰山嬉戲。最後出現的是親子和樂的北極熊
（polar bears），將故事帶入幸福的尾聲。

　　貫穿全書的押韻讓有聲CD的朗讀聽來節奏明快，讓孩子很容易陶醉其
中。Look/book、why/spy、land/sand、batch/hatch、speak/squeak、
sea/me、wide/inside、bored/sword、wings/stings、do/two、size/
eyes、fins/chins、whale/ tail、cling / thing、proud / loud、long / strong、
slide / side、bear / there、far / are。與孩子共讀或是用於課程教學時，父母

師長可以鼓勵孩子辨識出押韻的單字，一方面磨練孩子的聽覺敏銳度，另一方面幫助孩子輕鬆認字。

《Commotion in the Ocean》這本書裏每一首短詩都有伶俐的文字音樂性展現，每一篇內容處理不同海洋動物的生態特色。從岸上啓程，帶領讀者一步步潛入海裏，結束時，再次回到海平面上，完成一趟巡航之旅。作者Giles Andreae不著痕跡的佈局，將獨立短詩一幕幕串連成一齣朝氣蓬勃的海洋動物嘉年華會。聆賞故事之外，欣賞繪本的一大樂趣是挖掘故事沒有明說而是插畫家藏在插畫裏的驚喜。這次插畫家David Wojtowycz巧妙地設計了三隻俏皮海星（seastar），從封面出發一路當響導，陪伴所有海洋動物，穿梭於浪濤大海之中。作者與插畫家攜手合作，把波光粼粼下的綺麗景象，鮮活地呈現在讀者眼前，讀來賞心悅目又悅耳。

《Rumble in the Jungle》

天地的盡頭碧藍和蒼綠相接，Giles Andreae的另一本書《Rumble in the Jungle》，描寫在叢林裏喧囂追逐的十三種野生動物，同樣以獨立短詩編成合集，可以當作是《Commotion in the Ocean》的姊妹書來閱讀。許多我們已經知道，卻無法用恰當的英文表達的動物習性，都可以在《Rumble in the Jungle》這本書裏讀到生動傳神的敘述。貼切的動詞和形容詞，以富節奏感的押韻文體，幫助讀者將隱性的、模糊的動物生態認知，變成顯性的、明確的英文思考。我們一起讀幾段，作者以他天真未泯的童心和逗趣的手法來描寫的動物生態。

首先，在樹林懸盪、咬跳蚤的黑猩猩。

Chimpanzee

It's great to be a chimpanzee

Swinging through the trees.

And if we can't find nuts to eat.

We munch each other's fleas.

　　叢林之王，獅子一張口大聲咆哮，動物個個都因害怕而顫抖。quiver、shudder、shiver三個同義詞彙連用，強調恐懼引起的身體不自主反應。

Lion

The lion's the king of the jungle

Just listen how loudly he roars!

Every animals quivers

And shudders and shivers

As soon as he opens his jaws.

　　作者以恰當的詞彙描寫濕滑的大蟒蛇纏繞樹木滑行。slippery是貼切的雙關語，既形容蟒蛇身軀的滑溜，又隱射個性的狡猾、靠不住。slither、slide兩個押頭韻的動詞，突顯蟒蛇纏繞樹木滑行的敏捷。押頭韻是指在一行裏多次重複的單字頭一個字音。最後squash生動地描述蟒蛇壓扁獵物的雄威。

▲　《*Rumble in the Jungle*》，Orchard Books 出版（1994）。

Snake

The boa constrictor's a slippery snake

who slithers and slides round his tree,

And when tasty animals wander too close

He squashes them slowly for tea.

在泥濘中閒逛的河馬。Hello, I'm a big happy hippo…I mooch in the mud,…

形容鱷魚使勁地咀嚼獵物用chomp；美洲豹（leopard）悄悄覓食用prowl；gangly這個形容詞專指罕見的瘦長，活動時一點也不優雅，當然是指長頸鹿；極飢餓的犀牛（ravenous rhinoceros），獸皮寬鬆而下垂（his skin is all baggy and flappy）；馳騁中、美極了的瞪羚（the galloping, gorgeous gazelle）。

長相凶殘令人提心吊膽的大猩猩，喜歡用力垂打胸膛。

Gorilla

The gorilla is big, black and hairy

And the thing that he likes to do best

Is to look all ferocious and scary

And wallop his giant great chest.

最後出場的是在暝矇的夜晚，眼神炯炯發亮，咆哮聲令人恐懼戰慄的老虎。

Tiger

Beware of the terrible tiger

You don't always know when he's near,

But his eyes shine like lights

Through the blackest of nights,

And his growl makes you tremble with fear.

藉由閱讀這些清楚的、具體的詞彙表達，鼓勵孩子仔細觀察叢林動物的敏捷，也學會如何描述這些動物的特徵。詩是一種綜合藝術，可以運用意象提供生動的畫面和逼真的臨場感，引起讀者視覺圖像的聯想。插畫家David Wojtowycz巧妙地以鮮豔亮麗的大膽配色，來達成畫面的協調融合，用濃淡相間的層次感，來凸顯主題動物，使印象中雜草橫生、泥濘不堪的蠻荒之地，幻化成吸引孩子的奔放原野。表情豐富的卡通造型動物，舉手投足之間充滿了幽默與逗趣。詩也是一種表演藝術，可以和音樂連結。詩文體獨特的文字韻律，呈現語言優雅的節奏與聲調，可以成就一段吸引人的完美旋律。

這次在《*Rumble in the Jungle*》這本書裏找到多少押韻字呢？lair / everywhere、kind / find、trees / fleas、tree / tea、quivers / shivers、round / around、mule / cool、proud / cloud、care / air、hot / lot、delight / sight、flappy / happy、high / sky、gazelle / well、hairy / scary、best / chest、night / polite、lights / nights、near / fear、sleep / creep、growl / prowl、den / again。還可以鼓勵孩子從押韻字裏找出兩個有趣的詞，都是指動物的巢穴，lair和den。

聆聽《*Rumble in the Jungle*》這本書的有聲CD，在熱鬧、動感又傳神

的背景音樂襯托下，透過字正腔圓的故事朗讀，孩子可以充實大自然的相關知識，累積英文字彙量，並且強化語言的表達能力。閱讀文學作品是培養孩子領略跨界美感經驗的最佳途徑。細微精巧的文字書寫，在讀者心中塑造擬真的姿態形象。抑揚頓挫的發音，給人一種參差錯落的曲式節奏感。文字書寫、音樂旋律和圖像藝術，彼此之間有讓人熟悉的感受和聯想，依不同型式的表達，以各自獨特的元素，完成美感經驗的轉化，傳達深刻的感情意境。

「歷久不衰」的恐龍故事

《*If the Dinosaurs Came Back*》、《*How Do Dinosaurs Say Good Night?*》、《*How Do Dinosaurs Eat Their Food?*》、《*How Do Dinosaurs Get Well Soon?*》、《*How Do Dinosaurs Go to School?*》和《*Dinosaur Encore*》

　　真實的恐龍是遙遠、陌生、嚇人的，故事裏的恐龍卻是和藹、親切、有趣的。故事裏的恐龍能幫人類解決生活的難題，增進人類的幸福感，像《*If the Dinosaurs Came Back*》裏的恐龍就為現代人類做出了18種新奇的貢獻。這18種絕活不但讓孩子瞭解了假設語氣的語法結構，還替孩子省去了背誦呆板的文法規則的麻煩。① 有些恐龍成了店裏附贈的玩具，或是醫院裏安撫小孩的玩意兒，像《*When Dinosaurs Came with Everything*》裏的恐龍成了

---

① 有關《*If the Dinosaurs Came Back*》的分析和討論請見Q7：直接聽有聲書，眞的不必先了解文法或認識單字及音標，孩子就能聽得懂、唸得出來嗎？

人手一隻的新奇來店禮，讓孩子樂不可支。[1]

　　恐龍還可以擔任父母和師長的好幫手。生動的角色刻畫，間接影響孩子成為有禮貌、守規矩的好孩子。《How Do Dinosaurs Say Good Night?》、《How Do Dinosaurs Eat Their Food?》、《How Do Dinosaurs Get Well Soon?》和《How Do Dinosaurs Go to School?》這一系列恐龍書深得孩子的認同與喜愛。不論是睡前、上學，還是吃飯、生病，所有的孩子在生活作息裏經常不小心犯的小毛病，全部在恐龍身上顯露無遺。把豆子塞進鼻孔、往牛奶裏吹泡泡、在醫院門前耍賴不進去看病、拒絕張口給醫生檢查、在班上大叫，一個個不乖巧、不聽話的行為，讓孩子看得津津有味。

　　即使是幽默繪本，傑出的童書作家也懂得如何讓其發揮寓教於樂的功能，讓圖書閱讀變得更有價值。因此，故事前半段安排了一系列反常脫序的誇張行為，來吸引孩子的目光；而後半段則以一連串標準的舉止，來導正叛逆的行為，為孩子樹立模範。

　　由左至右依序為《How Do Dinosaurs Say Good Night?》、《How Do Dinosaurs Eat Their Food?》、《How Do DinosaursGet Well Soon?》和《How Do Dinosaurs Go to School?》皆由 Scholastic 出版。

《*Dinosaur Encore*》

　　恐龍在故事裏為孩子示範了什麼是守規矩，也扮演了惹事生非的討人厭，那真實的恐龍究竟是什麼模樣呢？《*Dinosaur Encore*》這本書帶領孩子見識到了恐龍的真面目。為了讓孩子能夠充分了解恐龍的實際特點，作者拿現實叢林裏的動物來作比較，讓孩子可以一目了然。

　　　　Q:If dinosaurs came back to live with us today… Which dinosaur would be angrier than a butting billy goat?

　　　　A:Pachycephalosaurus.

　　　　Q:But which dinosaur would be two thousand times bigger than us?

　　　　A:Seismosaurus.

　　比兇猛、比龐大、比殘暴、比敏捷、比食量、比身高，作者從科學角度出發，根據實際資料作評比，忠實地展現了恐龍的生態習性。有聲CD中擬真的背景音效，讓孩子感覺彷彿恐龍就在身邊怒吼咆哮。此外，angrier、longer、crueler、faster、louder、more、taller、smaller、bigger等形容詞比較級不僅做出了生動的描繪，而且幫助孩子熟悉了比較級語法。尤其是two thousand times bigger這個漂亮的修飾語，大大提昇了孩子遣詞造句的層次。重複了九次的比較級和假設語氣，潛移默化中幫孩子累積了實用的語法結構，孩子根本不必死記文法規則。多聽幾次，正確的語句自然會浮現在腦海，多音節的恐龍名稱也能朗朗上口呢！

　　除了語法結構，故事裏值得模仿的，還有精緻的表達，例如：butting（用頭衝撞）、proud parade（驕傲的遊行）、thunder louder（比雷聲更響）、a wild stampede（一大群野獸奔逃）、a teetering tower（一座搖晃的塔樓）。這些靈活耀眼的選詞，為孩子的筆墨形容添加了繽紛的色彩呢！

　　恐龍原來也有嬌小型的，Compsognathus 比a Dalmatian dog還迷你呢！看了插畫才知道，a Dalmatian dog就是《101忠狗》裏全身白底有黑斑點的可愛狗狗。透過作者的巧妙比喻、寫實插畫，以及專業錄製的CD，讓孩子從一本恐龍圖畫書裏不僅可以學到《101忠狗》的英文原名，而且還可以字正腔圓地唸出它的標準發音。

　　親子共讀時，兒子好奇地問我，比《101忠狗》裏的狗還小，那究竟是多小呢？一向比較細心又喜歡翻閱新書的妹妹很快就找到答案了，她根據CD的朗讀去翻書，原來答案就在書裏。專業、負責的作者在書末附加了一份完整的解析：Cast in Order of Appearance。它按照恐龍在故事裏出現的

《Dinosaur Encore》，JYbooks 出版（1996）。

先後順序，清楚扼要地交代了九種恐龍的概況，包含生存年代、活躍地點、外型特色，甚至飲食偏好。聽到Compsognathus這一項時，孩子得知這種迷你恐龍大約只有60公分高而已。

　　當時識字量有限的雙胞胎，還不能看懂Cast in Order of Appearance這頁上的文字敘述，他們是「聽」懂而不是讀懂的。這要歸功於專業錄製的CD，它不只是朗讀故事全文，還細心地朗讀了故事結束後的附錄，讓一本恐龍入門書不但發揮了

寓教於樂的功能，而且承載了豐富的科學訊息。

認識恐龍的原貌、熟悉比較句型、習慣假設語氣、學習嶄新的詞彙、訓練多音節單字的發音，以及深入了解恐龍的生態，一本恐龍有聲書可以達成多元的學習效果。您可不要錯過了！

「炫目耀眼」的漂亮故事

《*One Gorilla*》

叢林的生態不一定是逞兇好鬥的。《*One Gorilla*》這本適合英文初學者的可愛童書，色調輕柔、溫暖，表現出大自然的祥和氣象。書名副標題：A Magical Kind of Counting Book說明故事的目的在於教小孩數數。除了one…ten的數字排列以及butterflies、squirrels、pandas、rabbits、frogs等常見的昆蟲和動物外，這次孩子還學到了一種新的動物budgerigars。看著細膩的插畫，孩子馬上知道這是一種鸚鵡。

這本簡單的童書最有價值的部分，實際上不是數字，也不是昆蟲和動物，而是一般人最不會使用的介系詞片語。花叢中、樹林裏、雪地裏、田野中、籬笆邊、海洋裏，一系列描寫環境的生動片語，值得孩子一聽再聽。

故事雖然簡單，卻是跟孩子或學生玩遊戲的好材料。可以請孩子將下列片語與動物作連連看，考考孩子對生態環境的認識：among the flowers、in the woods、in the snow、in a field、by the fence、in the sea、among the leaves、in my garden、in my house。第二個有趣的遊戲是 "I spy."（我找到了），讓孩子把藏在插畫裏的動物找出來。

　　孩子找不到主角Gorilla而翻到最後一頁時，馬上會被Gorilla橫躺在地的碩大背影和肥胖屁股，逗得哈哈大笑。逛了一大圈森林，Gorilla吃了一大堆香蕉，的確是累了。貼心的插畫家在旁邊畫了一串串黃澄澄的香蕉，等待Gorilla睡醒。真是幸福的Gorilla、幸福的書，以及讀到幸福之書的幸福小孩。

　　雙胞胎哥哥在找貓咪這一頁上，看到了一隻貓咪攀附在一個小矮人或小精靈的身上，他好奇地問著：「他是誰啊？」

　　我讓妹妹幫我想答案，她在書架上努力翻找，找到了《*This is Ireland*》這本介紹愛爾蘭的美麗童書。書名頁和封底上都有造型一模一樣的小矮人和小精靈。矮精靈(leprechaun)的共同特徵是頭戴紅色帽子、身穿綠色上衣。矮精靈非常喜歡收集黃金，還把黃金埋藏在彩虹的盡頭，只要一受威脅，他們就會透露黃金藏匿的地點。在童話故事中，矮精靈還是鞋匠的化身。矮精靈手上拿的是愛爾蘭國花shamrock，中文稱作「酢漿草」。

▲ 《*One Gorilla*》，Square Fish 出版（2006）。

《*Color Zoo*》和《*Color Farm*》

triangle、circle、square、rectangle、oval、diamond、heart、hexagon、octagon，這些表示「形狀」的單字，你知道其中哪一個指的是菱形、六邊形或八邊形嗎？讓《*Color Zoo*》與《*Color Farm*》這兩本童書來告訴你吧！

三角形、圓形、正方形、長方形、橢圓形、菱形、心形、六邊形、八邊形，這些形狀全都在《*Color Zoo*》與《*Color Farm*》這兩本書裏出現了。雖然只是幫助孩子認識形狀的入門書，這兩本書新穎的挖洞設計、獨特的動物造型加上鮮豔的色彩搭配，使孩子的基礎學習變得活潑有趣。有聲CD的動感編曲，使平凡的、表示形狀的單字，變得熱熱鬧鬧；節奏輕快的朗讀，讓孩子很快就能熟悉這些陌生的單字。

《*Go Away, Big Green Monster!*》

挖洞設計是吸引孩子翻閱書本的好方法，而將挖洞設計發揮到淋漓盡致的，莫過於《*Go Away, Big Green Monster!*》這本童書了。首先讀者看到黃色的大眼睛，下一頁多出長長的藍綠色的鼻子，緊接著下一頁是血盆大口……一頁接著一頁，直到散亂的紫色頭髮出現後，拼湊出一大張嚇人的綠色臉孔。然而，你嚇不倒我的……。

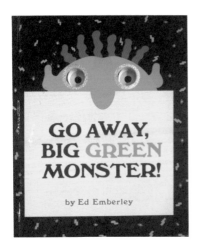

▲ 《Go Away, Big Green Monster!》，Little, Brown and company 出版（2016）。

正當故事似乎到此告一段落時，作者卻以逆向消去法，一頁接著一頁，讓這個怪物的臉逐漸消失，直到剩下黃色的大眼睛，最後回到原點，怪物就這樣漸漸消失不見了。

作者以色彩明亮的挖洞設計，配合著故事的情節發展，一頁頁往後累加怪物的臉部特徵，達到故事高潮後，再一頁頁往後消減，讓一切回到最初的狀態。相同的臉部特徵，隨著怪物的出現與消失，重複了一次。孩子也隨著有聲CD粗獷而豪邁的朗讀聲，勇敢且大聲地趕走了綠色的大怪物。

這張有聲CD的朗讀別有韻味，渾厚低沉的嗓音，散發出一股雄壯的氣勢。它不但鼓舞孩子勇敢面對長相嚇人的怪物，而且吸引孩子不自覺地一直跟著唸。隨著緊湊的節奏所營造的奔騰氣勢，孩子越唸越大膽，越唸越大聲。不自覺地放聲朗讀，不但安撫了孩子害怕怪物的情緒，讓孩子克服了膽怯，也悄悄地消除了孩子不願開口說英文的心理障礙。

《Mouse Paint》

《Color Zoo》、《Color Farm》與《Go Away, Big Green Monster!》

▲ 《Mouse Paint》，Sandpiper 出版（1995）。

這三本挖洞書都是大膽用色的繪本代表，滿足了孩子喜歡鮮豔色彩的視覺偏好。然而，色彩之間究竟有著什麼樣的對比與協調呢？讓《*Mouse Paint*》這本得獎無數的繪本來告訴您吧！

故事主角是三隻白色的老鼠。有一天趁貓咪睡著時，老鼠利用偶然發現的三罐顏料，大玩混色遊戲。老鼠各自跳進一罐顏料，分別把自己染成紅色、黃色、藍色，接著還把顏料滴在白紙上。紅色老鼠踩在黃色顏料上跳舞，跳著跳著，雙腳染成了橘色。黃色老鼠、藍色老鼠也如法炮製，分別踩踏在藍色與紅色的顏料上，把自己的雙腳染成了綠色與紫色。不久之後，毛髮上因為沾了顏料變得又黏又硬，於是老鼠跳進水裏，洗個乾淨，再繼續玩。

顏料混色是所有孩子樂此不疲的遊戲。作者用三隻老鼠把玩紅、黃、藍三原色的簡單情節，勾起了孩子揮灑色彩的欲望。透過顏色配對的遊戲，孩子有機會觀察到兩色相加混出的新色彩，還感受到了色彩的漸層變化。

作者轉換不同的用詞來描述三隻老鼠混色的過程。例如，踩踏顏料，有stepped into、hopped into、jumped into等表達法；攪拌色彩，有stirred、mixed、splashed等說法。即使是簡單的「大叫」，作者也用了cried、shouted等來表達。精彩的描寫還有動詞片語dripped puddles of paint onto the paper（滴下）、the puddles looked like fun、did a little dance，以及形容詞組合sticky and stiff（又黏又硬）。

色彩混搭不是什麼了不起的題目，然而，作者Ellen Stoll Walsh卻利用一則簡短有趣的動物故事，完成了一本了不起的創作。《*Mouse Paint*》這本書不但清楚地交代了紅、黃、藍三原色如何混合成橘色、綠色、紫色的過程，還讓孩子學到了許多基本卻重要的英文詞彙。有價值的繪本故事的貢獻

是多元的，然而，所有影響的起點是故事有趣、插畫漂亮，因為圖文並茂才能讓孩子愛不釋手。

《*Mr. Gumpy's Outing*》

　　每個民族的語言和文化不同，但是繪畫、音樂、戲劇等綜合藝術，可以穿越語言的隔閡，超越文字的描寫，打動人心。繪本插畫就具備了這種溝通和傳達的力量，使識字不多、閱讀能力不足的孩子，也可以享受故事的樂趣。由英國繪本大師John Burningham所創作的《*Mr. Gumpy's Outing*》和《*Mr. Gumpy's Motor Car*》的插畫就具有這股迷人的特質。

　　《*Mr. Gumpy's Outing*》描寫了一群動物與Mr. Gumpy划船遊河，最後卻翻船的輕鬆故事。全書的插畫非常特別，採用左右兩頁不同色調作對比的形式來呈現。左頁是單色線條畫，上方搭配文字，右頁則是放大的全幅彩色，用於凸顯故事主角與情節發展，如要求搭船的小孩和也想上船的兔子。

　　除構圖令人耳目一新之外，用詞也值得孩子學習和模仿。故事裏，一共有九組人馬向Mr. Gumpy要求搭船，作者巧妙地轉換語詞，為讀者示範了「請求搭乘」的不同說法。

1.　"May we come with you?"
2.　"Can I come along, Mr. Gumpy?"
3.　"I'd like a ride."
4.　"Will you take me with you?"
5.　"May I come, please, Mr. Gumpy?"

6. "Have you a place for me?"

7. "Can we come too?"

8. "Can you make room for me?"

9. "May I join you, Mr. Gumpy?"

不只是適用於乘船，這些活潑、實用的詢問，還可以用於任何交通工具的搭乘！

善良的Mr. Gumpy在爽快答應的同時，對這些乘客也提出了不同的要求，有don't squabble、don't hop about、you're not to chase the rabbit、don't tease the cat、don't muck about、don't keep bleating、don't flap、don't trample about、don't kick。一系列的祈使句，無非是提醒乘客不要在船上搗亂。熱心的父母及師長，看到這些自己不認得的單字，一定又開始忐忑不安，想動手查字典，用中文翻譯為孩子解釋了。辛苦的大人，放輕鬆！相信專家說的，「孩子的彈性很大、適應力很強、潛能更是無窮。」孩子會自己看圖識字，自行猜測，猜不出來也沒關係，了解故事大意就夠了。

閱讀的目的在發現整體意義。因此，千萬不要讓孩子養成依賴中文翻譯才能讀懂英文故事的習慣，孩子才不會因為不懂一個英文單字就卡在那裏，而無法繼續閱讀。

透過重複語句、圖文合一的插畫與有聲CD的朗讀，孩子隱隱約約可以感受到情節發展的脈絡，但是不一定能夠完整表達出來，因為心裏明白和說得清楚是兩回事，中間需要時間來消化和沉澱。更何況，今天不懂的，說不定明天就豁然開朗了。給孩子時間，讓他們釐清自己想弄懂的部分。如果孩子的求知欲很強，主動想了解，這時候，可以與孩子討論和溝通，一起腦力激

盪。切記，不要急著給答案。父母可以偷偷地查字典，把答案放在心裏，然後不動聲色地與孩子切磋，引導孩子把答案挖掘出來。**創造力的培養，需要的是探索、琢磨的過程，而不是立即、快速、瞬間獲得的答案**。問題與答案之間是思維發展的軌跡，縮短這段寶貴的探索歷程只是剝奪孩子揣摩、推敲的機會，剝奪孩子自己去注意、判斷和解釋的機會。盡力鼓勵孩子自己找答案，即使是自己翻閱字典也很好，因為答案是自己找來的，而不是大人給的。

孩子與動物一樣本來就不是乖乖就範的，因此，被告知不能做的事，squabble、hop about、chase the rabbit、tease the cat、muck about、keep bleating、flap、trample、kick反而全都做了。Mr. Gumpy要求乘客避免的所有行為，在巧妙的故事結構下，出現了兩次，第一次是口頭提醒，第二次是真實發生了。孩子自然有更多的機會熟悉這些陌生的詞彙。情節連鎖循環是初階英語繪本的一大特色。重複的句型和有彈性變化的用詞，在循環的架構裏反覆出現，自然會加深孩子對語法和詞彙的印象。

《*Mr. Gumpy's Motor Car*》

相同的主角、相同的繪本模式，《*Mr. Gumpy's Motor Car*》可以說是一篇續集故事。大夥一起搭車出遊，只是這次遇上的意外是車子陷入泥濘中。對於駕車出遊遇上下雨、道路難行、車輪空轉（The wheels churned...）、推車子出泥坑等狀況，作者都有深刻的描寫，如Very soon the dark clouds were right overhead（很快烏雲籠罩頭頂）、The car sank deeper into the mud（車子越陷越深）。尤其令人印象深刻的是，關於大家奮力推車、輪胎不

再打滑、可以順利上路這段完整的情節，只需要簡潔俐落的8個英文字就可以清楚表達：Everyone gave a mighty heave—the tyres gripped。另一個令人驚喜的表達描述了幫車子拉起車篷來擋雨的動作：put up the hood。hood不是小紅帽（Little Red Riding Hood）斗篷外套的帽子嗎？原來，蓋在頭上和車上的，都是hood。

　　除插畫漂亮、情節生動之外，孩子喜歡這兩本故事書的另一個原因是主角Mr. Gumpy的愛與包容。他似乎可以洞悉孩子的本性，明明知道這群調皮鬼不可能乖乖聽話不亂動，善良的他還是讓大家跟著他一起出遊。即使船翻了、車子卡住了，一路上狀況頻頻，最後他仍然能心平氣和地跟大家道再見，並且提出下回再一同出遊的邀請。一本美麗的故事書、一個幸福的結局，能帶給孩子甜蜜的閱讀體驗。

《*Snow*》

　　對剛開始接觸英文圖書、識字能力有限的孩子而言，故事插畫是吸引孩子的最佳法寶。每個人都有與生俱來的審美偏好，尤其喜歡色彩協調、構圖平衡、造型新穎的藝術作品所帶來的愉悅感。好看的畫作各有不同的表現形式，如輕描的淡彩、濃烈的色塊、描黑邊的造型、朦朧的光影、聚散的結構、質樸的風格等，這些都有助於開拓孩子的視野，培養孩子敏銳的觀察力。

　　《*Snow*》這本深獲好評的得獎繪本，以獨特的藝術手法，捕捉到了孩子期待冬天第一場瑞雪的雀躍心情。封面書名的字母上緣堆滿靄靄白雪，灰濛濛的大地上，雪花片片飄落。右下角的小男孩和他的小狗卻是色彩繽紛、生

《Snow》，Macmillan 出版（2009）。

氣蓬勃。作者以強烈對比的色調來營造故事氣氛，充分展現色彩的戲劇效果。

雖然天空、屋頂和整座城市都是一片靜寂的灰，但是當小男孩發現第一片雪花時，他知道，下雪了。不過是一片雪花而已，留鬍子的爺爺這麼說。即使接二連三飄下雪花，周遭的人也總是向小男孩潑冷水，說雪花很快就溶化了。路人、收音機，甚至電視，都異口同聲、斬釘截鐵地否決了下雪的可能。

然而，雪花不聽收音機，雪花不看電視，雪花只認識白雪，於是雪花迴旋、翻轉、兜圈、舞弄，在空中漂浮，然後飄落大地。單字吻合情節需要、情節凸顯單字的份量，作者以一連串活潑的動詞：circling、swirling、spinning、twirling、dancing、playing、floating through the air，來表現雪花降臨的萬千氣勢，印證孩子打心底裏相信大雪即將來臨的敏銳觀察。

終於，靄靄白雪覆蓋大地。作者以純白white作結尾來呼應故事開頭的灰色調gray，用顏色串起故事的兩端，讓整體結構形成一個有始有終、頭尾緊扣的圓滿。

The skies are gray.

The rooftops are gray.

The whole city is gray.

…

The rooftops are white.

The whole city is white.

　　另一個值得讚賞的寫作風格是，作者以一頁一兩句的簡短描寫、全書大約150個英文字的俐落筆法，完成了一部經典作品。

　　我們都希望孩子的英文學習成果斐然，然而，不是只有字正腔圓、咬字清晰就夠了。**口齒伶俐包含兩個層面，一個是語言的流利程度，另一個是更重要卻經常被忽略的語言內涵。**閱讀有內容、用詞洗鍊的故事，孩子才有機會模仿言簡意賅的優質英文；透過有聲CD的朗讀，孩子才能快樂學習、輕鬆記憶。

　　為了凸顯故事發生時的冷冽和冰寒，《Snow》的有聲CD以鈴鐺響聲來預告節慶即將伴隨瑞雪而至的歡樂氣氛，別致的配樂也為故事裏嚴冬的低溫和荒涼增添了一抹亮色。

《*The Carrot Seed*》

　　即使身邊的大人與自己看法不同，《Snow》故事裏的小男孩依然樂觀地堅持自己的想法，打心底裏相信大雪即將來臨。最後，小男孩的推測成真，讓人不禁想起了之前每一個大人的忽視與漠然，書中表現出孩子堅持自

己想法的勇敢，是《*Snow*》這本故事書深獲孩子喜愛的主因。

另一本處理類似題材的可愛故事書是《*The Carrot Seed*》。全書文字精簡，版面清爽，重要語句反覆出現，是幫助孩子建立英文信心的好素材。

故事描寫一個認真種胡蘿蔔的小男生，聽到爸爸、媽媽以及哥哥不斷潑冷水，說「不會長成啦！」（I'm afraid it won't come up.）但是這個穿著吊帶褲的小小孩，仍然每天鋤草（pulled up the weeds around the seed）、灑水（sprinkled the ground with water），做自己該做的事，只是卻一點動靜也沒有。

什麼都還沒長出來也就罷了，全家人更異口同聲地再三強調說：「不會長成啦！」小小孩不在乎，依然每天鋤草、灑水，做自己該做的事。終於，有一天胡蘿蔔長出來了，而且跟自己心裏預期的一樣，是一根大胡蘿蔔。

> And then, one day,
> a carrot came up
> just as the little boy
> had known it would.

「最後結果與當初的想法吻合」，我很喜歡作者這句寓意深遠的結尾，而它更是深深觸動了有自己想法的孩子的心。只要堅持自己的信念，做該做的事，夢想就會實現。這樣的主題雖然有些八股，但是在人生價值觀建立的早期，給予孩子鼓勵與支持是刻不容緩的。允許孩子有選擇權、尊重孩子的決定權，不僅僅是大人該有的包容與寬待，也是孩子自尊自重的起點。

許多預期的阻礙都是大人自己憑空想像出來的。閱讀《*The Carrot Seed*》這本輕薄的小書，潛移默化中促使孩子建立了「勇於突破」的人生

信念：不輕易妥協、努力付出、衝破壓制、綻放理想，終究能樹立信心，並且擁有自己的甜美果實。

主題書單 ⑧
多元繪本開拓孩子的視野

【播放書單】

⑭⓪ The Handa's Hen
作者／繪者：Eileen Browne　　書籍／CD出版社：Walker/Walker+Moonjin Media

⑭① Eat Your Peas
作者：Kes Gray　　繪者：Nick Sharratt　　書籍／CD出版社：Red Fox

⑭② Commotion in the Ocean
作者：Giles Andreae　　繪者：David Wojtowycz　　書籍／CD出版社：Orchard Books

⑭③ Rumble in the Jungle
作者：Giles Andreae　　繪者：David Wojtowycz　　書籍／CD出版社：Orchard Books

⑭④ How Do Dinosaurs Say Good Night?
作者：Jane Yolen　　繪者：Mark Teague　　書籍／CD出版社：Scholastic

⑭⑤ How Do Dinosaurs Eat Their Food?
作者：Jane Yolen　　繪者：Mark Teague　　書籍／CD出版社：Scholastic

⑭⑥ How Do Dinosaurs Get Well Soon?
作者：Jane Yolen　　繪者：Mark Teague　　書籍／CD出版社：Scholastic

⑭⑦ How Do Dinosaurs Go to School?
作者：Jane Yolen　　繪者：Mark Teague　　書籍／CD出版社：Scholastic

主題書單 ❽
多元繪本開拓孩子的視野

❿One Gorilla
作者／繪者：Atsuko Morozumi　　書籍／CD出版社：Square Fish/ JYbooks

❿Mr. Gumpy's Outing
作者／繪者：John Burningham　　書籍／CD出版社：Red Fox

❿Mr. Gumpy's Motor Car
作者／繪者：John Burningham　　書籍／CD出版社：Red Fox

❿Snow
作者／繪者：Uri Shulevitz　　書籍／CD出版社：Macmillan

❿The Carrot Seed
作者：Ruth Krauss　　繪者：Crockett Johnson　　書籍／CD出版社：HarperCollins/ JYbooks

⑨ 鼓舞生命、啟發想像力的幸福閱讀

生命不斷變遷，親子必須共同面對及處理人生的喜怒哀樂，有了鼓舞性的故事語言當渠道，父母跟孩子的心靈分享才能爲孩子營造希望、撫慰悲傷，且創造自身存在的價值感。

驚嘆號離家出走《*Exclamation Mark*》
一隻青蛙，兩種角色《*The Caterpillar and the Polliwog*》和《*Fish Is Fish*》
一起來躲雨《*Mushroom in the Rain*》
勇敢做自己的一頭牛《*The Story of Ferdinand*》
舞出生命的節奏《*Giraffes Can't Dance*》
一趟離鄉背井，六張明信片，邀讀者寫自己的治家格言《*Meerkat Mail*》

驚嘆號離家出走

《*Exclamation Mark*》

「！」離家出走了！外型跟句點長得不一樣的「！」，覺得自己比句點

多了一支桿子顯得很突兀，決定離家出走。

　　作者Amy Krouse Rosenthal與Tom Lichtenheld賦予傳統的標點符號生命力，以擬人法將「！」和「．」和「？」化為故事主角，來傳達「發揮自己的特色與潛能而活出精彩人生」的經典主題。

　　一翻開《Exclamation Mark》這本創意繪本，就有出乎人意料的開場白。「！」一出現就是突出的、醒目的，不論是在哪裏出現，很難讓人不注意到它，唯一似乎不出頭的時候是它睡著了，因為躺平睡著，看來跟其他句點就沒有什麼不同了。

　　「！」跟「．」一看就是不一樣，兩相對照，驚嘆號就是比句點多了一支桿子。偏偏標點符號裏最常出現的是句點，驚嘆號相對少。在到處都是句點的環境裏，驚嘆號對於自己的與眾不同，處處顯得格格不入，覺得不自在極了。日本曾有句俗語說：「伸出來的釘子會被敲平下去。」就是形容童年時期，孩子承受別人異樣的眼光而產生的壓力是最大的。與身邊同儕的差異導致驚嘆號困惑失措 （confused）、狼狽混亂（flummoxed），甚至洩氣極了（deflated），於是想到離家出走（He even thought about running away）。看到這裏，不禁令人莞爾一笑，黑色的驚嘆號背著紅色的布包，插畫以亮眼的對比色來暗示情節開始轉折。

　　Hello? Who are you?這時候不知哪裏冒出了一個「？」，一個充滿好奇心的「？」，對著新來乍到的「！」窮追不捨地發問，你是誰？你幾年級？你最喜歡什麼顏色呢？

▲ 《Exclamation Mark》，Scholastic 出版（2016）。

Do you like frogs? What's your favorite ice cream? When's your birthday? …. Do you wanna race to the corner?...What's your favorite movie? Do you know what makes gravity?你喜歡青蛙嗎？你什麼時候生日？你最喜歡什麼電影?...充滿好奇心的問號連珠炮似地追問，讓驚嘆號一臉迷茫。麥擱問啊！這時候，驚嘆號再也招架不住了，只好趕快喊停"STOP!"。

不得了，這一大喊夠驚天動地的，然而充滿好奇心的問號一點也沒被嚇跑，反而繼續追問：How'd you do that? Can you do it again? 你怎麼辦到的？再一次好嗎？於是，驚嘆號從最簡單的表達開始，Hi！ Howdy！ Wow！Yippee！逐漸嘗試各式各樣的感嘆句，Home run！ Wake up！ Congratulations!在不斷釋放自己的潛能中，盡情展現感嘆句的驚喜與歡樂。

受到賞識的驚嘆號漸漸發現自己的長處，於是在繪本裏的最後一句"The end!"，我們看到了面帶自信的笑容而且腰桿挺直的驚嘆號，脫胎換骨、不再彆彆扭扭，蛻變後的容光煥發呼應了故事的美麗結局。曾經受挫的驚嘆號在遇到充滿好奇心的問號後，慢慢釋放出自己的特色與光芒。在不斷嘗試中逐漸突破，說出了作者真正想要傳達的信念：發現一個充滿無限可能的世界，讓自己從禁錮裏掙脫而出。

… discovered a world of endless possibilities…… free from a life sentence.

　　一個蘊含人生哲理的幽默故事是寓教於樂的最佳示範，這是《Exclamation Mark》這本創意繪本的一大貢獻，讓孩子在開開心心的閱讀中，默默地吸收故事的涵義——「接受自己的獨特性、勇敢做自己。」

　　第二個貢獻來自於角色的設計。角色的個性與故事的發展一直是經典故事永不退流行的兩大元素。以生龍活虎的角色當引線，可以讓讀者融入情節，跟著角色同喜同悲，自然能讓讀者深刻感受故事主角的人生遭遇。在沒有閱讀過《Exclamation Mark》這本繪本前，標點符號在一般人的心中似乎是沒有個性也無關緊要的。經過潤飾裝扮，原本規規矩矩、平平淡淡的標點符號一躍成了受人矚目的故事主角。在閱讀過這本繪本後，我們才注意到驚嘆號是表達情緒的重要工具，它不只是語言符號，而可以是肩負豐富情感的使者，也可以是說話者細膩情感的代言。不禁使我們回想，是否在日常生活裏因為少使用驚嘆號而失去了許多傳達情意的歡樂時刻呢？

　　第三個貢獻來自於句意的安排。作者設計的一連串問句是認識新朋友的熱情提問，可以問年級、問嗜好、問感想、問心情、問未來等。驚嘆號的不斷回應是情意的表達，可以打招呼、問好、表達讚美、認同或是恭賀、致謝等。另一方面，問號與驚嘆號的趣味對話是活潑的語言示範，可以提升孩子對語言的敏銳度，值得孩子模仿學習。鼓勵孩子說出他們對「！」和「．」和「？」這三個標點符號的看法，也鼓勵孩子發想自己的感嘆句，讓親子對話開啓閱讀後的無限迴響。

　　第四個值得欣賞的是插畫的創意設計。插畫裏「！」和「．」和「？」這三個標點符號的黑點以擬人法的臉部表情來呈現，喜怒哀樂全寫在臉上。另一方面，標點符號只能以黑色來呈現，然而，當驚嘆號找到自己的人生舞台使才華得以發揮時，生命頓時光彩洋溢，這時候每一句感嘆句都色彩繽

紛,而字形大小,也跟著生命力煥發而擴大醒目,熱鬧極了。

創意想像可以開啓無限的可能。作者賦予原本單調、木訥的制式符號活潑的生命力,讓符號變得討喜可愛,還盡情發揮以呈現故事主角的曲折經歷,大大提昇了符號的價值。還需要中文翻譯或情節解釋嗎?耳聰目明來自耳濡目染,留給孩子自己去發掘優質繪本的無限創意吧!

一隻青蛙,兩種角色:兩本建立自我認同的英文童書 《*The Caterpillar and the Polliwog*》

第一次看到《*The Caterpillar and the Polliwog*》這本書,馬上被封面的可愛繪圖深深吸引。作者兼繪者Jack Kent以俐落活潑的筆觸,將毛毛蟲戴著小紅頭巾的驕傲模樣畫得令人莞爾。左下角水裏的蝌蚪(polliwog)以抬頭仰望的姿態,望向右上方的毛毛蟲。插畫家刻意安排左下、右上的對比構圖來凝聚視覺焦點。它不僅透露出毛毛蟲和蝌蚪之間微妙的互動關係,而且營造出故事獨特的幽默感。另一方面,即使孩子第一次不認得polliwog這個英文單字,看到封面裏英文書名錯開分別標示在圖案上方,自然能夠一眼就猜到它的意思,原來polliwog是一隻蝌蚪。

這本圖畫書描寫毛毛蟲和蝌蚪互相作伴、一起成長蛻變的有趣故事。即使有毛茸茸的身軀,毛毛蟲知道自己將會變成擁有美麗翅膀的蝴蝶。帶著那不是別的生物能辦到的自詡心態,毛毛蟲沿路向蝸牛、烏龜、蝌蚪等動物,一再宣稱自己長大會變得很不一樣: "When I grow up, I'm going to turn into something else." "What fun! What are you going to turn into?" 「太有趣了,你會變成什麼樣子呢?」好奇的蝌蚪也渴望自己長大時能變得有所

不同。於是，滿心期待地與毛毛蟲一同體驗蛻變的歷程。

　　插畫是繪本的靈魂，而閱讀繪本最大的樂趣就是欣賞精緻細膩的插畫。繪者Jack Kent隨性創作的風格，寫意的輪廓，充分運用線條的律動感，即使只畫出蝌蚪的側面，卻能把蝌蚪有大大的頭和長長的尾巴的平凡造型，畫得生動有趣。堅實、充滿力道的線條，簡單卻呈現蝌蚪豐富的表情變化。例如：不受毛毛蟲搭理時的表情──瞠目結舌，或是向毛毛蟲宣布自己也會變得很不一樣時的表情──揚眉自信，或是自以為會變成美麗蝴蝶時的神態──手舞足蹈，又或是好奇地觀望毛毛蟲包覆成蛹的神態──驚訝雀躍。單純勾勒的線條卻能傳達出毛毛蟲和蝌蚪之間互動的細膩情誼。

　　故事裏的插畫最有趣的一幕是，毛毛蟲在得知自己不是唯一會蛻變的生物之後，一臉沮喪地頹坐著。毛毛蟲失落的情緒並沒有澆熄蝌蚪的熱誠期待。牠一路耐心地陪伴，忙著觀察毛毛蟲的變化，卻忽略了自己也在成長改變。直到蝌蚪看見美麗的蝴蝶破繭而出，樂得不停跳躍，才發現自己居然也不一樣了──多了四隻腳，尾巴也沒有了。有趣的是，讀者似乎被蝌蚪的全心全意所感染，也目不轉睛地注意起毛毛蟲，而忽略了蝌蚪的轉變。起初，青蛙有些迷惑，原本以為自己也會變成美麗的蝴蝶。然而，好朋友蝴蝶一句真心的讚美，讓青蛙接受了事實，接受了自己不是蝴蝶的事實，接受了自己是一隻英俊的青蛙的事實。

　　故事開始時那隻用羨慕的眼神直盯著毛毛蟲的小蝌蚪，一路成長改變，如今是低頭欣賞自己帥氣倒影的青蛙（admiring his reflection in the water）。從遙望毛毛蟲的小蝌蚪到自我陶醉的青蛙，從抬頭欣賞別人到低頭自我欣賞，這之間的眼神流轉，婉轉動人地傳遞了心靈領悟的起承轉合。故事就在這幅淺粉淡紫的花容襯托下，以及青蛙自我肯定的溫馨畫面裏，留下了完美的句點。

《*Fish Is Fish*》

▲ 《*Fish Is Fish*》，Dragonfly Books 出版(2002)。

　　想像是無限自由、穿越時空、如夢似真及難以捉摸的。然而，在文學作品中，想像力被充分發展並轉化為藝術形式，詮釋平凡卻恆久的價值。各有所長的文學家發揮想像力，透過卓越的書寫技術，從不同的層面角度，處理相同的主題，讓讀者體驗到筆調轉換間，重疊交織的思維理念。與《*The Caterpillar and the Polliwog*》這本書相同，在《*Fish Is Fish*》這本故事書裏，也有一隻小蝌蚪，然而，不同的是兒童文學大師Leo Lionni賦予了小蝌蚪迥然不同的角色刻畫和成長寫照。

　　森林邊的池塘裏，悠游於水草間的小鰷魚（a minnow）和小蝌蚪（a tadpole）是情感濃密的好友（inseparable friends）。偶然在一天清晨裏，小蝌蚪長出了兩隻腳。牠耀武揚威地向小鰷魚炫耀，自己是青蛙了。「昨晚你還是像我一樣的小魚呢！」小鰷魚不甘示弱地反駁。於是兩位好友爭辯不休，最後小蝌蚪說：「青蛙就是青蛙。魚就是魚。那就對了。」即使小鰷魚不願意承認蝌蚪會改變，會變成青蛙。蝌蚪卻陸續長出前腳，尾巴漸漸變小。終於有一天，成長茁壯的青蛙爬出水面，爬上綠油油的岸邊，離開了。這時候小鰷魚發現自己也發育成鰷魚，只是歲月流逝，牠那四條腿的好友已

不知去向。

　　過了些時日，有一天，一陣輕快的水花飛濺，劃破水草，是青蛙回來了。兩位許久未見的朋友，重逢的話題全是青蛙的世界遊歷和奇聞異見。青蛙滔滔不絕地講述牠所看見的生物，有長翅膀的鳥兒、有頂著牛角的牛群和形形色色的人類。青蛙對外在世界的生動描述，使這些未曾謀面的生物活靈活現地映入鯮魚的腦海裏。對一直生活在水裏不曾上岸的鯮魚，外面的世界似乎有趣極了。雖然天色漸暗，鯮魚的心中卻充滿著色彩奔放、光影淋漓的奇幻影像。但願能躍出水面一探繁華世界的悸動，使鯮魚久久不能成眠。

　　青蛙再次離開了，鯮魚只能成天徜徉在水裏，夢想著飛行中的鳥、嚼食青草的牛群和穿衣打扮的怪異人群。想久了，決定不論如何，牠一定要去親眼目睹。於是，奮力甩動尾鰭，鯮魚一躍上岸，停在乾暖的綠草地上。沒了水的鯮魚用力喘息，無法呼吸也動彈不得，只能虛弱地呻吟。很幸運地，青蛙正在附近追逐蝴蝶，看見鯮魚後，用盡全力將鯮魚推回池塘裏。重回水裏、深呼吸，驚魂甫定的鯮魚在水裏慢慢恢復，回復以往的自在與輕盈。看著陽光穿透水草，形成層層疊疊的光影與色塊，鯮魚終於發現自己所處的世界才是最美麗的。望著坐在睡蓮上的青蛙，鯮魚微笑著說：「你是對的。魚就是魚。」

　　「魚就是魚。」鯮魚終於認同青蛙的見解，很有人生三境界的禪味：**「見山是山，見水是水。見山不是山，見水不是水。見山還是山，見水還是水。」**

　　簡單平淡的故事蘊含哲學般的迴響是作者Leo Lionni在兒童文學界出類拔萃之處。他藉用青蛙、小老鼠、小黑魚、鱷魚、小鳥等動物，引導孩子進入故事的想像，在動物世界裏傳達深刻的哲理，溫和又圓融。Leo Lionni以

擅長的「寓言」方式，訴說他對世界的意見和看法，可以稱得上是二十世紀的伊索。動物主角在Leo Lionni筆下個個都成了禪學大師，純粹的寓意滲透輕鬆簡潔的言談，瀰漫在詩意唯美的故事氛圍中。

孩子只要讀過Leo Lionni所創作的圖畫書，很容易在下次的閱讀中辨識出他的作品。沒有炫麗的色彩，沒有繁雜的構圖，Leo Lionni自成一格的繪畫語言，沒有過度渲染的匠氣，而是經過多年藝術滋養而淘洗出的原色潤澤。以思維的形象為動物主角設計造型，突破傳統視覺習慣的寫實風，不但能捕捉到童年記憶裏的率真、樸直，而畫面總是散發著民謠般的貼切踏實，來自風中、來自河畔、來自青草，那樣地舒服生動，彷彿可以嗅到一股淡淡的大自然芬芳。

輕柔的寓意哲思、獨特的插畫風格和洗鍊的文字敘述是造就Leo Lionni的故事成為兒童文學經典的三大特質。在《*Fish Is Fish*》這本故事書裏，作者以悠閒但不俗的筆觸揭開故事序曲。如：“At the edge of the woods there was a pond, and there a minnow and a tadpole swam among the weeds. They were inseparable friends.”一頁一頁接著讀，會發現全書以恰如其分的修飾語為誠懇平實的描寫增添韻味。例如，形容蝌蚪長出兩隻腳，便宣告自己已經是青蛙，作者用triumphantly這個字來透露蝌蚪略顯驕傲的神態；當久去歸來的青蛙向鰷魚炫耀所見所聞的不可思議時，作者用mysteriously這個字來強調青蛙的誇耀式敘述。又如，描寫小鰷魚的成長茁壯，即巧妙地借用羽翼豐厚的成語來描寫become a full-fledged fish。又如，敘述鰷魚奮力跳上岸和青蛙盡力推鰷魚回到水裏，一樣是描寫使盡全力的狀態卻分別使用with a mighty whack of the tail和with all his strength兩個有特色的介系詞片語。

　　不堆砌詞藻，以貼切簡約的動詞，活潑的句形結構，描述鰷魚奮力上岸的窘境，"He landed in the dry, warm grass and there he lay gasping for air, unable to breathe or to move. 'Help,' he groaned feebly."

　　鰷魚獲救後，逐漸恢復生理機能的生動過程，作者同時側寫鰷魚經歷心靈衝擊後漸漸調適的成長領悟，"Still stunned, the fish floated about for an instant. Then he breathed deeply, letting the clean cool water run through his gills. Now he felt weightless again and with an ever-so-slight motion of the tail he could move to and fro, up and down, as before."

　　擦亮心眼，欣賞周遭環境的自然原貌。空中的天光雲影、風和日麗，穿透海草形成春光冉冉的流動景緻，一幅溫馨旖旎的閒適自在。寫景喻情是文學作品裏最動人的一幕。"The sunrays reached down within the weeds and gently shifted patches of luminous color. This world was surely the most beautiful of all worlds."

　　Leo Lionni的作品不但可以幫助孩子學習故事裏的詞語安排、句子結構、敘述口吻和修辭方法，而且還可以幫助孩子培養一雙能夠讀透文字的敏銳的眼睛。這雙敏銳的眼睛能夠穿越文字直達符號所承載的心情感觸和禪思哲理。不是每一本書都可以幫助孩子培養一雙敏銳的眼睛來窺見文字的底蘊。透過Leo Lionni隱含在故事裏的玄機和驚奇，還可以孕育一顆敏銳犀利的心，和一種豁達灑脫的自由情懷。這是兒童文學帶給孩子最大的禮物。

自我肯定

優質的文學作品一直是父母教育子女的最佳助手。《The Caterpillar and the Polliwog》和《Fish Is Fish》這兩本膾炙人口的故事書，孕育了兒童對生命價值的希望和夢想。主角的遭遇可以強化兒童堅持自己的獨特性的勇氣，並提供珍惜友誼的重要性。我們都同意：有志趣相投的朋友在身旁關心你，苦澀的成長很快地就會過去了。不要不願意接受朋友的改變，不要不願意承認自己的有限性。同伴代表了相互間激盪、提升的意義。自己與同儕間的差異，不是難以跨越的鴻溝。不要害怕自己和別人不一樣，那正是自己最有特色的地方。

文學透過其藝術性、想像力、幽默感以及引人憐愛的角色，為「自我肯定」提供了絕佳的啓示。在《The Caterpillar and the Polliwog》和《Fish Is Fish》這兩本故事書裏，同樣都有一隻等待成長的蝌蚪，分別和毛毛蟲、小鰷魚發展出感人的友誼。在不同的環境裏，透過不同的成長過程，各自找到志同道合的朋友，找回自我、重新建構對自己的認同。因此，這兩個故事既可以豐富兒童的生活經驗，還能幫助孩子建立積極正面的態度，幫助他們在人群中尋找自身存在的意義。不論是小蝌蚪還是小鰷魚，**牠們都為「自我肯定」展示了有趣的示範，是這兩本書的第一個共同點。**

角色轉換

在《The Caterpillar and the Polliwog》這個故事裏，小蝌蚪一直以抬頭仰望的姿態，羨慕毛毛蟲的蛻變，以及變得更美麗的神奇過程。來到《Fish

Is Fish》這個故事，小蝌蚪長成青蛙後，不論是一躍跳進池塘，或是從岸上推鰷魚回到水中，或是端詳鰷魚恢復生命力的關注眼神，青蛙幾乎是低頭俯視鰷魚的。青蛙以略微優勢的姿態，不僅神氣地向鰷魚大聲嚷嚷陸地世界的繁華，還間接扮演哲學家的角色宣稱：「青蛙就是青蛙。魚就是魚。」這個故事主題。不論是抬頭仰望或是低頭俯視，青蛙在不同的故事裏扮演截然不同的姿態，適時地表達了同儕間微妙的互動關係。

跳脫以往一次只專注一本書的方式，試著兩本一起討論。仔細觀察蝌蚪長成青蛙的兩棲類特質，同時穿梭在兩個故事裏，截然不同的遭遇帶給讀者嶄新又深刻的聯想。這時候，這兩個故事生動地呈現了「互補理論」的哲學視野。

同一個主角身處不同的環境，轉換兩種不同的處世態度來和別人互動，以低姿態仰望別人，或是以稍具優勢的條件幫助別人，這種處於兩者之間的狀態正是人類的處境。友誼是互相的成對關係，在維繫親密關係的過程中，有時候示弱是必要的。每一個獨立個體不可能是永遠不敗的強者。偶爾的拙劣或能力不足，反而有助於提昇彼此不可或缺的依賴感。關鍵在於，人際互動中，不要因為處在不公平對待的處境下，而失去自我的獨特性和存在的價值。甚至不要認為別人遙不可及，而低估自己，認定自己的渺小與卑微。另一方面，如何在同儕中進退，甚至幫助別人，建立孩子的自信，也是很重要的。在展現自己的價值與份量的同時，不卑不亢，不懷著高傲和目中無人，是父母刻不容緩的教養職責。

很幸運的，**不同的故事裏的小蝌蚪提供了「角色轉換」的絕佳示範，是**《***The Caterpillar and the Polliwog***》**和**《***Fish Is Fish***》**這兩本書第二個不容忽視的貢獻。**

　　在不同的環境，扮演不同的角色，是人格發展中健康的心理機制。以研討式分析，統整歸納兩個相近卻各有見解的故事，可以促進孩子明晰思辨的能力。故事可以激發出許多討論，從迴盪於心中的情節裏培養敏銳的觀察和哲學的了解。以哲學視野見證蝌蚪長成青蛙的兩棲類特質，學習青蛙流竄水域、輕盈上岸的轉換融合，同時培養孩子靈動的活潑特質，懂得權宜應變，不要陷在固執不知變通的刻板裏。在「自我認同」的領域中自由飛翔，培養出「勇於突破」的態度，不要讓自己困在別人給你制定的界限裏。

　　「今日事今日畢」這個道理是可以運用在教養孩子上的。與孩子分享當天的喜怒哀樂，讓委屈適時得到平復，讓歡樂立刻得到加乘效果，孩子在外的紛擾心情受到父母慈愛的滌洗，夜裏又是一晚的美夢與舒眠。既然被同儕接納與否，對孩子的人格的定型有舉足輕重的影響，父母不斷對孩子做出建設性的鼓勵和肯定是非常重要的。摘錄一句我寫在案頭上提醒自己的句子與天下父母共勉。

"Parents need to fill a child's bucket of self-esteem so high
that the rest of the world can't poke enough holes to drain it dry."

──Alvin Price

一起來躲雨
《*Mushroom in the Rain*》

　　活潑討喜的動物角色，一直是故事與孩子建立情感連結的最佳起點。優秀的童書作家懂得保持動物原本的可愛天性，遵從牠們的自然本能，來塑

造擬人化的情境，將真實的動物屬性和人類的行為巧妙地結合。看似平淡無奇的動物，經過作者以故事來包裝，就變得活靈活現，深入孩子的心。最能引人入勝的故事都有這樣的特質：從尋常平凡的生活片段中，提出大膽的建議，超越已存在的因素，組合創造出意義豐富的情節。如果展現的過程樂趣洋溢，幽默有迴盪的餘味，孩子自然能享受知識的樂趣，享受閱讀的樂趣，保持孩童獨特的好奇心。

《*Mushroom in the Rain*》是一本清新可人的故事書。作者Mirra Ginsburg藉用動物躲雨的場景，不著痕跡地透露蕈菇的成長生態，而單純的大自然知識裏更傳遞著人性體貼和接納所帶來意想不到的驚喜。故事剛開始，一隻被困在雨中的螞蟻，偶然發現森林空地上，一朵冒出地面的小小蕈菇，於是躲進蕈菇，坐著等雨停。無奈，雨勢越發急促，一隻濕透羽翼飛不了的蝴蝶爬向螞蟻，請求一起躲雨。螞蟻說：「勉勉強強的空間只夠我自己。」（There is barely room enough for me） 蝴蝶說：「擠一下總比淋濕來得好。」（Better crowded than wet） 於是，螞蟻挪挪身子，讓出空間給蝴蝶。雨嘩嘩地越下越大，濕透了筋骨的老鼠（I am drenched to the bone）、羽毛淋濕不停滴水的麻雀（My feathers are dripping, my wings are so tired!）都央求進來躲雨。可是小小蕈菇，怎麼有足夠的空間呢？

色調柔和的插畫，採用類似分鏡處理的手法，一幕一幕停格在每隻動物擠進蕈菇底下的擁擠不堪。互相挪移、調整位置的瞬間畫面，捕捉住動物彼此體諒的真誠和同情。螞蟻、蝴蝶、老鼠和麻雀擠在蕈菇底下擠成一團，可是被狐狸追逐的兔子也來求援。兔子能擠進蕈菇底下而安然逃脫狐狸的窮追不捨嗎？

驟雨停歇，動物紛紛離開蕈菇，在雨水滌淨後的花草斑斕間，歡欣地奔

跑，呼吸著林木的清新潤澤。螞蟻一臉困惑地提出質疑：怎麼可能呢?當初這麼小、僅能容得下我自己的蕈菇，最後，怎麼能容得下我們五個呢?

How could this be? At first I had hardly room enough under the mushroom just for myself , and in the end all five of us were able to sit under it.

要有遠觀的距離，才能看得到謎底揭曉的全貌。下一頁，在一蓬一蓬，及一簇一簇的翠綠扶疏中，讀者呼吸到淺粉淡紫的嬌嫩輕盈，和遠遠眺望蕈菇的動物們同時恍然大悟。原來雨水滋潤大地，一朵朵蕈菇就從各個角落冒了出來，而當初螞蟻躲進的小蕈菇也長成為一朵大蕈菇了。

Do you know?
Can you guess what happens to a mushroom when it rains?
IT GROWS!

一本好的圖畫書，對尋常的自然科學現象，提出令人驚喜的詮釋，經過獨樹一格的創造組合，讓孩子在「理性知識」與「趣味遊戲」中取得平衡。一本好的圖畫書，透過動物角色的純真善良，幫助孩子看見體貼和包容的生命力量。《Mushroom in the Rain》這本書不僅帶領孩子見證了植物的變化，目睹了氣候對植物的影響，還一起體驗了大自然的神奇魔力。

透過探索去學習：What is the largest living thing?

　　故事閱讀，可以啓發思想，提升洞察力，也可以留下懸疑，讓讀者意猶未盡。《*Mushroom in the Rain*》這本書，讓充滿好奇心的孩子，想進一步了解蕈菇成長的過程。小小的蕈菇，怎麼可能有足夠的空間，同時容納螞蟻、蝴蝶、老鼠、麻雀和兔子呢？如果蕈菇可以容得下兔子，是否也可以容得下大象呢？這是兒子問我的有趣問題。我們一起在《*Extreme Nature! Q & A*》這本書第六頁讀到令人驚訝的相關分析。

原文摘錄如下

What is the largest living thing?

Think of the largest creature you've ever seen. Was it an elephant?

Maybe it was a tree. The largest creature on Earth is much harder to spot.

It's not a plant or an animal. It's a fungus.

The world's largest honey fungus lives below an Oregon forest. It's

been growing underground for at least 2,400 years. The fungus is more

than three miles across in some places. It's so big, no predator could possibly eat the entire fungus.

How does the honey fungus get its food? It sends out shoots that steal water and nutrients from trees. It also breaks down dead material and then returns some of the nutrients to the soil. Most of a honey fungus's body is underground. Once a year, it produces mushrooms that help it reproduce.

　　原來世界上體積最大的生物，不是動物，不是植物，而是已經活在地球上超過2,400年，位於地底下的蕈類。《*Extreme Nature! Q & A*》是一本圖文並茂的問答集，針對孩童參觀Smithsonian Institution博物館時最常提出的對大自然的疑問，匯集成冊，提供詳實的科學記載和精心拍攝的照片。年幼的孩子對自然界動植物的特殊生態最好奇，書中有趣的問題，例如："Which animal has the largest EYES?"、"Which plant has the LONGEST life?"、"Which animal swims the farthest each year?"、"Which animal lives in another animal's MOUTH?"和"How do animals stay warm in extremely cold places?"等。

　　父母不必只是被動地等待孩子發問，也可以主動藉問問題引導孩子思考並且參與討論，甚至鼓勵孩子利用圖書館蒐集資料或查閱百科全書來找到靈感和啓示。不論是親子共讀或是師生對談，問題的型態可以隨意變化應用。一方面，提出問題可以挑戰被動的書本閱讀，激發思想活力，使知識吸收變得靈

活有彈性。另一方面，豐富充實的書本資料使解決問題找到開創整合的經驗。

　　閱讀時頭腦往往會自動開啓各種記憶連結，反覆思索印證，幫助理解正在閱讀的書籍。發展主題式閱讀，孩子能將不同的事件連接起來，找出相關連的地方。重複相關主題卻從不同的角度呈現的新資訊，與先前在大腦記憶過的資料，能很快產生神經細胞間的新連結。有計畫的引導孩子學習，有組織、有系統的匯整，形成由淺入深、循序漸進的閱讀藍圖，可以多讓孩子體驗事物間的關聯性，活化孩子的腦部神經迴路。

　　孩子容易被鮮活有趣的故事所感動，陪伴孩子一起沉浸在閱讀的閒情裏，並且隨時和孩子討論，試著解答他們對這個世界的種種好奇和疑惑，孩子自然會對知識產生探索的興趣和吸收的習慣。我堅信，培養孩子從小開始愛上閱讀，是可以不間斷地持續一輩子的。

勇敢做自己的一頭牛
《*The Story of Ferdinand*》

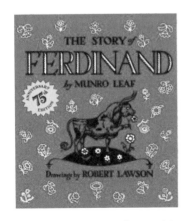

▲ 《*The Story of Ferdinand*》Puffin 出版 （1996）。

　　我認為孩子在讀一本書時，發出銀鈴般的笑聲，眼中閃著光芒，是最幸福的。《*The Story of Ferdinand*》這本書就有這般神奇的魔力。一邊聆聽有聲CD，陶醉在用西班牙語腔調朗讀英文故事的詼諧語感。一邊讀著故事，感受Ferdinand這頭牛的天真自在。

　　故事發生在鬥牛運動算是國技的西班牙。當大部分的牛隻精神抖擻，群集狂奔、跳躍、用牛角互相牴撞，喧騰嬉鬧，

Ferdinand就只喜歡靜靜地坐在樹蔭下聞著花香。有一天，歪打誤撞被選上鬥牛場。當時五位穿戴傳統服飾的西班牙男士抵達牧草區，挑選最威猛凶悍的牛隻參加馬德里鬥牛大賽（the bull fights in Madrid），每隻牛無不盡力表現以爭取雀屏中選的機會。與世無爭的Ferdinand，一如往常，悠閒地前往樹蔭下，只是一不小心沒看清楚，居然坐在一隻大黃蜂身上。大黃蜂的螫刺讓牠痛得無法忍受，Ferdinand發狂似的衝撞、憤怒地喘息（puff and snort）、用腳蹄不斷抓地（paw the ground）。五位男士為牠的行徑欣喜，一致認為Ferdinand是最驍勇善戰的一頭鬥牛，最適合參加鬥牛大賽。

比賽當天，裝扮華麗的馬匹載著神氣的騎士，走過盛大、壯觀的遊行隊伍，走過旗海飄揚的熱鬧場面，一路來到競技場（a parade into the bull ring）。只是進場後的Ferdinand完全無視於揮刀刺向牠的鬥牛士，牠只看見場邊女士髮稍上的花朵，於是竟然就坐在競技場中央，怡然自得地聞起花的芳香。Ferdinand沒有參與這些血腥、殘忍的鬥牛活動，沒有發揮和觀眾之間的情緒互動。感到震驚、疑惑、失望的鬥牛士，只好黯然送Ferdinand回家。回到家鄉的Ferdinand依然最愛空曠孤獨，在熟悉的青綠草原，坐在自己喜歡的樹下，心滿意足地品聞花朵的清香。

不愛鬥毆、氣質溫柔的Ferdinand，跟晚開竅的老虎Leo一樣幸福，都擁有一位無盡慈祥與凡事包容的母親。起初，Ferdinand的媽媽擔心牠獨自在樹下，不和別的牛群玩鬧，會孤單寂寞。然而，當Ferdinand坦白告訴母親，牠並不孤寂，反而偏好自己安靜地聞花香。身為體貼的母親（an understanding mother），Ferdinand的媽媽放心地尊重牠的生命抉擇。

文化傳承&勇於突破

「故事背景」一詞通常使讀者想到故事所發生的時間和地點，深入探究

後會發現背景還包括主角生活的方式和環境的文化特性。在精彩的故事裏，背景不再只是襯托主角的布幕舞台，具體的背景實際上隱含著地域性經時間淘洗後所散發的倫理觀、道德理念和區域風尚等抽象元素，這些背景的精神意涵在在都會影響主角行為的取捨，甚至影響情節的發展。醒目別致的故事背景更增添閱讀的懸疑性和吸引力。

　　《The Story of Ferdinand》有聲故事CD，以響板和鼓聲的西班牙佛朗明哥動感節奏揭開序幕，讀者立刻感受到那股異國民俗的迷人氛圍。故事插畫寫實的筆觸，傳達出不同地域的歷史和文化的趣味。色彩運用黑白對比的無限可能性，以細膩的手法，捕捉大自然的紋理和西班牙文化的藝術典雅。單純的黑具備無色彩的平淡性格，間接反映出身處勇猛剽悍的鬥牛殺戮中，主角Ferdinand一派與世無爭的淡泊。素淨的黑把西班牙文化的精巧雅緻，鑲嵌在觀禮台上盛裝出席的淑女頭飾上，和細工裁織的鬥牛服飾上。用扇子虛掩的西班牙淑女，還是遮不住刺繡頭巾裏繁花艷麗的風華。

　　首先出場的英雄Banderilleros，擔任鬥牛士的助手，坎肩鑲綴著穗帶，搭配緊腿褲的造型，粗獷豪放，肩上高舉著尖銳的長鈎，準備刺向競技場內的公牛。隨後登場的是騎馬鬥牛士（Picadores）手握長矛，騎在精壯結實的馬背上，表情俊酷。壓軸的是氣宇軒昂的王牌鬥牛士（Matador），披掛著鑲繡的斗篷，緊腿褲邊緣上飾以垂穗，以王者風範，紳士地鞠躬，向在場擲花示意的觀眾答禮致謝。

　　盛裝的人潮一波波湧入競技場，他們的眼神充滿期待，荷葉邊、帽子、披肩、扇子齊飛舞。西班牙人讚賞、雀躍、自豪的壯觀鬥牛實況，勇士出擊圍獵野獸的恢弘場面，野性力量展現的重頭戲即將展開。可是，相對於場邊的熱血沸騰，鬥牛主角Ferdinand的平和安詳，二者似乎互相抵觸，充滿矛盾。

　　Ferdinand，不在鬥牛場驍勇善戰，或許顯得不夠軒昂、不夠崢嶸，但

卻是最勇敢的一頭牛。汲汲營營地達成大眾期許的一頭鬥牛，不是牠的人生選項。Ferdinand勇敢地突破傳統文化的框架，選擇作自己，成為一個溫柔的革命家、和平主義者，完成自我的追尋。

彩杏老師引路，大人偷學步

　　從《*The Story of Ferdinand*》學精緻的詞彙：cape、pin、spear、sword

觚撞：butt

鬥牛競技：the bull fight

鬥牛場：the bull ring

遊行：parade

嚇得動彈不得：scared stiff

比較級&最高級：madder、biggest、fastest、roughest、largest、proudest、fiercest

舞出生命的節奏
《*Giraffes Can't Dance*》

　　閱讀《*Creepy Crawly Calypso*》這本書，孩子跟著昆蟲演奏家認識多種樂器。這一次我推薦Giles Andreae精心創作的《*Giraffes Can't*

Dance》，看叢林動物化身為舞蹈老師，在狂歡舞會示範各式曼妙的舞姿。

> The warthogs started waltzing.（疣豬開始跳起華爾滋。）
>
> And the rhinos rock 'n' rolled.（犀牛大跳搖滾。）
>
> The lions danced a tango which was elegant and bold.（獅子大跳探戈，優雅又自信。）
>
> The chimps all did a cha-cha with a very Latin feel.（黑猩猩跳的恰恰很有拉丁味。）
>
> And eight baboons then teamed up for a splendid Scottish reel.（還有八隻狒狒組隊，跳起壯觀的蘇格蘭舞蹈。）

一般人的印象中，舞者總是動作伶俐、肢體勻稱、節奏感佳。相對地，身軀極端瘦長、膝蓋明顯外彎、身體比例不適合也不擅長跳舞的長頸鹿，在叢林狂歡舞會上，受到所有動物的揶揄嘲笑。感到悲傷又孤單的長頸鹿只好默默地離開了派對。這時候牠遇到了蟋蟀，蟋蟀告訴牠：「與眾不同的你，需要與眾不同的音樂。」（But sometimes when you're different. You just need a different song.） 熱心的蟋蟀，一方面提醒長頸鹿用心去傾聽天地間大自然的聲音，想像可愛的月亮正為你演奏，注意小草、樹枝隨風搖曳的悅耳旋律。另一方面，蟋蟀親自拉起小提

▲ 《*Giraffes Can't Dance*》Scholastic 出版（1985）。

琴，為長頸鹿的獨舞而演奏。感受到樂曲的共鳴，找到了節奏感，長頸鹿的身體不自覺地搖擺，舞出個性化的動作。雙眼微閉、俏皮的轉圈圈、揮灑自如的扭擺並且完成了一個後空翻（He did a backwards somersault.），長頸鹿相當沉浸於牠自己的舞姿。特殊的律動感，肢體動作充滿驚喜，悄悄地吸引動物一一聚集觀賞。牠精湛的舞藝令大家刮目相看，更受到全體動物的喝采，故事終於有了一個快樂的完美結局。

故事有聲CD，以撥浪鼓的輕快節奏開始，融合鼓聲的動感旋律，舞會的熱鬧氣氛瀰漫在空中。一首首獨特的異國曲風，搭配各有特色的舞蹈風格，有華爾滋、搖滾樂、探戈、拉丁舞和蘇格蘭舞蹈，時而狂野，時而優雅。長頸鹿沉醉於自在的獨舞，伴奏的是小提琴悠揚的樂聲。結束時，長頸鹿禮貌地彎腰鞠躬致意（finish with a bow）。

插畫家Guy Parker-Rees用心捕捉動物模仿人類舞蹈的神韻，惟妙惟肖。跳探戈的獅子，嘴裏啣著一朵花，女伴下腰的動作一點也不含糊。黑猩猩跳起拉丁風味的恰恰，陶醉的表情，有趣極了。優秀的兒童圖畫書所展現的美好，所拓展的視野，所喚起的喜劇效果，的確令孩子無法抗拒。孩子不但聽故事CD聽得津津有味，而且被畫面的幽默深深吸引。

蟋蟀可以說是森林的哲學家，牠告訴長頸鹿：「**與眾不同的你，需要與眾不同的音樂。**」（**But sometimes when you're different. You just need a different song.**）彷彿是「梭羅」的化身。梭羅曾說過：「如果一個人，沒有和他的同伴保持同樣的步調，那可能是因為，他聽到了不同的鼓聲。」

"If a man does not keep pace with his companions,

perhaps it is because he hears a different drummer."
——Henry David Thoreau, Walden, Conclusion, 1854

　　提供哲學觀點之外，蟋蟀還扮演精神導師，啟蒙偉大的思想。他告訴長頸鹿：「**只要你真心渴望，到處都是優美的樂章呢！**」（**Everything makes music if you really want it to.**）蟋蟀的睿智，也間接告訴讀者，身體所感覺到的音樂節奏，並不單單只是樂譜上所呈現的，節奏韻律存在天地間，到處都可以感覺得到。白晝與夜晚的交替，潮汐的漲落，活躍與靜謐……大自然中有各種深奧的節奏，連人類身心的奔放、內斂也不例外。掌握生命的節奏，可以感受到一股強烈的生命力。受到蟋蟀的啟發與鼓舞，長頸鹿克服傳統僵化的形象，開創出自己迥然不同的獨特性。優雅的旋轉、平衡、跳躍及開闊，全都繫於心靈的深處，自然原音的牽引。歷經一段曲折的轉變，長頸鹿自己也成了哲學家。故事結束時，長頸鹿抬頭仰望皎潔的星月，發表感言：「**當我們找到自己真正喜歡的音樂時，無論誰都可以跳上一段。**」（**We all can dance when we find music that we love.**）

　　作者Giles Andreae在故事封面內頁說明故事的靈感來自一趟肯亞之旅。當他見識到長頸鹿馳騁的優雅，改變了他對長頸鹿瘦高的刻板成見，並且進一步領悟到，**小小的鼓勵能夠激發意想不到的潛能展現**。不要認為自己不一樣，而感到挫折寂寥。每個人總是有一些與生俱來的限制，我們常常只看到那無可改變的短處，卻忽略了潛藏的優勢。發揮有待琢磨的長處，一個人的潛能往往是無法預見的。挖掘自己的優勢，會有更大的潛能發揮，舞姿會更迷人、速度會更快、跳得會更高、更有力量。作者創造天馬行空的故事情節，卻傳達出令人感動的哲學意境，這是偉大的文學家帶給讀者最美好的禮物。

彩杏老師引路，大人偷學步

從《*Giraffes Can't Dance*》學舞蹈詞彙：

華爾滋：waltz

搖滾樂：rock 'n' roll

探戈：tango

恰恰：cha-cha

蘇格蘭舞蹈：Scottish reel

一趟離鄉背井，六張明信片，邀讀者寫自己的治家格言《*Meerkat Mail*》

閱讀最珍貴的時刻，不只是在閱讀的當時，而是可以延續到闔上書本之後。這時候父母可以鼓勵孩子，回想故事的人物與遭遇，協助他們把故事裏的事件和真實生活做連結。問問孩子，他們喜歡故事中的哪一部分，為什麼喜歡？這是我們日常生活中彌足珍貴的親子談心時刻，自在地討論，運用故事經驗可以澄清錯誤概念，可以引出孩子心中真正的問題，也可以引導出理解與自信之路。文學作品的神奇奧妙，在於當我們閱讀欣賞它的同時，它讓我們了解外在，進而有機會改變自己。除了提供溫婉、睿智的語言榜樣之外，故事裏多樣化的遭遇給讀者靈感，來重新思考自己的生活步調。女兒在讀過《*Meerkat Mail*》這本書後，問了一個當下我無法回答，至今也還找不到滿意答案的問題："What is our family motto？"

　　《*Meerkat Mail*》的作者是Emily Gravett，故事講的是一隻meerkat，名字叫Sunny。meerkat中文翻譯成狐獴，狐獴不是一般故事裏大家熟悉的動物，牠以毒蝎和蛇維生，是貓鼬的一種，而貓鼬（mongoose）是蛇的天敵。

　　《*Meerkat Mail*》這個故事裏的狐獴Sunny，牠厭倦了在熾熱沙漠裏的群居生活，因而興起了離家出走的念頭，看看是否能找到一個適合自己定居的好地方。於是Sunny留下一封告別信給家人，請母親不要擔心，牠去拜訪親友，並且承諾會寫信回家。插畫裏，Sunny提起行李，傾斜身軀，望著不知延伸向何處的曠野，簡筆的風景給讀者某種嚮往，那種心跟著出走、浪跡天涯的嚮往。一星期的冒險旅程中，每拜訪一次親友，Sunny會依約定寄明信片回家，把旅途中在每一個落腳處的感受以寫信的方式傳達。如此簡單的情節，因為作者藝術手法的細膩而包含了豐富的意蘊。

　　Emily Gravett將傳統一線發展的故事結構鬆開，在主要情節中不斷插入明信片。在一張接著一張的明信片裏，我們得知Sunny的貓鼬（mongoose）親戚有dwarf mongooses、banded mongooses、Indian grey mongooses、Liberian mongooses、Malagasy mongooses、marsh mongooses。作者細膩地描寫虛構的景物，來傳遞有憑有據的科學原貌，例如：住在農場的Indian grey mongooses的主食是雞肉，真實世界的牠們以攻擊家禽聞名。又如：喜愛夜生活的Malagasy mongooses實際上是夜行動物（nocturnal）。故事裏住在沼澤區的marsh mongooses有一家供應蝸牛、青蛙、幼蟲等餐飲的Dive-in Restaurant，孩子看到Dive-in的青蛙，一直哈哈大笑，想到日

常生活的Dive-in Restaurant。marsh mongooses的確以水域附近滑溜溜、黏糊糊（slimy）的生物為主食。

作者在故事主角Sunny隨意書寫的風景明信片裏充分掌握細節的整合，明信片側邊以工整的縮小字體，說明mongooses各族群多元的習性風貌。例如：Marsh Mongooses are solitary and nocturnal. They are good swimmers and prefer to live near water. Their diet consists of crabs, snails and frogs. 一張張雅緻可愛的明信片，融合想像的情節與真實的知識，保持趣味閱讀與扎實學習的平衡，帶給孩子驚喜與雀躍，並誘導科學知識的啓發。

Emily Gravett將後現代的多重拼貼藝術技巧運用在插畫構圖上，從週一到週末，六張真正的明信片，黏貼在書頁裏。每一張風景明信片的主題圖案正是Sunny造訪的景點，貼上別致的郵票，蓋上郵寄地專屬的郵戳，讓讀者親身感受到接到明信片的驚喜。在現今電子科技的時代，接到一封有油墨筆跡的親友來函，是多麼地稀有珍貴。精挑細選的信紙或明信片，原始搖晃的文字，貼著刻意搭配的郵票，這幾乎消聲匿跡的情誼聯絡方式，在典範轉移的創新繪本裏找回存在的價值。

這六張擬真的明信片是《Meerkat Mail》這本故事書的重頭戲，更像是黏著劑，悄悄接合拼貼藝術留下的縫隙，縫補Sunny叛逆離家卻仍舊思念依戀的矛盾，聯繫故事的虛擬情節與科普的真實知識，接上主線故事與豐富細節，接合創作風格的郵簡傳統與隨性拼貼。

以細棉繩綑紮裝飾的包裹圖案做封面，有一張呈現meerkat家庭生活和

諧美滿的郵票，兩枚meerkat mail專屬的MM郵戳，一枚郵戳印著押韻的短句 "EAST WEST HOME'S BEST" ；另一枚郵戳印著水桶、鏟子圖案，圖案外圍寫著 "MEERKAT MAIL．PART OF THE MONGOOSE GROUP" 。封面右下方一幅鉛筆素描，畫的是插著旗幟的沙堆和水桶，封面左側的可愛圖像是主角Sunny。

翻開故事書的封面，在版權書名頁前是Sunny的家族相簿，十多幅傳神的黏貼舊照，懷舊復古中看出狐獴的居家生活剪影。故事結束後的相簿頁，貼的是Sunny旅行的六張珍貴留影和一張只准非尖峰時刻使用（Only to be used off-peak）、不可轉讓（non-transferable）的附相片的旅行通行證（Travel Photocard）。

封底以棕色膠帶黏貼牛皮紙包裹，跟明信片的每一枚郵票一樣的精緻又寫實。前後相簿頁裏各黏貼一份剪報，來自meerkat的專屬報紙，The Sun on Sunday—Bringing you the hottest news in the desert. 作者將藝術風格朝無限的觸角擴展，插畫以鉛筆加上淡塗色塊表現淘洗後的大自然原貌。可翻閱、觸摸的明信片有了空間的實體性格，而明信片、相簿、通行證和剪報等多樣形式的記錄則捕捉時間流動中的瞬間停格與永恆懷念。

似乎快節奏的剪接藝術，並沒有減少作者對故事內在的關注。例如：一般讀者對band這個字的解讀是「樂團」，band可以用來形容集結成群的團體，所以banded mongooses指稱「群居」貓鼬。如果用作動詞，band together指團結在一起。又如：親戚中曾住在termite mound的名叫Scratch，scratch本意是「搔癢」。因為termite mound是白蟻聚集的土丘，既然是蟻窩，於是螞蟻爬滿Sunny的雙腳，而雙腳發癢。 "Sunny is getting itchy feet." 實在是太癢了，Sunny在寫信時把信尾署名前的敬上，"Yours faithfully" 寫成了"Yours ticklishly"，ticklish是酥癢的意思。termite mound（蟻窩）、scratch（搔癢）、getting itchy feet（雙腳發癢）及ticklish（酥癢的），形成概念連結的相關單字群。

又如：不習慣夜間活動的Sunny，無法融入親戚Malagasy mongooses的夜生活，信尾的敬上Yours faithfully，這次變成了"Yawns faithfully"，yawn是打哈欠、想睡的意思。到了marsh mongooses住的沼澤區，習慣沙漠乾燥氣候的Sunny，信尾的署名這次是Soggy Sunny，soggy是浸了水的潮濕。這些幽默、傳神的用詞——ticklish、yawn、soggy，都可以在故事朗讀CD裏聽到標準的發音，使讀者能輕易聽懂、自然學會，並且隨著Sunny踏上壯闊的沙漠之旅。

簡潔細膩的用詞不但出現在Sunny的家書中，也出現在明信片側邊的科學註記裏。例如：矮小型的貓鼬體型太小，無法互相護衛，受到威脅時，只好四處散開。

Dwarf mongooses under threat are too small to defend each other. Instead, they disperse to find safety.

又如：群居貓鼬以昆蟲為主食，居無定所，大約十到二十隻成群，不斷遷移。

Banded Mongooses live in groups of 10-20. Their diet consists mainly of insects. They are nomadic, moving every few days.

又如：以攻擊家禽聞名的印度土灰貓鼬，活動範圍以靠近人類住所的森林及田野為限。

Indian Grey Mongooses live alone in forests and fields. They often stay close to human habitation and have been known to attack domestic poultry.

從這些文句優美的描述，孩子學到矮小動物可用dwarf；nomadic表示不斷遷移、遊牧的；靠近人類住所可用stay close to human habitation；而四處散開、自求多福是disperse to find safety等。

整本書最深刻精闢的文字書寫是以報導文學的形式，出現在故事前後拼貼的剪報裏。以下這篇報導，讚揚狐獴家族的治家格言，"STAY SAFE, STAY TOGETHER."，在急難時刻所發揮的關鍵作用。

Small, but strong !
Heroic Meerkats praise family motto,
STAY SAFE, STAY TOGETHER.

Our reporter Liz Ard investigates

Meerkat parents tonight breathed a sigh of relief after an act of supreme group bravery foiled the murderous plans of a notouious local Jackal. "The Jackal just leapt out from behind a rock," commented one shaken bystander. …………Meerkats on lookout duty instantly alerted the Mob, who bravely banded together and drove the petrified Jackal away….. As the Jackal fled in fear for his life, ……Tonight the Jackal is still at large. Meerkats are advised to remain vigilant, stay with their families and to raise the alarm at once if they notice anything suspicious.

Jackal狐狼是狐獴的勁敵，the Mob本意指烏合之眾、聚眾滋事，在《Meerkat Mail》這本書裏指團結的狐獴家族。這篇讚揚狐獴團結制敵的報導，筆調彷彿是狐獴動物界的New York Times。首先，標題簡短醒目，"Small, but strong！"。其次，副標題主旨明確，點明英勇狐獴的家訓"Stay safe, stay together"。

即使只是佔據全書一個小小的角落，即使只是故事開始前的一份擬真的媒體報導，都可以讀到作者Emily Gravett的創作用心。她將多重拼貼藝術技巧不僅運用在插畫構圖上，故事文字的揮灑也靈活展現深淺層次的刻意佈局。從筆調淺顯易讀的主軸故事出發，Sunny的幽默家書機巧討喜，進一步的明信片科學解釋鮮明扎實，直到高遠的剪報的報導文學的豐采潤實。孩子

在四種筆觸、四類風格間，可以自由閱讀，流暢轉換，也可以一階再上一階，循序漸進地達成「悅讀」與「躍讀」的交融。

除了圖像藝術風格、文筆寫作技巧外，我們還可以從故事內涵的角度解讀《*Meerkat Mail*》這本精彩豐富的傑作。寫信一直都是最能見證真情流露的紙筆抒懷。除了描述貓鼬親戚的生活真實面，Sunny精簡的信函透露自己內心隱藏的情懷。剛開始離家，信尾的署名是Love from Sunny。來到第四天Liberian mongooses所住的雨林，雨勢不停歇，Sunny無比懷念家鄉的乾燥，信尾的署名則是滿滿的愛，Loads of love from Sunny。第五天，身處格格不入的夜生活環境，既怕黑又孤單，寫下想和家人相聚的渴望，Wish You Were Here Sunny。最後，再也無法忍受沼澤的晦暗潮濕，Sunny用三次really寫下懷念家人愛的擁抱，I really REALLY REALLY wish you were here (or that I was not!) All my love Kisses and snuggles Soggy Sunny。離家越遠，思念越深。

真正好的英文繪本，其中蘊含的情感與靈魂都是具體而微的，以動人的刻畫，帶給讀者溫馨幸福的體會。《*Meerkat Mail*》這個故事一開始，觸動孩子心中追尋獨立成長的渴望，渴望去外面的大千世界闖蕩一番。可是，主角Sunny在身材體型、飲食口味、居住環境、日常作息等各方面都無法與牠的親戚融合。隨著故事的發展，隱藏在表面幽默敘述之後的主題，隨著細膩的情節鋪排一點一點露出線索。走遍千山萬水，適合自己最完美的地方還是家。這個古老傳統的主題，經過作者創造嶄新的主角meerkat，而且不斷穿插令人驚喜的環節，讓讀者的心靈重新被點亮，讀到了以往不曾讀到的感動與懷想。

＊　＊　＊　＊　＊　＊

在書籍中獲得人生困境的解答或訊息，可說是閱讀帶給兒童最大的好處。透過故事主角與自己相似的遭遇，孩子體會到自己不是孤單的，別人也有同樣的困擾，這種認知能夠減輕孩子的孤獨與焦慮感。

不論是《*Leo the Late Bloomer*》這本書裏晚開竅的老虎Leo、《*Giraffes Can't Dance*》這本書裏不擅舞蹈的長頸鹿、《*The Very Quiet Cricket*》這本書裏努力振翅卻發不出聲音的蟋蟀、《*The Story of Ferdinand*》這本書裏只愛聞花香但不好鬥的牛*Ferdinand*、以及《*Fish Is Fish*》這本書裏苦於無法離開水域的鰺魚等，在這些經典故事主角身上孩子似乎都能看到似曾相識的影子。可能是表現落後同儕的不安，或是行為舉止不受同儕肯定的落寞，甚至是生理因素限制了活動空間的脆弱感。然而，沮喪又灰心的長頸鹿有蟋蟀的鼓舞，Leo和Ferdinand有來自慈母的無限包容與關愛，《*Fish Is Fish*》的鰺魚受到青蛙的哲學啟蒙。每一位故事主角都坦然地面對自己的處境，幸運地在父母摯友的溫馨陪伴下，坦然度過人生的低潮。

不論是讚賞、指示、責備或鼓勵，這些都是親子溝通裏最需要也最重要的語言典範，這些父母心中知道但無法用言語委婉說出的叮嚀，都潛藏在故事中，可以讓孩子聽出趣味，聽進心裏。故事兼具理性哲思與抒情文采，其所蘊含的感染力是難以察覺卻悠揚深遠的。生命不斷變遷，親子必須共同面對及處理人生的喜怒哀樂，有了鼓舞性的故事語言當渠道，父母跟孩子的心靈分享才能為孩子營造希望、撫慰悲傷，且創造自身存在的價值感。

主題書單 **9**
鼓舞生命、啓發想像力的 幸福閱讀

【播放書單】

⓭ Exclamation Mark
作者：Amy Krouse Rosenthal　　繪者：Tom Lichtenheld　　出版社：Scholastic

⓮ Caterpillar and the Polliwog
作者：Jack Kent　　書籍／CD出版社：Aladdin／Scholastic

⓯ Fish Is Fish
作者：Leo Lionni　　書籍／CD出版社：Dragonfly Books / Knopf Books for Young

Frederick and His Friends：Four Favorite Fables （書＋CD合輯）完整收錄《*Frederick*》、《*Swimmy*》、《*Alexander and the Wind-Up Mouse*》和《*Fish Is Fish*》4個Leo Lionni作品。

⓰ Mushroom in the Rain
作者：Mirra Ginsburg　　繪者：Jose Aruego　　書籍／CD出版社：Aladdin / JYbooks

⓱ The Story of Ferdinand
作者：Munro Leaf　　繪者：Robert Lawson　　出版社：Puffin

⓲ Giraffes Can't Dance
作者：Giles Andreae　　繪者：David Wojtowycz　　出版社：Scholastic

⓳ Meerkat Mail
作者：繪者：Emily Gravett　　出版社：Macmillan Children's Books

⑩ 用對有聲書，輕鬆聽出字彙力

優質的英文童書能提供孩子自然、真實、有意義的英文語境，而豐富的文類和多元的題材能幫助孩子開展字彙的廣度及思考路徑。以開心閱讀來磨練英文學習能力。

紡織字彙《*Charlie Needs a Cloak*》

醫藥字彙《*Dr. Dog*》

孩子的第一本性教育繪本《*Mummy Laid an Egg or Where Do Babies Come From?*》

「家」的創意字彙《*A House Is a House for Me*》

跟著猴子以智取勝《*Counting Crocodiles*》

音樂字彙《*The Musical Life of Gustav Mole*》和音樂小百科《*Ah, Music!*》

字母書──行行出狀元《*LMNO Peas*》

創意字母書《*AB SEE*》

　　「不背單字，那單字怎麼學呢？」「你的小孩都不背單字嗎？」「不背單字，怎麼看得懂英文小說呢？」這些是我推廣英文有聲書學習法以來最常遇到的讀者提問——英文單字如何學習？通常這些疑問大都是來自於還沒有實施有聲書學習法的讀者，一旦開始按照播放順序帶領孩子聆聽英文CD，孩子自然能從繪本聽讀中，同步學習字彙。

　　閱讀時同步學習字彙有以下五個路徑。首先，繪本是圖畫書，圖畫在說故事，看插畫自然能懂得故事，不必先背單字。其次，繪本裏有重複句和重疊句，不斷重複、持續累加，孩子自然熟悉，不必背單字。第三，按照播放書單的安排，由淺而深、循序漸進，基礎字彙和重要字彙都會在不同的故事裏反覆出現，孩子自然熟悉，不必背單字。第四，押韻繪本幫助孩子辨識字群組合（word family），幫助孩子熟悉字音和字形之間的轉換規則，孩子自然認字，不必背單字。第五，按照播放書單的安排，由淺而深、循序漸進，擴大閱讀主題，以多元題材擴大字彙量。（註：押韻和word family的說明請見第一章〈歡迎光臨「鵝媽媽」的世界！〉）

　　優質的英文童書能提供孩子自然、真實、有意義的英文語境，而豐富的文類和多元的題材能幫助孩子開展字彙的廣度及思考路徑。在閱讀優質童書時同步學習單字是最快樂的童年記憶，以開心閱讀來磨練英文學習能力。

紡織字彙
《*Charlie Needs a Cloak*》

　　Tomie dePaola是雙胞胎和我最喜愛的作家之一，他擅長以別出心裁的插畫來呈現幽默的故事，尤其是主角臉部表情的可愛逗趣，總是讓孩子讀得回味無窮。翻開《*Charlie Needs a Cloak*》這本繪本，即使只看插畫，每個孩子都能看得懂這本情節單純的故事書。

　　好看的故事是刺激思考和引導討論的好素材，而鼓勵孩子回答父母的提問更是珍貴的親子共讀經驗。例如：「牧羊人Charlie為什麼需要斗篷呢？」「要從哪兒拿到新斗篷呢？」「斗篷怎麼製作呢？」「牧羊人Charlie為什麼想要紅色的斗篷，而不是其他顏色呢？」

　　鼓勵孩子先看圖了解故事，接著聽故事CD的朗讀聲，一邊聽一邊用手指指著故事文字，CD讀到那兒手指就跟著文字挪移而帶動眼睛閱讀是很好的練習。

　　除了牧羊人（shepherd）、羊群（a flock of sheep）、拐杖（a crook）這些英文詞彙之外，從《Charlie Needs a Cloak》這本書裏孩子可以學到製作斗篷的流程及紡織的專業詞語，有修剪羊毛（shear the sheep）、梳理羊毛（card the wool）、理直弄順（straighten…out）、紡紗（spin the wool into yarn）、染紗（dye yarn）、縷線（strands）、織布機（loom）、編織成布（weave the yarn into cloth）、裁剪（cut …into pieces）、用針別住（pin）、縫製（sew）、斗篷（cloak）等。

　　細心的讀者會注意到card這個字在這個故事裏，不是當名詞賀卡Christmas card，而是當動詞表示梳理羊毛（card—to untangle wool with a comb or brush）。

　　故事最後收錄紡織流程的五個重要動詞以及它們的英語解釋，有shear、card、spin、weave、sew，而斗篷是沒有袖子的外套（cloak—a coat without sleeves），這些補充讓孩子學到精準的英語思維。

醫藥字彙
《*Dr. Dog*》

認識這些詞彙嗎？bone marrow、ill、secretly smoke、a wicked cough、sponge、chest、lung、breath、dirty tar、catch a cold、get a sore throat、germs、tonsils、tonsillitis、operate、scratch、nits、lice、plaster、smelly、get a tummy ache、breed in

《*Dr. Dog*》Dragonfly Books 出版（2004）。

his tubes、itchy、fingernail、hatch、dizzy、get an earache、pills、make gases in your tummy、blast out of your bottom、disgusting、fart、suffer from stress、hygiene、groom。這些都是與我們身體健康息息相關的醫療用詞，有：骨髓、嚴重咳嗽、胸腔、海綿體、肺、焦油、喉嚨痛、細菌、扁桃腺、扁桃腺發炎、開刀、腹痛、發癢、頭暈、藥丸、放屁、壓力過大、衛生…等。

如果要單獨記憶以上這些英文字，實在太辛苦了，而且乏味又容易忘。推薦給您知名繪本作家Babette Cole創作的《*Dr. Dog*》，搭配有聲故事CD，讓讀者在幽默的故事裏輕鬆累積醫學字彙力。

《*Dr. Dog*》這本繪本描寫Gumboyle全家人都仰賴家庭醫師Dr. Dog的照顧。有一天Dr. Dog前往巴西參加醫學會議，沒有家庭醫師的照料，平時不在乎身體保健的一家老小全都生病了。Kurt在車棚偷抽菸而嚴重咳嗽，導致胸腔裏的海綿體佈滿焦油。Gerty因淋雨感冒喉嚨痛而引起扁桃腺發炎，必須開刀處理。Kev則是狂抓奇癢無比的頭髮，原來是長頭蝨。小Baby上完

廁所不洗手還吸大拇指導致細菌滋生，肚子痛又屁股發癢。Fiona因耳朵痛影響平衡感而頭暈目眩。爺爺大吃烤豆子又大量飲酒導致一肚子脹氣⋯。最後，連照顧病人而壓力太大疲憊不堪的Dr. Dog自己也生病了。

我們要如何教導孩子照顧自己的身體，維持健康的生活習慣呢？透過幽默的故事寓教於樂是兩全其美的好方法。從身體不適、病症出現到接受醫療處置，七種常見疾病的來龍去脈在《*Dr. Dog*》這本繪本裏都有風趣的描繪，可以自然地進到孩子的閱讀記憶裏。除了故事迷人之外，在《*Dr. Dog*》這本繪本裏的封面內頁和封底內頁共有四份閱讀後的延伸活動，可以幫助爸爸媽媽和老師做更完整的健康教育，提醒孩子自我照顧和健康管理的重要。

第一份延伸活動是一份水果食譜，"Dragonfly's Tasty Treats"，是親子和師生動手一起準備健康食物的好參考。

第二份延伸活動，"Dragonfly's Think Tank"，鼓勵孩子想想：Eats too many sugary foods?（吃太多甜食的結果）、Plays in the sun without sunblock?（在太陽底下玩卻沒有擦防曬乳的結果）、Swims right after eating a big lunch?（飽餐後去游泳的結果）、Talks with her mouth full?（滿嘴食物還說話的結果）。這些常見的生活習性會造成什麼後果呢？答案揭曉，四個漂亮的英文字輕鬆解答：cavities（蛀牙）、sunburn（曬傷）、cramps（抽筋）、hiccups（打嗝）。

保持身體健康的重要一環是運動，第三份延伸活動，"Fun-Filled Ways to Stay Fit"，提供猜謎，讓孩子猜猜看以下八種敘述分別是那些運動的得分方式（答案請見書封底內頁）。1. touchdown 2. run 3. goal 4. basket 5. strike 6. hole in one 7. ace 8. pin。這些陽剛性的運動可難倒我們女生了。

飲食均衡也是保持身體健康的重要一環，第四份延伸活動，"Dragonfly's

Mix and Match" ，教導孩子辨識食物類別。常見的食物有fruits and vegetables（蔬果類）、carbohydrates——bread，pasta, cereal（碳水化合物）、protein——meat, poultry, fish（蛋白質）、dairy——milk，cheese, yogurt（乳類製品）等四個分項，讓孩子將常見的八種食物分類，有apple、tuna fish、spaghetti、hamburger、bagel、ice cream、lettuce、chocolate milk。（答案請見書封底內頁）

　　知名繪本作家Babette Cole以水彩和色鉛筆的淡描來凸顯角色的誇大造型和局部放大的特寫，細膩的筆法讓每幅插畫都充滿戲劇效果，例如：Kev頭上的囂張頭蝨、Gerty口腔裏發炎的扁桃腺等。即使只是搭配故事描寫Dr. Dog前往巴西開會，在插畫裏會赫然發現里約熱內盧的著名地標：基督像。里約熱內盧基督像是世界最聞名的紀念雕塑之一，在2007年入選為世界新七大奇蹟 （New Seven Wonders of the World）。透過插畫可以鼓勵孩子探索，哪些是世界新七大奇蹟呢？而這七個景點為什麼會成為世界新七大奇蹟呢？

　　孩子的成長過程裏有太多父母想說的叨叨絮語和知識傳承，找一本好書讓可愛的插畫、幽默的故事幫我們傳達愛的心聲、幫孩子延伸知識的視野。

孩子的第一本性教育繪本
《*Mummy Laid an Egg or Where Do Babies Come From?*》

　　《*Dr. Dog*》這本繪本裏的詼諧角色Gumboyle family、Kurt、Gerty、Kev、Fiona可以提醒孩子注意身體保健，Babette Cole創作的另一本幽默故事可以幫助孩子學習性教育。推薦給您這本經典故事《*Mummy Laid an Egg or Where Do Babies Come From?*》。

　　跟普天下的爸爸媽媽一樣，繪本裏的父母親一開始也是避重就輕且閃爍地回答：「寶寶是怎麼來的？」這個很難回答的問題。是恐龍送來的、在石頭旁邊找到的、從蛋裏蹦出來的…。"Hee hee hee, ha ha ha …"不相信這些胡扯的機伶小孩拿起畫筆，反客為主地主動以圖解來解釋說明：「寶寶是怎麼來的？」。插畫裏快要裂開的蛋殼旁加註了 "Rumble" 這個字，rumble指隆隆的騷動聲，在《*Dr. Dog*》裏爺爺脹氣時肚子也發出 "Rumble"、"Rumble" 的聲音。"Rumble" 這個字還出現在另一個故事的書名裏《Rumble in the Jungle》。生動的字詞會出現在不同的故事裏，多元閱讀孩子自然能輕鬆累積字彙力。

　　作者Babette Cole巧妙地借用童言童語以eggs、seeds、pod、tube、…mommies and daddies fit together等詞彙來輕描淡寫「寶寶是怎麼來的?」這個不好回答的問題。一如作者擅長的逗趣造型和誇張的特寫，《*Mummy Laid an Egg or Where Do Babies Come From?*》這本書以詼諧的畫面來解答令人臉紅的性知識，讓爸爸媽媽可以避免尷尬、態度自然地和孩子談論性知識。

「家」的創意字彙
《*A House Is a House for Me*》

　　我們住在房子裏、蜜蜂住在蜂窩（hive）、小鳥棲息在鳥巢（nest）、愛斯基摩人住在冰屋（igloo）、鯨魚住在海洋裏（ocean）、國王住在城堡裏（castle）。生物都有一個棲息、安頓的地方，可以是帳篷、防空洞、馬廄、狗屋、house、shelter、dwelling。雖然稱呼不同，功能和意義是相近的。待

在屋子裏，我們受到保護，不畏風雨。

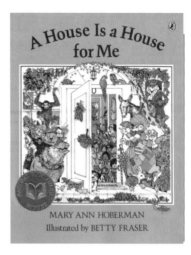

《*A House Is a House for Me*》是一本啓發聯想力的趣味繪本。從動物、昆蟲、海洋生物的棲息，特殊族群的住所到植物、居家用品，作者Mary Ann Hoberman帶領讀者一起挖掘形形色色的住所及棲息地。

A hole is a house for a mole or a mouse.

…

A web is a house for a spider.

▲ 《*A House Is a House for Me*》，Puffin Books 出版（2007）。

牛、羊、豬、雞、狗各有不同的房舍，分別是barn、fold、sty、coop和kennel。往海洋探尋，龍蝦、牡蠣、蛤蜊等貝殼類生物和蝸牛、烏龜，全都窩在硬殼裏，殼就是牠們的家：

A shell is a dwelling for shellfish:

For oysters and lobsters and clams.

Each snail has ashell and each turtle as well...

車子停在車庫裏，那飛機、船隻、火車呢？

A garage is a house for a car or a truck.

A hangar's a house for a plane.

A dock or a slip is a house for a ship.

And a terminal's house for a train.

豆莢包覆豌豆，那玉蜀黍呢？

A husk is a house for a corn ear.

A pod is a place for a pea.

作者以幽默的比喻，描寫狗狗是跳蚤的家，手套是雙手的家，鞋子或靴子是雙腳的家：

A dog is a house for a flea.

…

A shoe or a boot is a house for a foot.

那果醬和醃黃瓜的家呢？當然是瓶瓶罐罐。

Barrels are houses for pickles.

And bottles are houses for jam.

家的概念無限延伸，作者提出了幾個相當有創意的聯想，鏡子反射影

像，口袋收納錢幣，書本收藏故事，玫瑰保存香氣，頭腦保守秘密，前者守護後者是它們安身立命的家。

> A mirror 's a house for reflections…
>
> …
>
> How pockets are houses for pennies
>
> …
>
> A book is a house for a story.
>
> A rose is a house for smell.
>
> My head is a house for secret,
>
> A secret I never will tell.

　　作者以家的概念來啟動想像力，列舉數十個例證，給孩子示範創新思考的路徑，這是《*A House Is a House for Me*》這本書的第一個閱讀價值。不同形式的家各有專屬的名詞，這些用詞幫助孩子細膩思考並且擴大孩子的字彙量，這是這本書的第二個閱讀價值。另一方面，脈絡是整合資訊、推論證據、建構評論及樹立論點的重要引線。以合情合理的脈絡凝聚豐富的想像力不僅是經典故事的核心價值，更是磨練孩子思考力的重要素材。引導孩子閱讀一本有脈絡的書就是在默默移植邏輯脈絡到孩子的思維裏。《*A House Is a House for Me*》這本書以單一論點出發，A是B的家，來開發出無數個家的範例。表面上，每個範例都是單一事件，仔細閱讀會發現這些範例不是隨機出現的，他們在作者安排下形成一個有脈絡串連的架構。這個隱藏的脈絡是《*A House Is a House for Me*》這本書的第三個閱讀價值。

或許可以來個A Car Is a Car for Me的延伸討論，A Telephone Is a Telephone for Me、A Light Is a Light for Me、…來啓動親子、親師對話，一起腦筋急轉彎。

跟著猴子以智取勝
《Counting Crocodiles》

《Counting Crocodiles》是一本韻律感十足的幽默繪本，故事描寫一隻猴子身處於只有檸檬樹的海島。吃膩了檸檬，巴望著對岸島上的香蕉樹，只是大海裏滿滿的鱷魚，機靈的猴子要如何躲過鱷魚而安然地抵達對岸摘取香蕉呢？

聆聽故事CD朗讀，會不自覺地跟著韻律開心唸讀。作者Judy Sierra為故事裏的海洋創造了Sillabobble Sea這個唸起來傻里傻氣的名字，和書名Counting Crocodiles，是兩組容易朗朗上口的押頭韻。故事裏還有其他有趣的押頭韻：feasting fearlessly on fishes、resting on rocks、building with blocks。

押尾韻的有：sea / tree / me、fried / dried / cried / inside/ wide / spied / sighed、cool / pool、vicious / suspicious / delicious、more / shore、crocodile / reptile、galore / roar、hunch / bunch / lunch、rocks / box / blocks / fox / Mohawks / clocks / socks / pox / Goldilocks、howled / scowled，許多是曾在其他押韻繪本中讀過的，孩子讀起來有親切感不陌生。

除了韻律感之外，有許多嶄新的字詞值得學習，例如：猴子吃膩了各式各樣烹調過的檸檬，有水煮（boiled）、油炸（fried）、清蒸（steamed）、快炒（sauteed）、磨成泥（oureed）、曬乾（dried）等。還記得雙胞胎小時候愛上這

個無厘頭的故事，一直嚷嚷著要學猴
子做檸檬料理。多類型的烹飪動詞搭
配同義形容詞：美味的（delectable）、
爽口誘人的（delicious），可以形成飲食
主題字彙，而delicious可以聯想到押
韻的suspicious（多疑的），vicious（險
惡的）。近似詞的用法有crocodile、
croc、crocodilian。

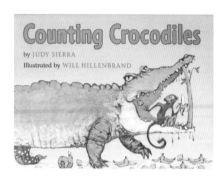

《*Counting Crocodiles*》，HMH Books for Young Readers 出版（2016）。

用色鮮明、風格卡通的插畫別有
一番喜感。不論是穿著圓點襪的鱷魚還是得了水痘的鱷魚，逗趣的畫面搭配
故事CD的朗讀聲，孩子輕而易舉地學到了圓點（polka-dot）和水痘（chicken
pox）這兩個英文詞。 "Three crocs rocking in a box" ，插畫裏的三隻鱷
魚分別打扮成屠夫、麵包師傅和蠟燭師傅（butcher, baker, candlestick-
maker），這個引自童謠韻文而曾在李安執導的《理性與感性》的電影裏出
現的橋段，真是經典。（註：butcher, baker, candlestick-maker的說明請見第
一章〈歡迎光臨「鵝媽媽」的世界！〉彩杏媽咪來說書《*A Child's Treasury
of Nursery Rhymes*》。

"Six crocs with pink Mohawks" ，插畫裏的六隻鱷魚正在舉行協奏曲演
奏，croc concerto，演奏的曲譜是由Johann Sebastian Croc填寫，看到這裏
不禁會心一笑，插畫家借用巴哈Johann Sebastian Bach的幽默橋段。

字彙豐富、聲韻活潑、故事新穎及插畫別致，讓優質的英文繪本的價值
多元而恆久。

音樂字彙
《*The Musical Life of Gustav Mole*》

　　我在行動篇第三章〈韻文與歌謠，建立快樂的記憶〉介紹了兩本認識樂器的歌謠繪本，分別是《*I Am the Music Man*》和《*Creepy Crawly Calypso*》。這裏增加兩本進階音樂繪本來豐富孩子的音樂世界《*The Musical Life of Gustav Mole*》和《*Ah, Music!*》。

　　《*The Musical Life of Gustav Mole*》這本繪本描寫一隻誕生在音樂家庭的鼴鼠——"Lucky the mole born into a musical family!"。從媽媽唱搖籃曲而爸爸以小提琴伴奏開始，展開從不枯燥乏味的音樂家庭生活——"A musical home is never dull!"。

　　音樂家庭接觸的樂器很廣，有基礎樂器，例如：響板（castanets）、三角鐵（triangle）、直笛（recorder）、木琴（xylophone）、鈴鼓（tambourine）。有古典樂器，例如：小提琴（violin）、中提琴（viola）、大提琴（cello）、低音大提琴（double bass）、雙簧管（oboe）、小喇叭（trumpet）等。

　　室內樂合奏可以開心地分享音樂——"The more the merrier!"，例如：三重奏（trio）、弦樂四重奏（a string quartet）、五重奏（quintet）。邀請好友一起利用家裏現成的物

▲ 《*The Musical Life of Gustav Mole*》，Child's Play 出版（1995）。

品來玩音樂也是很棒的，可以搖響豆子罐（shake beans-in-a-jar）、吹奏瓶子（blow the bottle flute）、用湯匙敲擊鍋子（play the pan-and-spoon）或是敲打不同水量的水瓶（play the bottle-phone）。

　　欣賞交響樂團演奏可以認識樂團的編制，有木管（the wind section）、銅管（the brass）、打擊（the percussion）和弦樂（the strings）四個分部。而音樂會的形式有獨奏會（recital）、協奏曲（concerto），演出前重要的彩排（rehearse），以及熱鬧登場的音樂季（the Music Festival）活動。

　　朋友歡聚齊歡唱，可以唱合唱團（sing in the choir），也可以唱自己喜歡的童謠（nursery rhymes），有 "Pop goes the Weasel"、"Old Macdonald"、"This Old Man" 全都是孩子喜歡的兒歌。

　　繪本裏的小鼴鼠慢慢長大，努力練習樂器，希望可以進到音樂院進修。幸運的鼴鼠終於獲得就讀音樂院的獎學金（win a scholarship to the Music Academy），音樂生涯就此展開。長笛家（flautist）、小提琴家（violinist）、歌劇卡門（Carmen by Georges Bizet）都一一出現在故事裏。

　　故事裏還出現virtuoso（巨擘）、overpowering（震撼人心）和serenade這些描寫音樂場景的關鍵詞彙。serenade這個字是指小夜曲，尤指夜間時刻男子在心儀女子的窗台下演唱或演奏。為了追求女友，鼴鼠還親自譜了一曲 "Lover's Lament" 呢！Lament是詠嘆調。

　　故事在鼴鼠成家立業並且成為作曲家傳承音樂的歡樂氣氛下，有了一個快樂的結局。作者以 "Lucky the mole born into a musical family!" 這句作結束來呼應故事的美麗開始。幸運的不只是誕生在音樂家庭的鼴鼠，還有我們，是一群讀到精彩繪本與聽到美妙CD的開心讀者。

音樂小百科
《Ah, Music!》

　　Aliki是知名的英語童書作家，她擅長將知識性題材，例如：恐龍、化石、木乃伊、希臘神話等科學與社會學主題轉化成生動有趣的繪本，幫助孩子累積知識。在《Ah, Music!》這本繪本裏，Aliki將音樂的定義、特色、類型、創作型態、表演方式等逐一介紹，不同年代的音樂史、各民族的樂風、現代樂的特質、音樂治療、樂譜記號等都收羅其中，彷彿是一本音樂小百科，帶領孩子進入音樂殿堂並且輕鬆累積音樂字彙力。

　　一翻開《Ah, Music!》這本書，我就喜歡上作者Aliki對音樂的詮釋，"What is Music?"（什麼是音樂？）。她提供的答案是："Wild!"、"Cool."、"Dramatic."、"Patriotic."、"Passionate."、"Spiritual."、"Fresh!"、"Profound."、"Nostalgic."、"Sublime."（狂野、冷酷、戲劇性、愛國、熱情、靈性、清新、深沉、懷舊、崇高），這十個詞彙將音樂的特質形容得絲絲入扣。

　　"Music is Sound"、"Music is Rhythm"、"Music is Melody"、"Music is Pitch and Tone"、"Music is Volume"、"Music is Feeling"，音樂不只是各種聲音，音樂是節奏韻律、是歌唱旋律、是音調高低、是聲調變化，是音量大小，也是情感表現。

　　樂譜以音符（note、symbol）來記載音樂，高音譜記號（treble clef）、中央C（Middle C）、低音譜記號（bass clef），還有許許多多的音樂符號全都可以在有聲CD裏聽到清晰的英語發音。

　　《Ah, Music!》這本書裏有詳盡的交響樂團樂器編制解說，除了有木

管（the wind section）、銅管（the brass）、打擊（the percussion）和弦樂（the strings）四個分部的樂器介紹之外，這裏還列出管風琴 （Organ） ，並且專頁介紹樂團的靈魂人物——樂團指揮（the Conductor），站在指揮台（Podium）、手握指揮棒 （Baton），聚精會神地盯著樂譜（Score）。

男女高音、中音、低音、假聲男高音 （Counter tenor）全部齊聚高歌一曲。從一人表演獨唱或獨奏（solo）、兩人的二重唱或二重奏（duet），一路增加到六重唱或六重奏（sextet）、七重唱或七重奏（septet）。

音樂是舞蹈的靈魂，各式舞曲因應而生，有芭蕾 （Ballet）、弗朗明歌（Flamenco）、踢踏舞（Tap）、方塊舞（Square Dance）、冰上舞蹈（Ice Dance）、康康舞（Cancan）及舞龍舞獅（Lion Dance）等優美韻律。音樂是文化的表現也是文化傳承的使者，在《Ah, Music!》這本書裏追溯音樂歷史，提到music這個字源自希臘神話的繆思（muse），還針對古典樂派的蓬勃發展分期介紹，有文藝復興（Renaissance）、巴洛克時期（Baroque Period）、浪漫時期（Romantic Period）及古典時期（Classical Period），孩子可以從CD朗讀聲中認識多位音樂巨擘，有巴哈（Johann Sebastian Bach）、韓德爾（George Friedrich Handel）、莫札特（Wolfgang Amadeus Mozart）、貝多芬（Ludwig van Beethoven）及蕭邦（Frederic Chopin）等大師的簡介。近代爵士樂和流行樂也有精簡完整的介紹。

每年的十二月三十一日欣賞維也納新年音樂會是迎接新的一年的心靈洗禮，更是帶領孩子感受音樂薰陶的一場盛宴，餘音迴盪時翻閱《Ah, Music!》這本音樂小百科，陪伴孩子進入音樂殿堂輕鬆累積音樂字彙力。

字母書──行行出狀元
《*LMNO Peas*》

　　我在行動篇第四章〈讓26個字母鮮活起來！〉介紹了九本適合初學者的字母書，這裏增加的兩本字母書《*LMNO Peas*》和《*A B SEE*》則適合有英文基礎的孩子。《*LMNO Peas*》這本字母書以豆豆（Peas）當主角來介紹數十種工作的從業人員。搭配有聲CD聆聽，一次可以學到好多工作人員的英文稱呼，適合任何年齡層的讀者閱讀。

　　工作人員的英文單字常有固定形式的字尾，以動詞加er來形成的工作者最常見，有teach(er)、bathe(r)、bike(r)、build(er)、climb(er)、camp(er)、dance(r)、dive(r)、drive(r)、eat(er)、explore(r)、give(r)、hike(r)、juggle(r)（玩雜耍）、kick(er)、listen(er)、mine(r)、paint(er)、plumb(er)（鋪設鉛管）、read(er)、swim(mer)、take(r)、vote(r)、weave(r)、wish(er)等。以名詞加er來形成的工作者，有farm(er)、flagg(er)、garden(er)、kayak(er)、office(r)、quilt(er)、truck(er)。其中farm（務農）、flag（搖旗）、garden（從事園藝）、truck（駕駛卡車）這四個字也可以當動詞使用。

　　第二種常見的形式是以動詞加or來形成，有invent(or)、investigate/investigator、sail(or)等。可以幫孩子補充act(or)、edit(or)、labor、janitor（清潔工）。

　　第三種形式是字尾ist，有artist、parachutist（傘兵）、scientist、zoologist。單字字尾ist常用於稱呼專家，可以幫孩子補充以下各領域的專家：archaeologist（考古學家）、biologist（生物學家）、chemist（化學家）、

linguist（語言學家）、physicist（物理學家）等。

　　第四種字尾是ian，《*LMNO Peas*》這本書只提到electrician，可以幫孩子補充以下的專職人員：musician、magician、librarian、historian（歷史學家）、politician（政治家）、mathematician（數學家）等。

　　第五種類型則是動詞與名詞共用同一個單字，有judge（判決/法官）、quarterback（指揮/四分後衛）、volunteer（自願/志工）。女兒說看到volunteer讓她想到小說書名《*The Three Musketeers*》裏的musketeer（持musket的士兵）。此外，quarterbac（四分後衛）這個字在《*Curious George Learns Alphabet*》這本書裏出現過。

　　"Who are you？" 是作者最後的貼心提問，鼓勵孩子想一想還有哪些職業呢？作者Keith Baker以逗趣的插畫讓孩子輕鬆學到許多字，例如，在瑜珈墊上擺出各式各樣的姿勢，原來，yogi是練習瑜珈的人。例如，在井邊丟金幣許願，他們是wisher。這則有趣的插畫其典故來自古老傳說中的wishing well（許願井）。知名作家也是雙胞胎和我最喜愛的作家之一Arnold Lobel曾寫了一篇有趣的〈The Wishing Well〉，收錄在《*Mouse Tales*》這本讀本裏。

　　逗趣的插畫還有giggler和juggler這兩幅，看giggler被搔癢得笑不攏嘴，看juggler玩雜耍玩得技藝高超，不但丟盤子（dishes），還丟起球瓶（pin）和金屬環（ring）。

　　逗趣的插畫還出現在字母O這一頁，有警官（officer）和歹徒（outlaw）。翻到字母K這一頁，國王站立在高高的城堡上，而站在城堡門口高歌的也是國王the King。他是貓王Elvis Presley，貓王是西方搖滾樂之王，the King of Rock and Roll，簡稱the King。

最後，別忽略了作者用心安排的押韻，韻文體是文字的精華。space / race、clown / town、land / band、ring / king、leak / unique、here / volunteer、please / seas、door / more。

這本介紹職稱的字母書可以有許多延伸活動。可以讓孩子看圖回答或是做圖文猜謎，或是鼓勵孩子模仿上述的分析做字形分類和字形拆解。可以補充其他字詞供孩子參考，例如：cook、dentist、engineer、journalist、owner、manager、mail carrier、reporter、hunter，以及另外三種字尾的職稱，有-ant、-man、-ress，例如：serv<u>ant</u>、assist<u>ant</u>、mail<u>man</u>、business<u>man</u>、police<u>man</u>、sales<u>man</u>、fisher<u>man</u>、act<u>ress</u>、wait<u>ress</u>、seam<u>stress</u>（女裁縫師）等。進階補充可以介紹男女性別不同的職稱，例如：actor / act<u>ress</u>、waiter / wait<u>ress</u>、seamster / seam<u>stress</u>。例如：prince / prin<u>cess</u>、host / host<u>ess</u>、god / godd<u>ess</u>。例如：business<u>man</u> / business<u>woman</u>、police<u>man</u> / police<u>woman</u>、sales<u>man</u> / sales<u>woman</u>。例如：king / queen、hero / heroine等。一本好書的閱讀方式可以千變萬化，透過不同形式的重複閱讀，孩子自然能夠熟悉字音、辨識字形、內化字義，輕鬆累積字彙力。

創意字母書
《A B SEE》

第一次翻開《A B SEE》這本字母書是受到封面的美麗圖案所吸引，作者兼繪者Elizabeth Doyle精心挑選了代表字來設計圖案，再將圖案精準地鑲嵌成一個個字母，色彩醒目，造型獨特，比例完美，是令人愛不釋手的視覺

饗宴。

　　在字母A看到排隊前行的螞蟻（ants）、羚羊跳躍（antelope）、盔甲挺立（armor）、手風琴開展（accordion）、雜技演員身手矯健（acrobat）、鱷魚咧嘴張牙（alligator），這一個個原本靜態的造型配合字母A的圖案而大展身手，讓畫面顯得生動活潑，彷彿水族箱裏的魚群悠然游動。沿著鱷魚往下有杏桃（apricots）和鹿角（antlers），鹿角旁居然看到外星人（alien）。作者貼心地將圖案的單字統一彙整在書的最後供讀者查詢，ants、apricots和antlers都以複數形式忠實地反映畫面裏的多隻螞蟻和數個杏桃，而另外一隻鹿角（antlers）則出現在水族箱旁邊。

　　沿著鱷魚往右上的黃色輪廓是非洲（Africa），往左上的橘色輪廓是澳洲（Australia），就在鱷魚下顎旁邊有一排英文字，仔細看是John Hancock的簽名。為什麼John Hancock的簽名會列在字母A呢？女兒從書櫃裏取出《*Will you sign here, John Hancock?*》這本書，原來John Hancock是第一位在美國獨立宣言上簽署的革命家，他華麗又大氣的簽名逐成為親筆簽名 （autograph）的代名詞。

　　一般字母書的主題以常見的動物、植物及樂器等具體實物為主。在《*A B SEE*》這本字母書裏會見到帶有象徵意義的圖案，例如，輪廓形狀的非洲（Africa）、澳洲（Australia）、日本（Japan）和美國（United States），以及成為地景標竿的自由女神像（Statue of Liberty）和艾菲爾鐵塔（Eiffel Tower），而外星人（alien）的代表圖案和John Hancock的簽名已經成為一種icon是文化裏大家一致認同的象徵。作者列舉的文化圖案，還有中國的ying—yang（陰陽）和日本的kimono(和服)，以及反戰的和平符號（peace sign）。在字母Z這頁，還有希臘神話裏至高無上的主宰Zeus。

在字母Y這頁，除了中國的ying—yang（陰陽），作者還設計了一位服飾高雅的女士在高歌，她是yodeler以yodel跨大音階的轉換方式演唱。最經典的yodel演唱出現在電影《真善美》裏。戲裏女主角帶著七個小孩在表演木偶戲，配唱的《The Lonely Goatherd》這首歌裏有一段重複的 "Lay ee odl lay ee odl…" 是yodel演唱的代表作。

一般在字母書Q這頁，最常見到的是queen，這次作者加quail的圖案在O的右下角來形成Q。看到quail馬上聯想到在《Ape in a Cape》這本字母書裏的quail on the trail，而quail和quarterback（四分衛）都出現在《Curious George Learns the Alphabet》這本字母書裏。除了鵝毛筆（quill）、被毯（quilt）、問號（question marks）之外，有一隻尾巴長長色彩鮮艷的鳥是quetzal。仔細看會發現畫裏的鴨子張嘴發聲，原來是quack，而25分錢和四分之一都是quarters。

作者以獨特的原創性來呈現寫實圖案，細膩地兼顧到quarters既是25分錢又是四分之一，lamps可以是當代的燈具也是童話故事《阿拉丁神燈》裏的油燈，而hearts既是實體的心臟又是文化圖騰的心。精緻的復古圖案，例如：相機（camera）、香水（perfume）、大門（gate）、垃圾桶（garbage can）、消防栓（fire hydrant）和燈塔（lighthouse），讓孩子認識古典工藝的雅緻設計。在字母W這一頁看到文化圖騰的巫師（wizard）和巫婆（witch），以及許願骨（wishbone）。（註：許願骨（wishbone）的說明請見第一章〈歡迎光臨「鵝媽媽」的世界！〉彩杏媽咪來說書《I Can Read with My Eyes Shut !》）

豐饒的想像力和無限的創意是開發孩子視野、磨練思考力的階梯。我將《A B SEE》這本字母書安排在英語啓蒙書單168本的壓軸，讓讀者一一去發掘書裏藏著的別出心裁的伏筆，延續這樣的好奇與驚嘆，開開心心聽出英語力！

主題書單 ⑩
用對有聲書，輕鬆聽出字彙力

【播放書單】

⑯⓿ Charlie Needs a Cloak
作者：Tomie dePaola　　書籍/CD出版社：Simon & Schuster / Scholastic

⑯❶ Dr. Dog
作者／Babette Cole　　書籍/CD出版社：Dragonfly Books / JYbooks

⑯❷ Mummy Laid an Egg
作者／Babette Cole　　書籍/CD出版社：Red Fox / JYbooks

⑯❸ A House Is a House for Me
作者／繪者：Mary Ann Hoberman　　書籍/CD出版社：Puffin Books / JYbooks

⑯❹ Counting Crocodiles
作者／Judy Sierra　繪者：Will Hillenbrand　出版社：HMH Books for Young Readers / JYbooks

⑯❺ The Musical Life of Gustav Mole
作者／繪者：Kathryn Meyrick　　出版社：Child's Play

⑯❻ Ah, Music!
作者／繪者：Aliki　　書籍/CD出版社：HarperCollins / JYbooks

⑯❼ LMNO Peas
作者／繪者：Keith Baker　　書籍/CD出版社：Beach Lane/ JYbooks

⑯❽ A B SEE
作者／繪者：Elizabeth Doyle　　書籍/CD出版社：Little Simon / JYbooks

附錄

《*Dragon song & Talk*》歌詞

KIDS: *Yay. Yay*

WOMAN: What a racket! What a mess!

KIDS: Isn't it wonderful?

WOMAN: I have such a headache.

KIDS: That's beacause you're not used to having fun.

WOMAN: Well, there are other ways to have fun besides making a lot of noise.

KIDS: Impossible! What's the fun if you have to behave?

WOMAN: If you learn to behave
To behave the way you should
You can do the things that you ought to do
And still be someone special.

KIDS: I don't want to behave
Or be very, very good.

WOMAN: Why not?

KIDS: Cause I want to stay just the way I am
And I'll have much more fun.

WOMAN: Well it's all up to you
You can choose what you must do
If you mind your manners, come when called
You'll make others happy too.
When you let others do
The things they want to do
You can have your way almost every day.
It's amazing but it's true.

KIDS: Ahh, who told you that? That's nonsense!

WOMAN: Not at all! There are other ways to have fun and still be yourself. Don't you understand?

KIDS: If I want to behave
To behave the way I'm told
Can I stay the way that I want to be
And still be someone special?

WOMAN: If you learn to behave
To behave the way you should
You can do the things that you ought to do
And still have lots of fun.

KIDS: Then it's all up to me
Up to me to make it so.

WOMAN: That's right.

KIDS: If I am polite, don't start a fight.
There's so much further I can go.

WOMAN: When you let others do
The things they want to do
You can have your way almost every day.
It's amazing but it's true.

KIDS: If I really want to be my loud special self.
I'll never leave the cave.

WOMAN: Oh really? I couldn't think of anything more boring.
If you yearn to be brave
Like a tiger in the night
When you hunt for food, just remember to
keep your mouth closed while you're chewing.

KIDS: I will try to behave
And be very, very good.
But I'll stay the way that I want to be
And still have lots of fun.

WOMAN: Well that's all up to you.
You can choose what you must do.
If you mind your manners, come when called.
You'll make others happy too
If we want to have fun.

KIDS: And pretend we're big and bold.

WOMAN: We can rant and rave.

KIDS: In our special cave.

BOTH: And still do what we're told.

BOTH: *Yay. Yay*

168本精彩有聲書，列隊等待您與孩子共同聆賞！

1. 鵝媽媽經典童謠 My Very First Mother Goose
2. Hop on Pop
3. The Foot Book
4. Green Eggs and Ham
5. One Fish Two Fish Red Fish Blue Fish
6. Fox in Socks
7. Go Away, Mr. Wolf!
8. Go Away, Big Green Monster!
9. Color Zoo
10. Hattie and the Fox
11. Henny Penny
12. We're Going on a Bear Hunt
13. Where's My Teddy?
14. Guess How Much I Love You
15. Handa's Surprise
16. Owl Babies
17. The Runaway Bunny
18. Goodnight Moon
19. See You Later, Alligator!
20. What's the Time, Mr.Wolf?
21. If the Dinosaurs Came Back
22. Dinosaur Encore
23. Maisy Goes Camping

168本精彩有聲書，列隊等待您與孩子共同聆賞！

47 King Bidgood's in the Bathtub

48 The Princess and the Dragon

49 Silly Sally

50 Quick as a Cricket

51 The Little Mouse, the Red Ripe Strawberry, and the Big Hungry Bear

52 Madeline

53 Miss Nelson Is Missing

54 Click, Clack, Moo Cows that Type

55 The Wheels on the Bus

56 Five Little Men in a Flying Saucer

57 Ten Fat Sausages

58 Down by the Station

59 Here We Go Round the Mulberry Bush

60 I Am the Music Man

61 Five Little Ducks

62 Down in the Jungle

63 Dry Bones

64 Creepy Crawly Calypso

65 We All Go Traveling By

66 Walking through the Jungle

67 The Journey Home from Grandpa's

68 The Animal Boogie

69 A Dragon on the Doorstep

70. The Itsy Bitsy Spider
71. Row Row Row Your Boat
72. Over in the Meadow
73. Ape in a Cape: An Alphabet of Odd Animals
74. Dr. Seuss's ABC
75. Eating the Alphabet: Fruits & Vegetables from A to Z
76. Kipper's A to Z
77. On Market Street
78. Alligators All Around: An Alphabet
79. Tomorrow's Alphabet
80. Chicka Chicka Boom Boom
81. Curious George Learns the Alphabet
82. The Blue Balloon
83. Kipper's Christmas Eve
84. Kipper's Monster
85. I Am Snow (Hello Reader! Science—Level 1)
86. I Am Water (Hello Reader! Science—Level 1)
87. I'm a Seed (Hello Reader! Science—Level 1)
88. I Am a Star (Hello Reader! Science—Level 1)
89. I Am an Apple (Hello Reader! Science—Level 1)
90. I'm a Caterpillar (Hello Reader! Science—Level 1)
91. I Am Fire (Hello Reader! Science—Level 1)
92. I Am a Leaf (Hello Reader! Science—Level 1)

168本精彩有聲書，列隊等待您與孩子共同聆賞！

93. I Am a Rock (Hello Reader! Science—Level 1)
94. I Am Planet Earth (Hello Reader! Science—Level 1)
95. The Solar System (Scholastic Readers : Time-to-Discover)
96. The Sun (Scholastic Readers : Time-to-Discover)
97. Earth (Scholastic Readers : Time-to-Discover)
98. The Moon (Scholastic Readers : Time-to-Discover)
99. Comets (Scholastic Readers : Time-to-Discover)
100. Shooting Stars (Scholastic Readers : Time-to-Discover)
101. A Child's Treasury of Nursery Rhymes
102. I Can Read with My Eyes Shut
103. I am Not Going To Get up Today
104. Oh Say Can You Say
105. Oh , the Thinks You Can Think!
106. Port Side Pirates!
107. If You Take a Mouse to the Movies
108. If You Give a Moose a Muffin
109. If You Give a Pig a Pancake
110. If You Give a Cat a Cupcake
111. Balloonia
112. Presto Change-O
113. Tooth Fairy
114. Magic Shoelaces
115. Scaredy Cats

168本精彩有聲書，列隊等待您與孩子共同聆賞！

國家圖書館出版品預行編目資料

新編用有聲書輕鬆聽出英語力 ： 廖彩杏書單168本
英語啟蒙經典 / 廖彩杏著.--初版. -- 臺北市 ：
華品文創, 2018.08　　368 面；17×21 公分
　ISBN 978-986-95112-9-2 (平裝)
　1.英語 2.學習方法 3.親職教育

805.1　　　　　　　　　　　　107009368

華品文創出版股份有限公司
Chinese Creation Publishing Co.,Ltd.

新編 用有聲書輕鬆聽出英語力
——廖彩杏書單168本英語啟蒙經典

作　　者：廖彩杏
總 經 理：王承惠
總 編 輯：陳秋玲
財 務 長：江美慧
印務統籌：張傳財
封面插畫：江長芳
美術設計：vision 視覺藝術工作室
出 版 者：華品文創出版股份有限公司
　　　　　地址：100台北市中正區重慶南路一段57號13樓之1
　　　　　讀者服務專線：(02)2331-7103
　　　　　讀者服務傳真：(02)2331-6735
　　　　　E-mail：service.ccpc@msa.hinet.net
總 經 銷：大和書報圖書股份有限公司
　　　　　地址：242新北市新莊區五工五路2號
　　　　　電話：(02)8990-2588
　　　　　傳真：(02)2299-7900
　　　　　網址：http://wwww.dai-ho.com.tw/
印　　刷：卡樂彩色製版印刷有限公司
初版一刷：2018年8月
初版四刷：2022年12月
定價：平裝新台幣480元
ISBN：978-986-95112-9-2